JN411815

백한번째 여름

백한번째 여름
김가경 소설집
강

차 례

월면장

잡지 한 권을 들고 뷔페에 도착했을 때 왕령이 먼저 와 있었다. 여전히 비어 있는 열무김치 칸을 지나 왕령이 앉은 테이블에 자리를 잡고 앉았다. 왕령의 식판에는 이미 흰쌀밥이 수북하게 담겨 있었다. 나는 음식을 가지러 가는 대신 들고 온 잡지를 뒤적거렸다. 월면 특집이 실린 표지에는 달의 바다가 표시되어 있었다. 지구에서 보았을 때 검게 얼룩이 진 부분인데 마그마가 흘러나와 굳은 자국이었다. 위난의 바다, 고요의 바다, 인식의 바다, 태풍의 바다, 감로주의 바다 등 그 주변으로는 크레이터라고 불리는, 운석이 충돌해 생긴 구덩이가 능선처럼 펼쳐져 있었다. 나는 감로주의 바다 주변 능선을 살폈다. 몇 달 전, 처남이 잡지와 함께 소라큐라는 변신 로봇을 보내왔다. 처남은 글로벌 기업에서 월면장과 관련된 업무를 맡고 있었다. 그 능선 어디쯤에 사양이 같은 쌍둥이 로봇이 표류 중이라고 했다. 소라큐라는 이름은 '우주에 질문을 던지는 존재'라는 뜻이었다.

왕령은 그곳을 알고 있다고 했다. 계수나무 아래에서 방아를 찧는 토끼의 두 귀 중에서 배꼽 쪽으로 처진 데라는 것이다. 나는 왕령이 보고 있는 곳을 눈으로 훑으며 토끼의 배꼽 지점을 찾아보았다. 왕령은 달의 어두운 부분과 밝은 부분이 갈라지는 경계면, 특히 초승달에서 반달로 넘어갈 때 그 능선이 더 잘 보인다고 덧붙였다. 감로주의 바다를 자세히 보려면 보름달에서 그믐달로 기울 때 한 번 더 기회가 있다고 했다. 어렸을 때부터 눈으로 보아왔다는데 누나가 알려주었다고 하기에 누나가 천문학 쪽의 일을 하느냐고 물었다. 노래를 잘 부른다는 대답이 돌아왔다.

나는 펼치려던 잡지를 덮었다.

심장 수술 후 나는 입맛을 잃었다. 친구 해수가 먼 친척 누나가 하는 데라며 데려온 곳이 한식 뷔페식당이었다. 회사원들을 상대로 하는 중저가 음식점이라 근처 공사 현장에서 일하는 인부들도 밥을 대 먹는 곳이었다. 약을 먹으려면 밥을 챙겨 먹어야 했는데 그 많은 음식 중에 하필 열무김치가 입에 맞았다. 해수의 귀띔으로는 그 누나의 또 다른 먼 친척, 그러니까 해수의 아득히 먼 친척이 시골에서 열무 농사를 짓는데 열무가 남으면 팔아준다고 했다. 그래서 어쩔 수 없이 누나가 직접 열무김치를 담그는 모양이었다. 열무김치는 내가 먹고 자란 음식도 아니었다. 그런데도 점심시간이 되면 나도 모르게 식당으로 몸이 기울었다.

같이 다니던 해수가 먼저 음식이 물린다고 해서 나 혼자 밥을 먹으러 다닐 때였다. 그날따라 열무김치가 보이지 않아서 그 누나에게 물으니 장마 탓에 열무 값이 폭등했다고만 대답했다. 식판 위에서 헛 젓가락질만 하고 있는데 과학상자를 들고 다니는 한 녀석이 식판에 흰쌀밥을 수북하게 담아 가다가 서서히 걸음을 늦추었다. 애초 작정한 사람처럼 북적대는 사람들을 지나고 지나서, 내가 앉아 있는 테이블 앞에 주춤거리며 섰다. 그리고는 뻔한 거짓말로 먼저 말을 걸었다.

"……자리가 없어서요."

나는 녀석이 늘 앉던 귀퉁이 빈자리를 슬쩍 넘겨다보았다. 화장실 입구이기도 했지만 왠지 모르게 그늘진 구석이 있었다. 나는 아무런 근거도 없이 내심 올 것이 오고야 말았다는 느낌이 들었다. 내가 녀석을 눈여겨본 만큼 녀석도 나를 보아왔던 것이다. 특별히 눈에 띄는 차림도 아니었는데 식판을 들고 긴 줄에 섞여 있으면 어딘가 모르게 어색하게 삐져나온 느낌이 들었다. 안 보인다 싶어 찾아보면 북적이는 사람들 사이 어디엔가 섞여 있었다. 녀석은 자신의 이름을 왕령이라고 밝혔다. 처음에는 망령으로 알아들었는데 여전히 망령 쪽에 가까운 발음을 하고 있었다.

"저한테 과학상자 3호가 있습니다."

나는 녀석이 평소 들고 다니는 상자를 무심히 쳐다보았다. 과학상자는 나도 아는 기초 교구 세트였다. 초등학교 시절 내가 아버지와 함께 조립한 것처럼 나도 아이와 함께 최상위 버전인 6호까지 조립 과정을 거쳤다. 3호는 중급과정에 속했지만 하위 사양에 더 가까웠다. 어린아이가 태권도 급수 자랑하듯 한 말에 홀려 합석을 한 것은 아니었다. 며칠 뒤 화장실 입구에 있는 녀석의 자리로 옮기고 말았다. 그 자리에 앉고 보니 편한 구석이 있었다. 열무김치가 없는 날에도 왕령이 밥을 다 먹을 때까지 잡지를 뒤적이며 시간을 보내기에 그만한 자리도 없었다.

식당은 점심시간이 지났는데도 여전히 사람들로 붐볐다. 나는 호박죽 한 그릇을 먹는 것으로 식사를 마쳤다. 항혈소판제 한 알을 입에 넣으려는데 가족 네트워크에 사진 한 장이 올라왔다. 바닥에 지평선처럼 선 하나가 그어진 사진이었다. 처음에는 알아보지 못했는데 가만히 보니 낯이 익었다. 나는 선 너머에서 눈에 익은 욕실화 앞코를 발견하고는 긴장을 늦추었다. 소라큐가 찍어 올린 건 화장실 문턱이었다. 처남의 말대로 소라큐는 달에 표류하고 있는 쌍둥이 로봇처럼 자율적으로 사물의 컨디션을 파악해 사진을 찍은 뒤 선별까지 해서 가족 단톡에 올리고 있었다. 소라큐의 렌즈를 바닥 쪽으로 코딩해놓아 넘어지거나 쓰러지는 등 새로운 움직임이 포착되면 구체가 열리면서 자동으로 지느러미가 나와 운동성이 감지되는 곳으로 회전하여 다가가 사진을 찍었다.

지난해 나는 심장 수술을 받았다. 한국 지사로 발령을 받아 근무를 시작한 지 나흘 만에 일어난 일이었다. 담당 의사는 그날의 의료기록지를 나에게 보여주며 저온 상태에서 심장을 꺼내 수술하게 된 긴박했던 상황을 설명했다. 정확한 병명은 대동맥 박리였다. 찢어진 혈관의 상태로 보아 살아난 게 기적이라고 했다. 촌각을 다투는 그 시각에 모든 상황이 한 치만 어긋났어도 살아 있을 사람이 아니라는 것이다. 누워서 그나마 움직일 수 있는 게 손가락이었다. 나는 하루에 수만 번 엄지 끝으로 나머지 네 손가락 끝을 힘껏 눌렀다. 미세 혈관에 자극을 주어서인지 팔의 근육을 잃지 않았다. 휠체어로 옮겨진 뒤 기적적으로 일어나 걸어서 퇴원을 했다. 그 뒤로 나만 알아챌 정도로 미세하게 몸이 흔들렸다. 의사는 육체적으로나 정신적으로 편심 증세가 있을 수 있지만 약으로 해결할 수 있는 문제가 아니라고 했다. 우연히 처남이 보내준 잡지를 겨드랑이에 꼈는데 그 증세가 일시적으로 가라앉는 것 같았다.

왕령이 가져다 놓은 흰쌀밥 옆에 분홍색 소시지가 담겨 있었다.

"세상에서 가장 뾰족한 바늘이 지구에서 저지른 참사 영상을 본 적이 있습니다. 찔리면 공기가 모두 빠지는 기이한 바늘은 끝이 날카로운 고드름 같기도 했습니다. 바늘 하나면 거대 피라미드도 주저앉힐 수 있고 지구를 멸망시킬 수도 있다고 했습니다. 바늘에 찔려 바닥에 붙어버리는 한 인간을 보는 순간 오싹한 게 있었습니다. 바늘의 위험성을 깨달은 남자가 바늘을 풍선에 묶어 날려 보냈는데, 기압 때문에 성층권에서 터져 다시 콘크리트 바닥에 박혀버렸습니다. 그 순간 도시의 초고층 건물이 모두 무너져 내렸습니다."

지구의 모든 게 주저앉은 듯 왕령의 얼굴에 짙은 그림자가 졌다. 더 섬찟한 것은 영상에 아무런 고통이 표현되지 않았다는 데 있다고 했다. 다소 느닷없는 이야기에 나도 모르게 분홍색 소시지를 하나 집어 입에 넣었다. 검색 알고리즘이 달라서인지 나에게는 한 번도 눈에 띄지 않은 영상이었다.

"마지막 자막에는 세상에서 없어져야 할 물건이라고 또박또박 적혀 있었습니다."

세상에서 없어져야 할 물건이라면 어느 곳엔가 아직 존재한다는 뜻이 아니겠냐고 물었다. 나는 왕령이 쓰고 있는 야구

모자의 로고가 어느 구단 것인지 떠올려보려고 잠시 애를 썼다. 기억이 나지 않았다. 담당 의사는 관찰 기간에는 의식을 잃기 전까지 해온 일들은 가급적 떠올리지 말라는 주문을 했다. 식이요법 대신 내려진 처방이었다. 왕령이 야구모자를 습관적으로 눌러쓰며 다리를 연신 떨어 테이블 위까지 진동이 올라왔다.

"3월에도 처마 밑에는 늘 고드름이 자랐고 5월에도 서리가 내렸습니다. 누나는 하늘로 올라간 이슬이 다시 땅으로 내려오는 거라고 했어요."

고드름 하나로 세상의 이치를 말하려는 듯하더니, 왕령은 곧 무언가를 흥얼거리기 시작했다. 그래서인지 그의 말에는 이상하게 리듬이 실린 듯 들렸다. 그 노래는 할아버지가 아버지에게 들려주었고, 누나가 자주 따라 부른 모양이었다. 그러다 보니 왕령도 어느새 흥얼거리게 되었다고 한다. 여운이 남은 듯 왕령은 여전히 몸을 미세하게 흔들고 있었다. 한때 돼지도, 닭도, 오리도 키운 적이 있었다는 말을 덧붙이는 바람에, 나도 마지못해 한마디 거들었다.

"3월에 고드름이 얼 정도면 꽤 추운 지역에서 살았나 보네요. 5월에도 서리가 내렸다니……"

왕령은 담담하게 말했다.

"그곳에는 겨울에 먹을 수 있는 게 고드름밖에 없었습니다.

고드름 하나에 죽은 사람 이름을 하나씩 올려주었습니다. 엄마 고드름, 할아버지 고드름, 할머니 고드름…… 오해로 죽은 사람이 생기면 또 고드름에 이름이 올라갔어요. 그곳에서는 오해로 사람들이 죽어나갔으니까요."

왕령은 아버지가 농장에서 키우던 돼지와 오리, 닭 이야기를 덧붙이며, 마치 눈앞에 고드름이 자라나는 듯 허공을 바라보았다. 그러고는 집을 떠나 그믐달 무렵 강을 건너게 된 이유가 새끼 돼지 한 마리 때문이라고 담담하게 말했다.

"아버지가 농장에서 돌보던 새끼 돼지 한 마리가 사라졌습니다. 주둥이가 유난히 예뻐서 누나도 자주 돌봐주었고 저도 몇 번 따라가보았습니다."

그 일에 오해가 있었다고 했다. 작업반장이 돼지를 훔치기 위해 온 가족이 나섰다고 믿었다는 것이다. 누나가 교화소에 끌려가 고초를 당했는데도 그 오해가 풀리지 않은 이유는 마지막까지 농장에 드나든 사람이 누나였기 때문이라고 했다. 거기다가 돼지의 상태를 세세히 알고 있는 게 오해를 더 키웠다는 것이다.

왕령은 이어서 말했다.

"강 너머, 다른 나라에는 고드름이 없을지도 모릅니다. 그럼, 돌아가신 분들께 무얼 올려드려야 하나요? 아버지에게 그렇게 물었죠. 아버지는 경계만 넘으면 흰쌀밥이 지천일 거라고 했습니다."

내가 쏟아지는 졸음을 참아가며 지루한 기색을 보이지 않아서인지 왕령의 이야기는 끊기지 않고 이어졌다.

"아버지와 누나는 할아버지의 고향으로, 저는 흰쌀밥이 있는 곳으로 가기로 했습니다. 그러려면 아버지와 누나는 초승달에서 보름달로 차오를 때 움직여야 했고, 저는 보름에서 그믐으로 기울 때 움직여야 했습니다."

왕령과는 아무런 상관도 없는 나라들을 거쳐야 하는데 그 길이 더 험난하고 먼데다가 걸어서 가야 한다고 했다. 왕령은 누나의 말대로 달이 깎일 때보다 달이 차오를 때 사물을 더 잘 보는 법을 익혔다고 했다. 밝을 때 사물을 더 잘 보는 법을 익혔다는 말에 나는 오래도록 참아오던 하품을 내뱉고 말았다. 아버지와 누나, 그리고 왕령은 결국 강을 건넌 뒤 뿔뿔이 흩어졌다고 한다.

"돼지에 대한 오해가 풀리면 다시 만나 옛날처럼 마당에서 돼지도 키우고 닭도 키우기로 했습니다."

나는 이상하게 기괴한 바늘에 대한 이야기보다 고드름에서 시작한 이야기가 더 비현실적으로 느껴졌다.

"……그게 있어요."

왕령이 목소리를 낮추며 오른쪽 바지 주머니에 찔러 넣고 있던 손을 꿈틀거렸다. 그게 바늘이거나 고드름일 리 없는데도 자연스레 왕령의 오른쪽 바지 주머니로 시선이 쏠렸다. 차라리 수류탄이 주머니에 들어 있다고 했더라면 먹은 것도 없는 몸에 체기가 돌지도 않았을 것이다.

왕령이 마지막 남은 분홍 소시지를 입에 털어 넣은 뒤 과학상자를 테이블 위에 올려놓았다.

"3호로…… 월면차를 만들 수 있습니다."

나는 왕령이 들고 다니는 색이 바랜 과학상자를 다시 쳐다보았다.

"다른 품목으로도 교환 가능합니다."

녀석이 음식이면 더 좋겠다고 토를 달았다. 과학상자는 물론 기괴한 바늘에서부터 고드름에 이르기까지 장황하게 이야기를 늘어놓은 이유가 고작 음식 때문인가 싶었다.

나는 비어 있는 왕령의 식판으로 시선을 옮겼다. 왕령이 밥을 왜 먹지 않느냐고 물었다. 열무가 없어서라는 말은 하지 못하고 입맛이 없다고만 했다. 왕령이 그게 무슨 뜻이냐고 묻기에 놀리는 것 같아 설명하지 않았다. 나는 후식으로 가져온 망고 푸딩을 떠먹다가 왕령에게 뜻밖의 제안을 했다. 과학상자를 조립해주면 뷔페 이용권을 끊어주겠다고 한 것이다. 왕령은 잠시 뜸을 들인 뒤 시간을 내보겠다고 했다. 평범한 직장인이라면 평일 점심시간이 지난 뷔페에서 과학상자를 들고 다니며 이러고 있을 리 없었다. 공사장에서 일을 한다 치면 더

욱 그럴 수 없을 거였다. 나는 잡지를 챙겨 계산대로 가서 그 누나에게 식권을 끊은 뒤 왕령에게 건네주고 뷔페를 나왔다.

수술실에서 중환자실로 옮겨졌을 때 한 남자가 나를 찾아왔다. 검은 갓을 쓰고 있지 않았어도 나는 남자를 알아보았다. 남자가 무언가를 기다리고 있는 듯 보였다. 나는 모두 가져가도 좋으니 조금만 시간을 달라고 했다. 남자가 입을 벌리지 않았는데도 이유를 묻는 소리가 또렷하게 귀에 들려왔다. 내가 말을 하지 않아도 속을 훤히 읽혔다고 생각하는 순간 무언가 몸 밖으로 밀려 나가고 있었다. 단지 눈을 깜빡인 것 같은데 남자가 감쪽같이 눈앞에서 사라졌다.

중환자실에서 두 달 만에 집중치료실로 옮겼을 때 해수가 병문안을 왔다. 내 앞에 나타난 남자 이야기를 하자 무슨 이야기를 했기에 그분이 그냥 가셨냐고, 그렇게 쉽게 가시더냐고 물었다. 나는 대답을 하지 못했다. 아무리 생각해도 무슨 말을 했는지 기억나지 않았던 것이다. 생사를 가르는 큰 수술 끝이니 섬망 증세일 수 있다던 해수가 가족 걱정 아니면 다른 게 뭐가 있겠냐고 스스로 답을 내렸다.

내가 쓰러진 뒤 미국에서 잠시 들어온 아내에게 전 재산을 넘겨주었다. 부모님에게 물려받은 재산을 합쳤으니 작은 규모는 아니었다. 아직 한창나이에 경솔한 결정을 했다고 안타까워하던 해수는 나라 밖으로만 돌아다녀서 한국의 실정을 몰라도 너무 모른다고 제 일처럼 걱정을 했다. 아내는 내가 혼자 걸어서 병원에 다니게 될 즈음 장모님과 아이가 있는 미국으로 돌아갔다. 공항에서 아내는 내가 중환자실에서 촌각을 다툴 시각에 장인어른의 유언대로 장지를 정하지 않은 게 마음에 걸렸다고 울먹였다.

"아빠는 언젠가 당신도 함께하리라 믿고 계실 거예요. 그래서 캡슐을 하나 더 남겨두셨잖아요."

가족에 대한 사랑이 깊었던 장인은 달에 함께 묻히길 원했다. 나는 선뜻 답을 하지 못했다.

처가 식구들은 종종 거실에 모여 어렸을 때 일을 자주 이야기하곤 했다. 아내와 처남이 어린이 합창대회에 나란히 참가한 사진과 처남이 과학경시대회에서 여러 차례 상을 받은 사진은 지금도 장모님 댁 거실 벽에 붙어 있다. 이런저런 회상의 끝은 늘 세상의 모든 존재들에 대한 감사로 이어졌다. 여운이 남은 장인이 휠체어에서 피아노 앞으로 자리를 옮겨 앉아 연주를 하면 아름다운 화음이 목조주택 안에 울려 퍼졌다. 그 속에 나의 낯선 음색이 자연스레 흘러 들어가도록 친절하게 화음 공간을 조절해주었다. 그 모습을 영상으로 담아 장인의 기일에는 어김없이 그 영상을 함께 공유하며 애도의 시간을 가졌다.

장인은 문턱에 걸려 넘어지면서 고관절을 다쳤다. 그 뒤로 일어나지 못하고 휠체어에 앉아 우주심리학자답게 수년간 하늘을 바라보다 눈을 감았다. 처남을 통해 월면장을 신청해놓은 상태라 장인의 유골 일부와 DNA 샘플은 미국 민간 우주장센터 저장고에 캡슐로 저장되었다. 장인은 달의 바다 중 인식의 바다에 묻히길 원했다. 그 능선에는 천문학자와 철학자, 수학자, 물리학자, 예술가, 정치인 등 역사상 지구와 우주 발전에 기여한 인물의 이름을 붙인 크레이터가 밀집해 있었다.

장인이 그랬던 것처럼 처남은 가족의 새로운 이주지를 살피듯 가족 네트워크에 월면장에 대한 최신 자료를 자주 올렸다.

'그뤼튀젠 돔 크레이터(Gruithuisen Domes Crater) 위치 위도 32.9도 N/ 경도 39.7도 W. 지름 16km.'

월면장 주소지에는 신청자의 유골과 DNA 외에 예술작품과 타임캡슐, 비트코인 등이 함께 묻힌다고 했다. 월면장을 치른 후에는 탐사로봇이 달의 표면을 돌아다니며 지층에 있을지도 모를 얼음을 탐색하고 방사선과 자기장을 측정하는 등 미래 우주 개척을 위한 탐사 작업을 수행할 예정이었다. 달의 표면에는 상당량의 희귀 광석이 매장되어 있다고 했다. 정작 그 자리는 장인이 묻히고 싶었던 인식의 바다와는 거리가 멀었다. 더군다나 지난해 일부 유골을 싣고 떠난 우주선이 장지에 도착하지 못하고 우주에서 소멸했다는 소식이 들려왔다. 장인의 유골은 실리지 않았어도 가족들은 슬픈 감정을 추스르지 못했다. 처남은 소라큐를 보내주며 달 착륙에 성공한 다른 우주선의 근황을 단톡에 올려주었다.

아내는 아이와 함께 베란다에 나가 손바닥에 소라큐를 올리고 오리건주 하늘에 청명하게 떠 있는 달과 견주어본다고 했다. 그곳에도 소라큐가 있다고 생각하면 위로가 될 거라며 나에게도 해보라고 권했다. 나는 소라큐의 행방을 찾을 수 없어 혼자 베란다에 나가 밤하늘의 달을 홀로 쳐다보았다. 아무런 조짐도 없이 달은 밝았다.

그날은 봄바람이 좋았던 것도 아니었다. 아내도 없는데 애써 담배를 피우러 일층으로 내려갈 만큼 흡연이 간절하지도 않았다. 그냥 담배를 들고 나갔고 손에 들려 있어서 습관처럼 한 대 피워 물었다. 그 흔한 토끼풀이 한창 자라 있기에 달빛을 따라 몸을 돌렸을 뿐이었다. 그 순간 의식을 잃은 모양이었다. 쓰러지면서 토끼풀 쪽으로 머리가 기울어서 천만다행이라고 했다. 한 치만 어긋났더라도 돌덩이에 머리가 먼저 깨졌을 거라고 구급대원은 말했다. 그 지경이 될 때까지 통증이 없었느냐고 의사가 물었지만 나는 아무런 통증을 느끼지 못했다. 좀 꺼진 왼쪽 폐는 시간이 지나면 복구될 거라고 했다. 화단에서 나를 처음 발견한 사람이 심폐소생술을 했다는데 폐가 내려앉을 정도로 힘을 주었다고 했다. 구급대원은 그 사람의 신원을 끝까지 알려주지 않았다. 그쪽에서 밝히기를 꺼렸다는 것이다. 단지 누워서 달을 보고 있는 줄 알았다는 말만 전해 들었다. 생을 마감하고 있는 내 몸이 태연하게 달을 보고 있는 양 비현실적으로 보였다는 말이었다. 생사를 오가던 사람이 살아났다고 하니 마음이 놓여 전해준 말일 것이다.

뷔페에서 집으로 오는 길에 예전에 다녔던 목욕탕에 들렀다. 몇 년 만인데도 주인은 나를 알아보았다. 가슴 부분에 와이자로 갈라진 붉은 수술 자국을 보더니 이유를 물었다. 내가 사정을 말하자 식혜를 서비스로 가져다주었다. 그 덕에 이야기가 길어져 나는 주인에게 돌연사로 가버린 젊은 조카의 안타까운 이야기를 듣고서야 목욕탕을 나올 수 있었다. 조카는 출장을 가다가 애리조나주 북부, 모뉴먼트 지역에서 발견되었다고 했다. 수술 일 년 만에 재발했다는 말은 안 들었어도 좋을 말이었다. 집 쪽으로 걸어오는데 미세하게 몸이 조 흔들렸다. 나는 잡지를 반대편으로 옮겨 잡아보았다.

아파트 입구에 꽝꽝이나무가 보였다. 내가 한국 본사로 발령을 받아 집으로 돌아와보니 경비원이 바뀌어 있었다. 나무마다 이름표를 붙여놓아 십수 년간 보아온 나무 이름을 알았다. 그곳은 평소 사람이 지나다니는 길이 아니었다. 나는 습관적으로 주머니에 넣고 있던 손을 빼다가 슬그머니 꽝꽝이나무 쪽으로 걸음을 옮겼다. 나무 밑으로 소복하게 자라 있는 토끼풀 무덤은 내가 쓰러지던 지난해보다 더 풍성하게 군락을 이루고 있었다. 나는 토끼풀 위를 손으로 쓸어보았다. 버틸 힘도 없이 부드럽게 쓸려버리는 토끼풀을 망연히 내려다보는데 한 치 옆에 만만하게 놓여 있는 돌이 눈에 들어왔다. 맑은 하늘을 밀치고 노을이 올라오고 있었다. 나는 잡지를 겨드랑이에 낀 채 돌을 들어 더 구석진 곳으로 던져버렸다. 손을 털어내고 천천히 아파트 현관 쪽으로 걸어보았다. 잡지 한 권의 무게가 흔들리는 몸의 균형을 잡아준다는 게 참으로 신기했다.

내가 아파트 현관문을 열었을 때 소라큐는 베란다 쪽을 보고 있었다. 미국 장모님 댁에서든 이곳에서든, 소라큐는 가끔 이유 없이 사진을 찍어 올리곤 했다. 바닥에서 무언가 움직임을 감지한 것도 아니었고, 렌즈가 아래를 향해 있었으니 밤하늘을 찍은 것도 아니었다. 그저 저만이 그리워하는 공간이 있겠구나 생각을 한 게, 베란다 쪽에서 쓸쓸함이 느껴질 정도로 동그랗게 몸을 말아 하염없이 밖을 보고 있곤 했던 것이다. 처남은 소라큐가 찍어 올린 베란다 쇠창살 사진을 오류로 판단하고 삭제해버렸다.

과학상자 안에는 소형 우주선이나 짐을 옮길 수 있는 운반로봇 같은 기본 응용단계의 구조물을 만들 수 있는 부품이 들어 있었다. 부품 리스트와 조립설명서 외에도 가이드북이 부록으로 함께 포함되어 있었다. 왕령은 나사 하나라도 잃어버리는 것을 못 견디는 성격이라며 부품이 하나도 빠짐없이 다 들어 있을 거라고 장담했다. 그 때문에 달이 폭발해버릴 수도 있고 지구가 자전을 멈출 수도 있다는 비약 끝에, 달이라도 찾아갈 것처럼 진지한 표정으로 나를 쳐다보았다. 하위 부품끼리 호환을 하면 달 탐사선과 월면차를 만들 수 있을 거라는 말에, 왕령이 내민 A4 용지를 펼쳐보았다. 나름대로 창작을 한 설계도는 자를 대지 않아 선이 고르지 않았다.

'전투기, 사파리 차, 안내로봇, 화성탐사선, 인쇄기, 크레인 차, 부품 운반로봇, 선풍기, 탁구공 발사대, 유모차.'

1, 2호가 단순한 부품조립 위주의 구성이라면 3호부터는 실제로 움직이는 기계장치로의 전환 단계였다. 왕령은 3호만으로도 하위 호환 부품을 활용해 18종의 모델을 만들 수 있다고 자신했지만, 나는 반응하지 않았다. 결국 앞으로 한 달은 또 녀석과 뷔페를 오가며 시간을 보내야 한다는 뜻이었다.

왕령은 거실 한복판에 부품을 펼쳐놓고 조립을 시작했다. 기본 우주탐사선 설계도에 크레인 차와 사파리 차 사양을 추가했다지만 결국 기초 동력을 이용해 전진과 후진만 가능한 단순한 기능이 전부였다. 왕령은 마치 아이처럼 다리를 쭈그리고 앉아 부품을 세심하게 들여다보았다. 널려 있는 부품을 밟지 않기 위해 까치발을 하고 다니는데도 베어링 하나가 발에 밟혔다. 소리를 내지르기도 전에 왕령이 한마디 했다.

"조심하십시오."

앉아서도 등 뒤의 일을 훤히 알고 있는 사람 같았다.

월면차는 하늘을 나는 기능은 없지만 서로 다른 부품을 호환하다 보면 장애물을 넘을 수도 있다고 했다. 나는 무심코 화장실 쪽을 쳐다보았다. 흘깃거렸다. 낮은 턱으로 공간이 구분된 곳은 그쪽뿐이었다. 소라큐가 안방에서 모습을 드러낸 것은 왕령이 월면차에 사륜 바퀴를 달고 있을 때였다. 동그란 몸체를 열고 지느러미처럼 생긴 날개를 펼치더니, 거실 한복판에서 멈추어 섰다. 그리고 그 순간 전쟁영화에서나 들릴 법한 소리가 터져 나왔다.

"앗! 수류탄이다!"

이내 엎드리라는 소리가 들렸고 왕령이 민첩하게 낮은 포복 자세로 바닥에 엎드렸다. 소라큐가 가슴에 장착된 카메라를 작동해 왕령의 얼굴 앞에서 플래시를 터트린 것은 찰나였다. 왕령이 얼굴을 일그러트리며 눈을 감았다. 위기를 감지한 소라큐가 2단계 비상 프로그램을 이행하며 최상의 화질을 선별해 신속하게 가족 네트워크에 전송을 했다. 사진 속 왕령의 얼굴은 마치 전쟁을 치르고 있는 것처럼 처절해 보였다.

비상 상황을 감지한 아내가 누구냐고 물었다. 나는 바로 대답하지 못했다. 바닥에 납작 엎드린 상태로 가족 네트워크에 첫 등장한 낯선 인물을 경계한 건 아내뿐만이 아니었다. 해명처럼 과학상자를 가져다 대었다. 전에 없이 아이들 놀잇감을 가지고 논다고 생각했는지 처가 식구들에게 우려의 말을 들었다. 처가 식구들은 조심스럽게, 그러나 분명하게 말을 꺼냈다.

"매형 요즘…… 괜찮으신 거죠?"

서로 입 밖으로 내지는 못했지만 관찰 기간 중에 그들이 알아채지 못한 어떤 변화가 있을까 신경이 곤두서 있는 것 같았다. 왕령에 대해 무어라도 납득이 가게 이야기했더라면 아내는 물론 처가 식구들도 이해 못할 사람들은 아니었다. 뷔페에서 어지럽게 얽힌 사건이라도 있었다면 구구절절 말할 수도 있었을 것이다. 나는 마지못해 왕령이 전도유망한 과학도라고 둘러댔다. 꾸준히 난민단체를 도와온 아내이니 그런 경로로 알게 되었다고만 했어도 아내는 좀 더 마음을 놓았을지도 모른다.

사륜 바퀴를 단 월면차는 네 시간 만에 완성되었다. 왕령은 조잡해 보이는 월면차를 자신이 그린 설계도와 꼼꼼하게 대조해보았다. 기능이래야 전진 운동과 후진 운동이 다였지만 시운전을 하지 못한 이유는 건전지가 없어서였다.

"월면차를 해체해야 달 탐사선을 만들 수 있습니다."

왕령이 어떻게 할 거냐고 물었다. 공을 들여 조립한 만큼 해체하기 전에 시간을 갖기로 했다. 왕령의 조립 과정을 되짚어 해체하는 일은 내가 맡기로 했다. 왕령이 남은 부품을 정리해 과학상자에 담은 뒤 평소 들고 다니는 가방에서 플라스틱 통 하나를 꺼냈다. 무언가 들어 있었는데 얼핏 보니 흰쌀밥이었다. 그 밥이 어떤 경로로 여기까지 왔는지 말하지 않아도 짐작이 갔다.

"밥을 좀 먹어도 되겠습니까?"

왕령이 물었다. 점심도 아니고 저녁도 아닌, 이 시간에 밥을 또 먹겠다는 녀석에게 마지못해 숟가락을 내주었다. 음식과 호환을 원한다기에 뷔페 식사권을 주었지만 누가 보아도 녀석이 밑지는 거래였다. 왕령은 뷔페에서처럼 흰쌀밥을 먹고 돌아갔다.

해수와 함께 뷔페에 들어섰을 때 왕령은 보이지 않았다. 해수가 화장실 입구 자리를 궁상맞다고 하는 바람에 가운데쯤에 자리를 잡고 앉았다. 해수는 섬망 증세의 하나로 일축했으면서도 그 당시 그분에게 한 말을 떠올려보라고 조용히 재촉을 했다. 그분을 만나고도 살아 돌아왔다면 분명히 이유가 있을 거라는 이야기였다. 그런데도 여전히 무슨 말을 했는지 기억이 나지 않았다. 달라진 게 있다면 입맛뿐이었다.

"그 바쁜 분이, 고작 입맛 하나 찾으라고, 그것도 열무김치 맛을 알라고 되돌아가셨겠니?"

또다시 낙담을 하며 해수가 고개를 저었다. 그때 뒤늦게 나타난 왕령이 합석을 했다. 왕령이 식판을 들고 음식을 담으러 갔을 때 왕령 쪽을 흘깃거리던 해수가 뭔가 이상한 점을 느끼지 못했느냐고 물었다. 그러면서 자신도 명확한 지점을 찾아내지는 못했는지 석연찮은 듯 고개를 갸웃거렸다. 왕령은 수북하게 흰쌀밥과 분홍색 소시지 부침을 가져왔다.

"그때 몇 번 본 새끼 돼지의 코가 꼭 이런 때깔이었습니다."

나는 분홍색 소시지 부침을 다시 쳐다보았다. 소시지의 원재료가 그거와 관련이 있다는 것을 알았다면 그런 말을 하지는 않았을 것이다. 누나가 그 코에 자주 입을 맞추었다는 왕령의 말에 나는 하려던 말을 참았다. 내가 해수와 호박죽을 뜨러 자리를 비웠다가 다시 돌아왔을 때 흰쌀밥은 또 그렇게 접시에서 사라지고 없었다.

뷔페를 나오면서 해수가 열무의 근황을 알려주었다. 이번에는 그 먼 친척의 몸이 아파서 열무 농사를 접을지도 모른다고 했다. 3월에서 5월 초 봄 파종 시기는 지났으니 8, 9월 가을 파종 시기까지 기다려봐야 알 것 같다고 했다.

"그사이 윤유월이 들어서 다행이지."

조금 잘못되더라도, 윤달이 들어 다시 심을 수 있는 기회가 있다는 것이다. 단지 열무 농사 때문만은 아닌 것 같았다. 먼 친척의 몸이 같이 회복이라도 될 것처럼 말했다.

해수는 버스 정류장까지 따라오더니 마치 아들 친구에게 하듯 왕령 주머니에 용돈을 찔러 넣어주었다. 그러면서 자신이 어렸을 때 과학상자 6호까지 조립해 과학경시대회에서 나와 일등을 다투었던 이야기를 풀어놓았다. 잊고 있었지만 해수의 기억은 맞는 게 아니었다. 일등은 해수도 아니었고 나도 아니었다. 왕령 앞에서 해수가 과학상자에 대해 당장이라도 훈수를 두러 찾아올 것처럼 의지를 다졌다. 해수를 버스에 태워 보낸 뒤 나는 왕령과 함께 편의점에 들러 건전지를 샀다. 월면차를 시운전하기 위해서였다.

소라큐는 내 발과 왕령의 발을 구별하지 못하고 평소와 다름없이 왕령을 무심히 지나쳐서 방 안으로 들어가버렸다. 익숙한 움직임에서 특별한 운동성을 감지하지 못한 것이다. 낯선 일이 발생하지 않는 한 소라큐의 운동성 반응에 변수는 없을 거였다. 단지 가끔 몸을 구체로 말아 베란다 쪽을 내다보는 정도가 전부였다. 아무리 밖을 넘겨다보아도 어딘가의 바닥일 거였다.

"감자알만 한 저게 달에도 있다는 말입니까?"

여전히 소라큐를 피해 다니던 왕령이 뒤늦게 물었다.

감로주의 바다 능선에 표류 중인 로봇은 곤충 모양으로 변신을 한다고 했다. 같은 사양이라고 했는데 기능이 더 있다는 말인지, 달 표면은 거칠기도 하고 사막처럼 미세한 먼지가 쌓여 거실 바닥보다 운동성은 더 있을 것 같았다. 얼마 전 처남이 소라큐가 찍은 사진을 보내왔다. 광활한 달 표면 경사지에 무인우주선 한 채가 뒤집혀 있는 사진이었다. 평평하고 안전한 지형을 착지 장소로 선택하지 않은 이유는 우주선의 착지 운동성을 높이기 위해서라고 했다. 장애물을 인지하고도 착지에 실패하는 과정을 반복하면서 월면에서의 착지 운동성을 학습하는 프로그램 중 하나라는 것이다.

월면차는 직진과 후진 기능뿐이었다. 하늘을 나는 기능은 애초 기대하지도 않았지만 사륜 바퀴를 로봇 팔처럼 움직여 앞으로 나아갈 때 나도 모르게 환호성을 질렀다. 왕령이 월면차가 움직일 때마다 귀뚜라미 소리가 난다고 말했다. 이곳에 다다르기 위해 어느 능선을 넘다가 풀숲에서 울어대는 귀뚜라미 소리를 들었는데 그 소리와 같다고 했다.

"쓰르륵쓰르륵. 쓱쓱. 쓰르륵쓰르륵 쓱쓱."

나는 주방에서 간식을 담다가 뒤를 돌아보았다. 그때 직진과 후진을 반복하던 월면차가 슬그머니 화장실 문턱을 넘고 있었다. 아무리 낮은 턱이라도 하위 사양에서 장애물을 인식하는 것은 오류였다. 더군다나 인식하지 않은 장애물을 넘는다는 것은 있을 수 없는 일이었다. 나는 화장실 턱이 낮아 월면차가 순간 균형을 잃고 넘어진 거라고 판단을 하고 안방 쪽을 슬쩍 넘겨다보았다. 무슨 꿍꿍이인지 소라큐는 꿈쩍도 하지 않고 있었다.

월면차가 움직이며 내던 귀뚜라미 소음도 꺼졌다. 나는 여전히 널려 있는 부품을 밟지 않기 위해 까치발을 하다가 문득 왕령이 뷔페에서 뱉었던 말이 떠올랐다.

'그게 있어요.'

어느 순간부터 바람에 흔들리는 것처럼 왕령의 몸도 흔들거리고 있었다. 이상한 바늘이거나 고드름일 리 없는데도, 나도 모르게 녀석의 주머니 쪽을 흘겨보았다. 그러고는 잠시 왕령이 농담을 한 적이 있었는지 되짚어보았다. 해외 각지를 돌아다녔는데 언어가 달라도 농담은 좀 알아들었다. 그런데 같은 나라말을 하는 사람의 농담을 알아듣지 못할 리는 없었다. 왕령이 흰쌀밥이 가득 담긴 플라스틱 통을 식탁에 내놓으며 예의 그 리듬을 흥얼거렸다.

왕령이 이전에 한식 뷔페식당에서 들려주었던 이야기들은 밥을 대 먹는 공사장 인부들이 무리 지어 들어오는 바람에 잘 알아듣지 못했다. 더군다나 녀석이 늘 나라와 지명을 밝히지 않아 이야기의 맥락을 놓쳤다. 누가 누구의 편인지, 구분도 명확하지 않고 이야기의 주체도 뒤섞여, 집중하지 않으면 인물 중 하나가 그냥 흐릿하게 사라지기 쉬웠다. 그 시간에 월면 잡지를 뒤적이다 보니 나도 모르게 달의 한 귀퉁이에 묻히는 상상을 하곤 하는 거였다.

"그는 나이가 많은 포로였습니다."

처마 밑에 자라는 고드름 하나에 오른 사람에 대한 이야기인 것 같았다.

"암호통신병이었는데, 자신만의 특유한 구술 언어를 사용해 암호지령을 해독하기조차 어려웠습니다. 전세가 바뀌면서 고지는 더 이상 이쪽에도 저쪽에도 유리하지 않은 땅이 되어 있었고, 우리는 퇴각 결정을 앞두고 있었습니다. 제 나라도 아닌 곳에 강을 건너와, 누구의 땅도 아닌 그곳을 어떻게 점령할 수 있을지 그 누구도 답을 내리지 못하고 있었습니다. 그래서 암호를 해석하지 못하면 퇴각을 결정할 수 없었습니다. 통역병의 말에 의하면 늙은 포로는 나바호족이라는 인디언 부족이었습니다. 어린 할아버지는 구릿빛 피부를 가진 그 포로를 나흘 동안 감시하게 되었습니다. 포로를 나무에 거꾸로 매달고 벌판에 묻고 할 때에는 그럴 만한 가치가 있을 때였습니다. 통역병은 영어, 러시아어, 중국어, 일본어에 한국어까지 모두 알아듣는 사람이었습니다. 그는 암호병이 일부러 영어를 하지 않는다고 했습니다. 고문을 하면 제나라 말이 튀어나올 거라고요. 어린 할아버지는 언 땅을 파고 암호병의 목 아래까지 흙을 덮었습니다. 마지막에 토해내는 말을 알아듣기 위해 통역병과 어린 할아버지가 암호병의 곁을 지켰습니다. 암호병은 무언가를 포기한 사람처럼 입을 열었습니다.

'2차 세계대전과 태평양전쟁을 겪고 여기까지 왔고, 그 이전에는 부족끼리 전쟁을 치렀고 그 이전에는 세상의 모든 것들과 전쟁을 치렀다. 베개 방향 때문에 아내와 싸웠고 아이 때는 옥수수 대공 때문에 형과 싸웠다. 그리고 평생 나와도 전쟁을 치렀다.'

전쟁이 끝나면 그는 540킬로미터를 걸어서 고향으로 돌아갈 것이라고 했습니다. 통역병은 영어가 섞인 그 말을 일부 알아들었는지 오늘이 마지막이라는 것을 모르고 있는 모양이라고 중얼거렸습니다. 그래서 농담을 한다는 것이었습니다. 저 종족은 몸에 이상한 습관을 만들며 살아와 더 귀찮고 혼란스럽다고 했습니다. 그래서 저들이 참가하는 전쟁은 어지럽다고 했습니다. 암호병은 서리가 내리는 새벽, 5월의 들판 끝에서 조금의 떨림도 없이 노래를 불렀습니다.

'땅의 끝, 물의 끝, 들판의 끝, 그리고 하늘의 끝을 다 돌아다녔네. 하지만 내 친구 아닌 것은 하나도 없었네.'

그가 말을 할 때마다 입김이 새어 나와 턱 주변에 자란 수염에 서리처럼 내려앉았습니다. 통역병은 암호병이 마지막으로 내뱉은 그 암호를 도저히 해독할 수 없었습니다. 상급 부대에는 암호병이 공포에 질려 주문만 외우다 죽었다고 보고했습니다. 어린 할아버지가 암호병 머리 위에 흙을 덮지 않은 이유는 그가 고요하게 달을 보고 있어서였습니다. 달빛이 너무 환해서 마치 들판에 달이 하나 내려와 있는 것 같았습니다. 어린 할아버지는 하늘에 떠 있는 달을 보다가 달의 뒷면이 그에게 떨어지는 것이라고 생각했습니다."

왕령이 전하는 이야기가 상상인지 회상인지 헷갈렸다. 소년병이라 하면 어린 나이였을 것인데, 그런 전쟁터에서, 암호병의 몸, 그것도 한겨울 땅에 묻힌 그의 몸에서 흘러나오는 노래에 어떻게 공명할 수 있다는 말인지…… 나는 회로도를 그리듯 나와 무관한 이야기를 전하는 왕령의 행보를 더릿속으로 그리다가 식탁 위, 초라한 제단 쪽으로 시선을 조용히 내렸다. 왕령이 플라스틱 용기의 뚜껑을 열었다. 무언가를 차린다는 느낌이 든 이유는 흰쌀밥을 동그랗게 모아 올려서였다.

"밥을 올려도 되겠습니까?"

여태 들어본 적 없는 정중한 말투에 나는 조심스레 주변을 둘러보았다. 그때 종일 방에 있던 소라큐가 조용히 방을 나왔다. 동그란 몸을 열고 지느러미처럼 날개를 펼치며 월면차 옆에서 멈추어 섰다.

"달이 밝습니다."

나는 왕령의 말에 베란다 밖으로 시선을 돌렸다. 무언가 기척이라도 느낀 듯 소라큐가 아무런 운동성도 없는 바닥을 훑더니 천천히 카메라 렌즈를 열었다.

백한번째 사람

집은 숲을 보고 있었다. 서기목 벽면을 등지고 창문 쪽을 바라보면 어둠이 숲을 통해 내려오는 것처럼 그늘이 먼저 내려왔다. 그늘이 먼저 닿는 면은 낡은 공책 한 권이었다. 비가 오는 날에도 미세한 변화를 일으켜 책등 부위에 각별한 흔적을 남겼다. 검은 철끈으로 등을 묶은 공책을 가져온 사람은 리찬이었다. 대여섯 권이 같이 묶여 있었는데 배낭에서 세계사 연표를 꺼내다가 같이 나온 거였다. 겉장을 열어보니 갱지의 꺼칠한 민낯에 요즘 세상에 유용하지도 않을 것 같은 내용이 적혀 있었다. 정작 공책 주인의 이름이나 나이, 취향은 적혀 있지 않았고 강원도 홍천 고산에서 잣을 털던 사람이라는 것 이외에 리찬도 아는 바가 없다고 했다. 연고도 없이 신원미상으로 사라지는 사람들이 있는데 생사가 확인되지 않은 그들의 물건을 치우는 일 또한 리찬이 하는 일 중 하나였다. 틈을 내서 덤으로 하는 일이라면서도 여태 하던 일보다 더 힘들어 보였다. 국적도 다양한 사람들이 남긴 물건은 패딩이나 짧은 남방 등 계절이 뒤섞인 옷가지가 대부분이고 낡은 공책이 발견된 것은 처음이라고 했다. 물건의 주인이 나타나지 않는다면 옷가지와 함께 태워 보낼 것이라고 했다. 그날 리찬은 손으로 직접 만든 세계사 연표를 이층 계단 입구에 붙이며 공책은 잠시 보관해달라고 했다.

"엄마가 죽은 사람 물건을 들고 오면 귀신도 따라온다고 했어요. 그러면 그 사람 몫까지 살아줘야 한대요."

돌아가셨다는 어머니의 이야기까지 빌려 사라진 사람을 하늘로 보내는 방법을 나에게 전했다. 죽었을지도 모른다는 뜻이 포함되어 있기도 했는데, 그 사람의 물건을 버리지 않고 굳이 이곳에 놓고 가려는 이유를 묻지 않았다. 사라진 사람한테 연락이 온 적이 있느냐고 물었더니 리찬이 글쎄요, 라고 말을 흘렸다. 그 뒤로 리찬은 할 일 없이 공책을 뒤적이면서 불쑥 청년의 이야기를 꺼내곤 했다. 그에 대해 아는 바가 없다면서도 이야기의 끝을 맺지 못하다가 슬그머니 공책을 다시 놓고 가버렸다.

낡은 철끈으로 묶인 공책에는 구황식물에 관한 내용이 적혀 있었다. 저장식물과 햇빛 그리고 반응 편으로 구성되어 있었고 저장하기 전 구황식물의 생태는 햇빛 편에 상세하게 기록되어 있었다. 저장식물 편에는 계절에 따른 저장 온도와 습도, 줄기를 떼어내거나 탈곡한 구황작물의 저장 위치 등이 그림과 함께 적혀 있었다. 누군가에게 전해 들은 내용은 전해준 사람의 이름과 고향, 나이 등을 기록해놓았다. 강원도 산자락에서 잣을 털던 사람이 어쩌다 남쪽 끝까지 내려와 실종되었는지, 그와 같이 섞여 지내던 사람도 아는 바가 없다고 했다. 그가 워낙 말이 없어서가 아니라 서로 관심을 가질 여유가 없어서라는 것이다.

"관심을 가지면 바로 죽음이에요."

자칫 잘못하면 바로 말려 들어간다고 했다. 처음에는 말려 들어간다는 뜻이 분류할 물건이 뒤섞이는 것으로 알아들었는데 기계에 끼어 들어간다는 뜻이었다. 리찬은 통성명도 못할 정도로 기계가 돌아가는 곳에서 일을 하며 학원에 다니고 있었다.

리찬은 고시학원에서 알게 되었다. 공통 과목인 한국사 강의를 듣는데 옆자리에 앉은 사람이 리찬이었다. 내가 들고 다니는 어진향차 탓인지 어디에선가 송진 냄새가 난다며 코를 킁킁거리며 다가왔다. 내 몸에 코를 가져다 댄 사람은 리찬이 처음이었다. 수업이 끝나고 셀프사진관에 혼자 들어가는 모습을 우연히 보았다. 내가 먼저 리찬을 불렀나, 어쩌다 노랑 가발을 같이 뒤집어쓰고 사진까지 찍게 되었다. 침울한 표정으로 그날이 형의 생일이며 기일이라고 했다. 시시콜콜 캐묻지 않은 것은 형의 생몰일(生歿日)을 그런 장소에서 그런 얼굴로 기리는 사람을 보지 못해서였다. 첫날, 내가 뭐라도 속의 것을 보여주고 싶은 마음이 일어 치킨집에서 고백을 하나 했다. 딸기잼 병뚜껑을 열지 못한다고 말이다. 리찬이 자신은 구구단을 잘 외우지 못한다며 응수를 해왔다. 헤어질 즈음 내가 외계인이라고 추가 고백을 한 것 같은데, 특별한 능력을 보여주면 인정하겠다고 시답잖게 웃어넘겼다. 나는 작정하고 왼쪽 손바닥을 펴 지문을 보여주었다. 융선과 융선 사이에 골이 패지 않은 밋밋하고 매끄러운 지문을 쳐다보다가 자신의 엄마도 지문이 없다고 했다. 주부습진에, 일을 너무 많이 해서 저절로 닳아 없어졌다는 것이다. 그때 리찬의 입에서 다른 존재의 말투가 섞인 것처럼 익살스러운 목소리가 흘러나왔다.

"손금은 심플하니, 고생은 안 하겠네."

손바닥을 가로지르는 굵직한 선 하나에 덕담을 내뱉으며 밤하늘의 별자리 같은 자신의 손금을 펴 보였다. 그날 보여주고 싶었던 속 내용은 다 흘려버리고 조심스레 내뱉은 고백이 외계인 방씨, 즉 외방씨라는 별칭으로 돌아왔다. 지금까지 내가 특별한 능력을 보여주지 못했으니 어렵게 꺼낸 고백은 허풍이 되고 말았다. 이후 리찬은 말로만 외계인 취급을 해주었지, 만만한 삼촌 집에 들른 어린 조카처럼 적당히 예의를 지키다가 이제 제집인 양 드러눕기까지 한다. 그래도 월급을 받으면 가끔 먹을 것을 사 들고 왔는데 오늘은 오렌지 한 봉지를 손에 들고 나타났다. 나는 공책을 넘기다 식탁 쪽으로 시선을 돌렸다. 리찬이 냉장고에서 전날 사다 놓은 요구르트를 꺼내 마신 뒤 식탁에 앉아 『조경학개론』과 『식물도감』을 나란히 펼쳤다.

낡은 갱지에 적힌 내용은 햇빛을 받고 자란 구황식물이 저장식물 쪽으로 옮겨가면서 무언가 끝이 날 것 같은 구조였다. 반응 편은 나와 사라진 그 청년의 관계같이 저장식물과 햇빛 편과는 아무런 상관도 없어 보였다. 포도 넝쿨처럼 흘러내리는 필체로 쓴 부분이 눈에 띄었는데, 독특한 필체 탓에 내 몸 한 부분이 자꾸 흘러내리는 것 같았다. 단지 피라는 식물은 저장식물의 햇빛 편과 반응 편에 두루두루 언급이 되어 있었다. 신석기 시대부터 벼, 조, 수수, 콩과 함께 오곡의 자리에 올랐다가 오늘날에 이르러 씨알이 작고 맛이 나쁘다는 이유로 본연의 자리인 잡초로 되돌아간 식물이었다.

나는 리찬이 벽에 붙여놓은 연표에서 신석기란을 찾았다. 쌀은 그 시대에도 제사장이나 족장이 먹는 주식이었다. 피는 평민들 차지였는데 척박한 땅에서도 잘 자라고 번식력이 왕성해서 기근이 들면 구황작물로, 시절이 좋으면 태초의 원시종으로 분류되어 잡초로 되돌아가기를 반복하고 있었다. 이제 농경지에서 보이는 대로 제거해야 하는 인간의 주적이 된 이유는, 피를 피로 아는 사람은 알 것이라고 적혀 있었다. 나는 포도 넝쿨처럼 흘러내리는 독립된 한 문장을 유심히 들여다보다가 리찬에게 피를 아느냐고 물었다. 리찬이 『식물도감』을 넘겨가며 볏과에 속한 식물 하나를 짚어 보였다.

"엄마가 가장 많이 먹은 거예요."

"어쩌다가?"

"모부투 리살라."

리찬이 대답 대신 맥락도 없는 말을 가져다 댔다. 아프리카에서 온 은쿠시가 배합실 일을 마칠 때마다 푸념처럼 하는 말이라고 했다. 저주 섞인 듯 뱉어내도 라임처럼 운율이 따라붙어 리찬의 입에도 배었다고 했다. 인트락, 배합기, 어그로, 시놋대. 리찬이 가져다 대는 단어는 현장 용어에 조경 용어, 게임 용어까지 섞여 내가 모르는 단어가 태반이었다. 외방씨에 이어 이제 세계사에 등장하는 내용까지 끼어들어 나를 더 복잡하게 만들었다. 리찬이 이곳에 세계사 연표를 가져온 이유는 연표에 오른 사건과 연결된 부분을 검색하는 일을 나에게 맡기기 위해서였다. 행정수행 능력이 뛰어난 외계인이라는 농담을 곁들였는데 단지 외우기 위해서만은 아닌 듯 보였다.

"세상에 하나밖에 없는 연표예요."

화장실을 다녀오던 리찬이 자신의 중요한 부분을 내어주는 것처럼 생색을 냈다. 베껴 적었을지라도 리찬 손으로 직접 그림까지 그려가며 만들었으니 틀린 말은 아니었다.

리찬은 중졸 검정고시를 거쳐 원예고등학교를 나와 9급 조경사 시험에 도전 중이었고 나는 행정직 공무원을 준비하고 있었다. 가구원 조사를 하기 위해 어쩌다 들르는 반장 아주머니와 야쿠르트 여사님이 매번 나에게 왜 집에만 있느냐고 물었다. 공무원 시험을 준비하는 중이라고 둘러대다가 학원 등록까지 하게 된 이유는 누구도 의심하지 않을 것 같아서였다. 안정되고 선호하는 직업군이라 하니 위험할 일도 없을 듯했다. 합격 여부와 상관없이 그들처럼 이 사회의 일원이라는, 이상한 안도감을 주는 게 있었다.

"메일 보낼 때 검정색으로 부탁합니다."

내가 전날 보낸 세계사 파일을 두고 하는 말이었다.

"푸른색 파일은 처음이라서요. 자꾸 당황하잖아요."

보지도 않은 장면이 환상처럼 떠오른다는 리찬의 말에 당황한 사람은 나였다. 나조차 푸른색으로 메일을 보낸다는 사실을 몰랐던 것이다.

햇빛 편에는 피에 대한 관찰을 상세히 적어놓았는데 수평으로 고르게 써레질을 하지 않아 언덕처럼 흙이 올라오면 피는 어김없이 그곳에서 싹을 틔웠다. 나는 써레질이라는 낯선 단어를 되뇌며 다음 장을 넘겼다. 피가 익기 시작할 무렵, 자칫 너그러운 마음이 일면 다음 해 온통 피밭이 되고 마는데, 피에 대한 적개심과 원한이 없어서 농사를 망친 사건이 적혀 있었다. 최선을 다해 피를 뽑는 사람은 주인의 가족들이었다. 나는 성실한 아버지가 아들인 기백에게 피에 대한 우려를 전하는 부분을 읽어 나갔다.

'나락은 한번 몸이 꺾이면 다시는 일어나지 못한다. 나락이 놀라지 않도록 발을 뗄 때도 조심해야지. 도둑의 발걸음처럼. 잘 보아 익히거라.'

벼가 무성한 골 사이를 조심스럽게 걸어가는 부자의 뒷모습을 그려놓았는데 기교 없이 몇 번 그은 선으로도 그들이 얼마나 진심을 내는지 알 수 있었다.

'나쁜 피를 뽑아라. 나락이 다치지 않도록 교활한 피를 뽑아라. 행복한 뿌리가 되지 않도록 나쁜 뿌리를 뽑아라.'

아버지가 훑고 간 골엔 피가 자라지 않았다. 아버지는 쌍둥이도 아닌 것이 벼와 너무 닮아 구분하기 어려운 게 문제라고 했다. 나락이 실하게 열매를 맺을 시기가 되면 그제야 피는 평온한 땅속으로 돌아가고, 주인이 잠든 새벽이면 제집처럼 날아드는 비둘기. 구구구구 비둘기야, 비둘기야 구구구구. 주인은 새벽에도 잠을 이루지 못해 나락을 살피며 들판을 서성였다.

'그듬이 말썽이다. 세상이 어두우면 온 천지에서 나락을 벼르는 나쁜 것들이 몰려온다. 어둠은 도둑들의 세상이라, 그듬이 말썽이다. 특히 피를 조심해라. 벼와 쌍둥이처럼 닮아 있으니, 후대에 누가 왕이고 누가 종인지 헷갈릴까 그게 걱정이구나. 그듬에 돌아다니는 것들이 행복해하면 천지가 뒤바뀌는 것이니.'

노래 가사처럼 적어놓은 부분 아래에는 아들 기백이 땅에 무지해서 문제의 잡초를 키우지 않도록, 교활한 짐승들이 밭을 망치지 않도록, 김평수라는 머슴을 붙여 현장 실습을 시킨 장면이 적혀 있었다. 하지만 어쩐 일인지 그해 가을, 함경북도 청진 사람인 김평수의 가르침을 받은 아들 기백이 온 들판을 피와 뒤섞이게 만들고 말았다. 더군다나 줄지어 선 이삭들 사이에, 방향이 어긋난 것들이 섞였는데 누군가 거슬러 피사리를 한 듯, 이삭이 반대쪽으로 휘어 있었다. 아들이 어디에 홀려 일을 그르쳤는지, 햇빛 편에는 그때 상황에 대해서 이렇게 적혀 있었다.

단지 피를 훑는 방법에 대해 최선을 다해 도련님에게 알려줬을 뿐이라고 아무리 이야기를 해도 주인은 듣지 않았다.

손에 진심을 담아 정성껏 피를 훑었다고 이야기하면 할수록 주인의 분노는 극에 달했다.

'어디에 진심을 품었다는 말이냐. 애초 적개심과 원한이 없는 게 문제로구나. 손목을 잘라라.'

아버지는 아들에게 작두를 맡겼고 기백은 눈을 감고 김평수의 오른쪽 손목을 향해 작두를 내렸다. 아버지가 흡족해한 이유는 아무런 쓸모도 없는 왼손을 자르지 않은 아들의 영민함 때문이었다. 이후 김평수는 쥐도 새도 모르게 마을에서 사라졌고 기백은 일본으로 유학을 떠나버렸다. 김평수의 전수를 받은 기백의 피사리는 피의 역사상 가장 찬란하게 황금빛으로 들판을 물들인 사건으로 기록되었다.

벽 높이와 키를 같이한 연표 맨 위가 구석기 시대였고 맨 아래에는 세계사능력검정시험 응시 날짜와 응시료 42,000원이 붉은 글씨로 적혀 있었다. 구석기 시대를 보려면 밤하늘의 별을 보는 것처럼 고개를 많이 젖혀야 했다. 그러면 텅 빈 공간에 한눈에 보아도 어수룩해 보이는 유인원 한 명이 막대기를 쥐고 서 있었다. '곧선사람'이라는 종의 명명과 함께 리찬이 손으로 직접 그려 넣은 것이다. 사실 세계사능력검정시험은 나에게는 아무런 소용이 없는 거였다. 내가 범우주적으로 치른 시험이나 자격증에 대해 리찬에게 말한다면, 아마 특별한 능력을 보여달라고 떼를 쓰지도 않았을 것이다. 면접관이 묻는다면 글로벌 시대의 세계시민으로서 균형감 있는 역사관을 확립하고 진정한 주체가 될 수 있도록, 세계관을 확장시키기 위해서, 라고 답하면 된다고 모범 답안까지 알려주었다.

나는 많은 가산점을 받아 글로벌 기업에 입사를 했었다. 우주에서 날아온 뮤온 입자를 이용해 개인의 위치를 추적할 수 있는 장치를 연구 개발하는 회사였다. GPS 신호가 닿지 않는 곳에서도 더 미세한 입자를 이용해 위치를 추적하여 이를 상용화하려는 데 목적이 있었다. 옆자리에 앉은 강이 여태 질문이라고는 하지 않다가 넷플릭스를 보느냐고 물었다. 집에 인터넷이 들어오지 않는다고 하자 강은 이내 놀라는 표정을 지었다. 산속에 사느냐고 농담을 하기에 그에 맞는 답을 해주었다. 퇴근길에 강이 같은 방향이면 태워다 주겠다고 친절을 베풀었다. 거절을 하니 이유를 물었다. 딸기잼 병뚜껑을 열려면 걸어야 한다고 하자, 강은 아무 말 없이 조수석 창문을 내리더니 그대로 차를 몰고 떠났다. 며칠 뒤 강이 나에게 어떤 사람 이야기를 꺼내며 그가 외계인인지 아느냐고 물었다. 어떻게 외계인인지 아느냐고 물었더니 저절로 알게 된다고 비밀처럼 목소리를 낮췄다. 머리가 아팠지만 그 사람이 누구인지 이내 알아챘다.

뮤온 입자의 기능을 업그레이드한 수신기를 몸에 지니고 건물을 오르내리는 실험을 우리 부서에서 하게 되었다. 지상에서 지하 29층까지 계단을 오르내릴 사람으로 내가 지목되었다. 중성미자를 채집하기 위해 만든 특수한 건물의 맨 위에서 맨 아래까지 반복해서 오르내릴 거리는 내가 평소 걸어 다니는 거리보다 짧았다. 미세하게라도 나에게서 주파수를 잡아내지 못한 강이 마지못해 수신기를 받아 몸에 지니며 고개를 갸웃거렸다.

"유령 입자네……"

회사에서는 뮤온 입자에서 생겨난 중성미자를 그렇게 불렀다. 오로지 왼쪽을 향한 운동량만 발견된 특이한 그 존재에 대한 위치추적 연구가 한창이었다. 그날 회사 홈페이지에 짧은 논문 한 편이 올라와 있었다. 성질이 중성이어서 서로 당기거나 밀어내지 않는 존재. 모든 물체를 통과하면서도 눈에 띄지 않고 존재감도 없는 입자. 너무 미약해서 존재를 확인하지 못하지만 우주의 별이 터지지 않고 빛나는 이유도 그 약한 존재 때문이다. 지구에도 미약한 그 존재가 가득 차 있다는 마지막 구절에 잠시 눈시울을 붉힌 사람은 뜻밖에도 강이었다. 그날 실험이 실패로 돌아간 이유는 운동으로 몸을 다진 강에게서 도파민이 과도하게 분비되어서였다. 내가 회사를 그만둔 것은 걸어서 출퇴근하기에 너무 먼 거리로 회사를 옮겨갔기 때문이었다.

식탁에는 리찬이 벗겨놓은 오렌지 껍질이 쌓여 있었다. 나는 어진향차를 따라 리찬 옆에 앉았다. 회사를 그만둔 뒤 냄새에 끌려 들어간 약재상에서 사람 냄새가 나게 하는 약초가 있느냐고 물었다. 주인은 오히려 그런 게 어디 있겠냐며 대신 냄새를 없애는 차는 있다고 했다. 방아 씨와 미나리 씨앗과 정향을 말린 어진향초는 특유의 광물 냄새를 없애줄 것 같아 사 온 거였다.

"어머니도 어려서부터 피사리를 많이 했는데, 그걸 훑어 오다가 많이 맞았대요. 그때 웃음이 터져 나와 더 혼이 났다는 이야기를 자주 했어요."

'윗니도 그때 빠진 거라.'

리찬의 입에서 또 다른 목소리가 흘러나왔다. 떠돌아다니며 두루두루 섞인 어머니의 특이한 말투가 자신도 모르게 배었다고 했다.

"엄마가 윗입술을 들어 보이지 않아도 텅 빈 잇몸이 그냥 보였어요. 고향 없이 평생을 그렇게 사셨으니…… 일가친척도 없고. 윗지방에서 중국을 떠돌다 들어와 전라도에 살 땐 그곳이 고향이었다가, 충청도에 살 땐 섞여 들어가서 그곳이 또 고향이 되었고, 돌아가신 이곳이 마지막 고향이 될 줄 어머니도 몰랐다고 했어요."

'1974년이었다. 내가 열여섯 살 때 그쪽에 아프리카에서 대통령이 왔는데 거기서도 그분의 이름을 함부로 부르면 잡혀갔더랬지. 그래서 긴 이름 대신 모 아저씨라고 불렀다.'

그의 이름을 풀어서 노래처럼 외우고 다녔다고 했다.

'모 아저씨는 초인적 인내와 불굴의 의지로 지나가는 발자취마다 불을 남기며, 정복에 정복을 거듭하여 전진하는 전능한 전사!'

마치 군가를 부르듯 리찬의 목소리에도 힘이 들어가 있었다.

'산둥성을 떠돌다 죽을 고비 넘기고 오니까 그 사람이 또 떡하니 여기 와 있더라니. 지금도 잊히지 않구만. 새카마이 두둑하게 생긴 모 아저씨는 초인적 인내와 불굴의 의지로 전진하는 전능한 전사. 모 아저씨도 피를 많이 먹었다고 해서 처음에는 같은 처지인가 하고 순진한 생각을 했지.'

리찬이 원예학교에 가게 된 이유는 평생 먹은 풀 종류만 해도 '풀책' 한 권은 넘을 거라는 말을 어머니에게 들어왔기 때문이라고 했다.

'피를 훑어 오다가 주인한테 맞을 때는 차라리 두더지나 쥐였으면 했더라니. 주인이 없으이 맞지는 않지. 하루는 하두 맞아 정신이 까무룩해지다가 순간 쥐와 눈이 마주쳤더랬는데, 저절로 말이 흘러나왔단 말이지, 집이 어디메냐고. 너무 태연하게 땅속으로 쏙 들어가는가 했더니, 문 입구에서 빠끔하게 뒤를 한번 돌아보데. 그게 희한하더라니, 내 몸이 들쥐만큼 작아지더니 그 속으로 쏙 빨려 들어가는데…… 가가 문

을 닫았더라문 나는 못 들어갔어.'

"엄마는 땅속에 무슨 문이 있다고?"

'있다캐도. 그때 일이 여전히 생생하니, 피밭에는 유난히 쥐가 많았다. 어디 그뿐이더냐. 지네, 두더지, 다람쥐, 산비둘기, 지렁이, 멧돼지, 곰팽이.'

"곰팽이?"

그때 빨려 들어갔다는 그 세상을 종종 그림으로 그려서 보여주었는데 리찬도 처음 보는 그림이었다고 했다. 이름까지 적어 넣은데다 너무 미세하게 표현을 해서 꼭 있는 세상 같았다는 것이다.

'곰팽이 집은 세상과 다 닿은 것처럼 문이 천 갈래 만 갈래였지.'

"문이 천 갈래 만 갈래?"

내가 다시 물었다. 리찬이 곰팡이에 더 묻지 않은 이유는 엄마가 아무리 설명을 해줘도 알아들을 수 없어서라고 했다.

"저와 십 년 터울 형을 들판에서 잃었대요. 저도 들판에서 태어났다는데 한번 말했다가 애들한테 원숭이 새끼라고 놀림을 받았거든요. 여기는 들판에서 태어난 사람이 없는가 봐요."

'그해, 피를 능가하고 알맹이가 실하게 열리는 새토운 종자 갈이가 한창이었다. 윤기가 흐르고 맛도 더 좋은 종자라고 하는데, 그래 봤자 고자 씨지. 희한하게 그 밭에 피가 자라지 않더라니. 어떻게 내 속을 알고 자투리땅에 공동묘지처럼 피 무덤이 생겼더랬지. 그것도 들킬까 봐 그믐날 새벽에 피를 훑으러 갔는데, 사슴 한 마리가 새끼까지 데리고 와서 먼저 그러고 있더라니. 숲으로 돌아갈 때까지 한참을 기다리다 보니 날이 밝아오더구나.'

"거짓말, 사슴이 어떻게 그렇게 많이 먹어?"

'야가 모르는 소리 한다이, 새끼 밴 몸인데 더 먹지를.'

그 말을 곱씹는 엄마의 표정을 휴대폰으로 찍은 게 있다며 리찬이 갤러리를 열어 보였다. 입을 벌리지 않았어도 이가 빠진 곳이 어디인지 짐작이 갔다.

"엄마는 아침에는 다람쥐였다가 낮에는 오소리였다가 밤에는 쥐가 되고, 또 하루는 곰이 되고 어쩌다 사슴이었나 보네."

'다람쥐, 곰, 사슴…… 내가?'

마치 엄마가 좋아하는 것처럼 리찬의 얼굴이 환하게 밝아졌다. 리찬이 놀리듯 하는 그 말을 엄마가 참으로 좋아했다는 것이다.

리찬과 노랑 가발을 뒤집어쓰고 사진을 찍던 날은 죽어서 태어난 형의 기일이라고 했다. 피를 훑던 그믐밤을 생시와 몰시로 정한 것이다. 자신이 난민으로 떠돌다 사라진 청진 사람의 아들이라는 말을 리찬이 덧붙였는데 그 말을 이해하는 데 다시 며칠이 걸렸다.

"혼자 이 나이를 지나가려니 미안해서요. 우리 형이라면 그것도 한번 해보고 싶었을 거예요. 배합기에서 사라진 그 형들도 그렇고요."

내가 리찬을 만난 그날 일을 이제야 털어놓았다.

리찬이 한숨까지 쉬어가며 다시 어머니의 말을 전했다. 누구도 기록할 수 없는 사라진 존재를 온몸으로 기록하는 것 같았다.

'어떤 주인은 귀퉁이 피밭을 슬쩍 내주기도 하고 어떤 주인은 손바닥만 한 피밭을 갈아엎기도 하고, 같이 떠돌아다니던 사람도 누군 운이 좋아서 쉽게 주인이 되고 누군 천신만고 끝에 주인이 되고. 누구라도 주인이 되면 또 코딱지만 한 피밭을 갈아엎기도 하고, 또 누구는 슬쩍 내주기도 하고. 또 누구는 손목까지 자르고. 자르더라도 먹고사는 손을 자르는 놈이 있고, 먹고는 살라고 다른쪽 손을 자르는 놈이 있고. 사람이라는 종자가 참으로 천차만별이다. 그래도 말이다, 누구라도 원한과 적개심을 갖고 피사리를 하면 그거이 가짜 주인이다.'

리찬과 천제등로를 산책하고 집으로 돌아온 시간은 열시였다. 수령이 오래된 가로수 사이를 걸어 고시촌으로 돌아가는 것이 유일한 휴식인 셈이라고 했다. 나는 공책을 다시 펼쳤다. 포도 넝쿨처럼 흘려 적은 반응 편은 갈피를 잡을 수 없는 부분이 많았다. 구황식물임에도 불구하고, 그 글은 마치 찔레나 엉겅퀴처럼 아무렇게나 자란 들풀을 좋아하는 사람이 무심히 적은 듯, 느슨하고 태연했다.

다음 장을 넘기면 전편에서 사라진 기백이 등장하여 나를 당황하게 만들었다. 그 단순한 선에서 내가 기백을 발견한 것은 햇빛 편의 도둑의 발자취 그림을 몇 번이나 뒤적여 보아서였다. 김평수와 같이 기백의 손도 오른쪽이 없었다. 혼란 속에서도 갱지 위에서 골을 일궈 피가 자랄 것 같은 기이한 느낌이 들었다. 검은 철끈의 매듭 부분이 터진 것은 저장식물편을 다시 펼칠 때였다. 밭의 이랑처럼 등을 묶은 낡은 철끈은 골마다 여러 매듭으로 묶여 있어 어느 부분이 터졌는지 알길이 없었다. 나는 공책을 수습해 추린 뒤 식탁 위에 조심스레 올려놓았다.

모처럼 월차를 쓴다는 리찬은 한껏 멋을 내지도 않았고 늘 메고 다니는 배낭은 평소보다 더 불룩했다. 리찬은 그곳에서 벚나무의 표준개화를 알리는 나무 한 그루를 볼 수 있고, 하늘도 두루두루 볼 수 있다고 했다. 기상청 마당까지 올라와 하늘을 보아야 하느냐고 물으니 리찬이 멋쩍은 표정으로 벚나무 앞으로 갔다. 폈어도 벌써 폈을 텐데, 라는 리찬의 말에 어디에나 서 있을 법한 평범한 나무 한 그루를 올려다보았다. 리찬이 등 뒤의 배낭을 나무를 향해 한번 추켜올리며 아쉬운

듯 고개를 돌렸다.

"홍천에서 잣을 털던 사람이 왜 이곳까지 왔을까요?"

"글쎄……"

"나중에 이곳을 기지로 사용하면 되겠어요. 지구에 떨군 동족을 언젠가 찾으러 오지 않겠어요?"

내게 커다란 비밀이라도 알려주는 것처럼 말했지만 리찬이 진심으로 하는 이야기는 아니었다. 리찬이 천체망원경 앞으로 나를 데려갔다. 내가 외계인이라 하니 외계인 병이 좀 낫지 않을까 싶어 그러는 모양이었다. 천문대도 아니고 기상청이라니. 언젠가 리찬이 넋두리처럼 한 말이 떠올랐다.

'진짜 외계인이라면, 지구에 방이 하나 비는 건데, 사물함이 비는 거와 같은 거잖아요.'

그 복잡한 의미를 해석하는 데 꼬박 일주일이 걸렸다.

기상청에서 돌아왔을 때 남서쪽 마당으로 해가 지고 있었다. 숲의 완충지대인 그곳에는 어린아이 키만 한 나무 한 그루가 자랐다. 지난겨울, 폭설을 뒤집어쓴 나무를 부르는 호칭은 그냥 나무 한 그루였다. 올봄, 재스민이라고 이름을 알려준 사람은 리찬이었다. 식물도감에서라도 보았는지, 아프리카에서는 흔한 꽃나무라고 했다. 리찬이 아는 누나가 베이징에서 그 꽃을 팔다가 실종되고 동생만 이곳으로 왔다고 했다. 십여 년이 흐른 지금도 누나의 생사를 모른다고 했다.

"한 가지 부탁 좀 드려도 돼요?"

기상청에서부터 내내 등에 메고 있던 배낭을 마당 한구석에 내려놓으며 리찬이 물었다. 배낭에서 내놓은 것은 남자의 옷가지였다.

"이것 좀 태우려고요."

쪼그라들었던 패딩이 조금씩 부풀어 올랐다.

"고시원에서는 태울 수가 없어서요. 몇 번 태우다 신고를 해 혼쭐이 난 적 있거든요."

옷가지로도 몸피가 얼마나 작은지 짐작이 갔다. 리찬이 눈으로 마당을 찬찬히 훑더니 재스민 나무 옆 조그마한 흙무덤으로 갔다. 그곳으로 인색하게 해가 지나가고 있었다. 그 아래 옷가지를 놓고 불을 붙였다. 불길은 쉽게 타올랐다. 모닥불을 피운 것도 아니었는데 그 주변에 둘러서게 되었다. 리찬이 작은 막대기 하나를 들고 타들어가는 옷가지를 뒤적이며 불길을 일궜다.

"그…… 공책 좀 주시겠어요?"

마지막 절차인 양 리찬이 말했다.

"세상에 하나뿐일 텐데…… 어디에 보관해야 될지 몰라서요."

기지국처럼 이곳으로 공책을 가져온 이유를 이제야 댔다. 다시 또 배합기 안으로 아르바이트생이 쓸려 들어간 사건은 리찬을 통해서가 아니라 뉴스를 보고 알게 되었다. 리찬은 그걸 목격한 사람이 자신이라는 말을 하지 않았다. 밀을 반죽하는 일은 단순한 듯 보여도 위험한 일이라고 했다. 사고가 나면 도와줄 사람이 늘 같이 있어야 하는데 윗사람이 바뀌면서 그 일을 그 친구 혼자 하게 되었다는 것이다.

"야간 작업인데도 불이 너무 밝았어요. 집에 가면 여전히 악몽에 시달려요. 얼마 전에는 은쿠시 손이 끼었어요. 여섯 살 때부터 광산에서 코발트 캐는 일을 했는데 그 광물은 땅의 기운을 가졌대요. 배합기 안에서 밀 반죽을 만질 때면 맨손으로 코발트를 캐던 생각이 난다고…… 흙을 끝없이 훑어야 하는데 그 감촉이…… 소리로 온다고 했어요. 그 소리 때문에 버텼대요."

"아아아아아."

리찬이 전해주는 은쿠시 소리에 나도 모르게 대답을 했다.

"어어어어어."

병원에 입원한 은쿠시가 퇴원을 하면 돌봐줄 사람이 없다고 했다.

잔불은 쉽게 사그라들지 않았다.

"엄마가 책 한 권 분량의 잡초만 먹은 게 아니었어요. 들판의 두더지, 쥐, 들개나 고양이까지 먹으며 형을 낳았는데, 죽고 말았다고요. 돌아가시기 얼마 전에야 털어놓으셨어요. 같은 처지에 그게 걸린다고요. 편히 가시라고 했어요."

리찬은 잔불에서 올라오는 연기를 따라 하늘을 올려다보았다.

"저곳으로 가면 또 다른 세상이 있을까요?"

내 입에서 그곳에 대한 막연한 찬미가 튀어나왔더라면 리찬은 나를 외계인으로 인정했을지도 몰랐다.

"공책 좀…… 주시겠어요?"

"……"

나는 미적거리다 등을 묶은 철끈이 끊어져서 지금은 안 되겠다고 대답했다. 아무리 묶으려고 해도 안 된다며 손바닥을 보여주었다. 밋밋하고 매끄러운 지문을 쳐다보던 리찬이 엄마는 지문이 없어도 일만 잘하셨다고 했다. 내가 공책을 내놓은 것은 도저히 묶는 방법을 알지 못해서였다. 리찬이 공책을 넘겨가며 마지못해 매듭 부분을 살폈다. 어느 부분이 터졌는지, 보이지 않는 매듭이 많아 리찬도 알 길이 없는 것 같았다. 그래도 저절로 삭았는지, 사람의 손을 타서 삭았는지는 구분할 수 있다고 했다. 그 순간 리찬이 불길 속으로 공책을 던져넣는다 해도 어쩔 수 없는 일이었다.

"다시 묶으려면 푸는 작업을 먼저 해야 될 것 같아요……"

리찬이 막대기로 흙을 끌어와 잔불 위에 덮었다. 리찬은 초라한 제의를 마치고 잠시 눈을 지긋이 감았다. 등을 대고 잠시 눕기는 해도 리찬은 매번 쑥쑥한 숙소로 되돌아갔다.

리찬과 연락이 끊긴 것은 그 뒤로 얼마 지나지 않아서였다. 먼저 연락을 해오지 않는다면 리찬의 신변에 대해 알 길이 없었다. 내가 세계사능력검증시험을 치게 된 것은 리찬이 그 시험에 응시하리라고 생각해서였다. 교실을 돌았지만 끝내 리찬을 찾지 못했다. 세상에 하나밖에 없는 연표라는 리찬의 말은 틀린 말이 아니었다. 근현대 사건의 연도를 맞추는 문제를 두 개 틀렸다. 리찬이 연표에 자신의 역사를 슬그머니 끼워 넣은 것이다. 리찬에게 관련된 일이 벌어진 해일 텐데 내가 묻지 않는다면 앞으로도 그 내막을 알 길이 없었다.

리찬이 가져온 오렌지 하나가 썩어가고 있었다. 그동안 쌓인 재활용품을 내놓다가 야쿠르트 아주머니를 만났다. 비닐봉투에 담긴 야쿠르트 병을 보더니 요즘 그 청년은 왜 안 보이느냐고 했다. 시험에 붙었느냐는 말보다 더 우울한 질문이었다. 그녀가 헬멧을 쓴 채 전동카트에서 내려오며 작은 목소리로 물었다.

"그런데…… 여기 사람 맞아요?"

그런 질문을 한 사람이 처음이라 얼떨결에 진심을 내고 말았다.

"……아니요."

"그렇지……내가 잘 봤네."

그녀는 집 둘레를 한번 훑더니 방향이 북쪽으로 앉아 있다고 했다. 음기가 세서 사람한테는 그 방향이 좋지 않다는 것이다. 그녀는 무엇이든 알려줄 것처럼 헬멧을 고쳐 썼다.

"오렌지가 썩어가고 있는데…… 어떻게 하면 좋을까요?"

버리는 방법을 알지 못해 방치하고 있던 터라 고민 끝에 그녀에게 물었다. 그녀는 주변을 살펴보고 해가 드는 쪽에 묻어주라고 했다. 그리고 나에게는 짬짬이 광합성을 하라고 일러주었다. 광합성이라니.

"그 청년이 다시 오면, 야쿠르트 사러 아래까지 내려오지 말고 받아먹어봐요. 내가 새벽에 배달해줄 테니."

오후 무렵 마당을 살피다 짧게라도 해가 지나가는 곳을 발견했다. 재스민이 있는 자리였다. 나는 그곳에 흙을 파고 썩어가는 오렌지를 묻은 뒤 의자에 앉아 햇빛을 쬐었다.

숲으로 나 있는 창을 열면 감당하지 못할 냄새가 풍겨온다. 리찬은 그 냄새가 두엄 냄새라고 했고 나는 유령의 냄새라고 생각했다. 오래된 집이라 문을 닫아도 창틀 어디에선가 늘 바람이 들었다. 미세하지만 숲에서 새어 들어오는 그 소리에는 우주에서 나는 소리처럼 심장을 오그라들게 만드는 불규칙한 리듬이 있었다. 그런 소리를 어디에선가 들은 것 같은데 아무리 기억해내려 해도 떠오르지 않았다. 리찬이 있었다면 천 갈래 만 갈래 소리라고 했을지도 몰랐다. 나는 끝없이 펼쳐진 그 공간을 꿈결처럼 가로지르며 아아아아아 소리를 내뱉고 있었다.

그 사람이 어떻게 내 앞에 서 있는지 모를 일이었다. 사방이 어두워서 얼굴은 보이지 않았고 어진향차 냄새만 은은하게 번지고 있었다. 애초에 그 사람인지, 리찬의 말대로 우주로 보낸 그 존재인지 아무런 짐작도 할 수 없었다. 작은 몸체만 타버린 옷가지와 별반 다르지 않아 보였다. 그는 텅 빈 공백에 리찬이 그려 넣은 곧선사람처럼 홀로 서 있었다. 그제야 나는 그가 알아볼 수 있을 만큼 경망스럽게 입을 벌리고 있지는 않았는지 싶어 조심스레 입을 모았다.

"여기까지 오는 데 힘들었습니다."

이곳으로 오기 위해 그곳에서 사라졌다는 말처럼 들렸다.

"이 시간에 불쑥 나타나서 당황하셨을 겁니다."

나는'당황'이라는 말에 리찬에게 보낸 푸른색 메일을 생각해냈다. 내가 보낸 세계사 파일이 환영을 불러일으키기라도 하듯, 보지도 않은 장면이 같이 떠올랐다고 했던 것이다.

"푸른색을 말씀하시는군요."

나는 리찬처럼 그와 정서적 교류를 나눈 사람인 양 태연하게 아는 척을 했다.

"두꺼운 말입니다."

그도 내가 자신의 존재를 받아들였다고 생각하는지 리찬처럼 태연하게 응대를 했다.

그는 공책을 찾으러 왔다고 했다. 리찬의 말대로 통성명도 못할 정도로 기계가 돌아가는 그곳에서 사라진 사람의 물건이라고 했다. 공책의 주인이 그가 아니라는 뜻이었다. 그 사람 주변으로 푸른빛이 돌았다. 작은 잣송이처럼 뭉쳐진 오른손의 형체가 흐릿하게 드러났다. 왼손에는 쪽지 한 장이 들려 있었다.

언제부터인지 새벽에 새가 날아와 울었다. 나는 딸기잼 병 뚜껑을 열 시간이라고 말했다. 그가 주방 쪽으로 자연스레 걸음을 옮겼다. 나는 주방의 불을 켜지 않았다. 어둠 속에서도 모든 사물이 자신의 빛을 내고 있었다. 나는 냉장고에서 요구르트를 꺼내 빨대를 꽂은 뒤 그에게 내밀었다. 그가 리찬의 자리에 앉아 요구르트를 마셨다. 냉장고의 계기판에 푸른 불이 잠시 들어오며 그의 뭉툭한 오른쪽 손이 선명하게 드러났다. 어진향차 뚜껑을 열자 냄새가 주방에 퍼졌다. 나는 찻물을 우려 그 앞에 앉았다.

"어디선가 송진 냄새가 납니다."

나는 리찬처럼 그의 몸에 코를 가져다 댔다.

"작업이 끝나도 몸에 송진이 묻어서 지워지지 않아요."

그는 공책을 가지러 왔다고 다시 한번 말했다. 나는 지금은 줄 수 없다고 고백했다.

새가 울었다. 나는 왼손으로 딸기잼 병을 잡고 오른손으로 뚜껑을 쥔 채 시계 반대 방향으로 힘껏 돌렸다. 그는 열리지도 않는 병뚜껑을 반복해서 돌리는 모습을 말없이 지켜보았다. 그는 이 시간에 왜 그 일을 하느냐고 묻지 않았다. 내가 병뚜껑을 열다가 사라진다 해도 이유를 알지 못할 것이다. 오늘도 병뚜껑은 열리지 않았다. 나는 딸기잼 병을 내려놓고 수습하지 않은 공책을 그에게 내놓았다. 그가 낡고 남투한 공책을 찬찬히 훑었다.

"저도 펼쳐 읽다가 묶은 적이 있습니다. 묶으려면 다시 풀어야 하는데……"

그러다 백번째 사람이 되었다고 했다. 그의 주변으로 여전히 푸르스름한 빛이 감돌고 있었다.

"천 갈래 만 갈래, 암흑천지인 그 세계에도 요정이 있고 악당이 있고 전서구 같은 비둘기도 있고 문지기도 있지만 없는 게 하나 있어요."

그가 말했다.

"모부투."

"아아아."

"재스민."

"어어어."

"당신이…… 첫번째 사람이군요."

그는 걸어서 여기까지 왔다고 했다. 새벽이 오고 있었다. 그가 끝없이 펼쳐진 그 공간을 향해 서서히 걸음을 옮기고 있었다.

연표의 꼭대기, 구석기 시대를 만나는 지점은 계단의 끝부분이다. 그곳엔 '곧선사람'이 막대기 하나를 들고 혼자 서 있었고, 맞은편 벽에 걸어놓은 거울에 유령처럼 고개를 틀고 있는 한 사람이 보였다. 은쿠시 이야기를 하던 날, 버스 정류장으로 가는데 리찬이 천제등로 19번지로 나를 이끌었다. 줄지어 서 있는 가로수 아래를 꼼꼼하고 조심스럽게 걸어가기에 여자 친구를 만나려나 하는 생각이 들었다. 리찬이 흔한 가로수 한 그루 앞에 서더니 소개해줄 사람이 있다고 했다. 그녀를 알아가는 중이라는 것이다. 나는 평범하고 수수해 보이는 그녀를 올려다보았다. 리찬이 은쿠시처럼 아 하고 소리를 내자 그녀가 나뭇가지를 흔들며 어 하고 대답을 했다. 어떻게 그토록 홀리듯 서로 눈이 맞을 수 있단 말인지. 나는 옷을 갈아입었다. 아직 어둠이 깔린 마당을 지나 밖으로 나갔다. 골목 입구에서 백한번째 사람이 올라오고 있었다.

은아의 세계

집은 산 중턱, 사람의 손길이 끊긴 과수원 한복판에 있었다. 기차역에 도착해 버스를 타고 내려 수소문 끝에 이 먼 곳까지 오는 동안, 이런 오지도 없다고 투덜댄 건 은아가 아니고 나였다. 보고밀은 금방이라도 무너질 듯한 그 집에서 방 한 칸을 겨우 쓰며 지내고 있었다. 내가 대표님이 보내서 왔다고 하자 보고밀의 얼굴이 굳어졌다. 이런저런 이야기를 하다가 은아가 먼저 곯아떨어졌고 마지못해 보고밀이 덮고 자던 이불을 내어주면서 하루가 이틀이 되고, 이틀이 일주일이 되어갔다. 잘나가는 인터넷 서평가가 동네 농사일이나 거들며 지낼 거라고는 생각하지 않았다. 이틀에 한 번 자전거를 타고 '잠자리나라'라는 곳에 다녀오는 게 고작이었다. 돌아가지 않을 작정으로 아예 일거리를 찾은 모양이었다.

저녁 봄바람이 시원하게 불어왔다. 보고밀이 마당 한가운데 놓인 화덕 아궁이에 불을 지폈다. 마른 덤불을 쑤셔 넣으니 생각보다 불이 잘 붙었다. 나는 바람을 타고 커지는 불길을 지켜보다가 뒤로 슬쩍 물러났다.

"불을 잘 피우십니다."

솥뚜껑 위에 가래떡을 올리며 먼저 말을 걸었다.

"처음엔 며칠을 그냥 굶었습니다. 불을 못 피워서요."

한방에서 부대끼다 보니 보고밀의 말수도 점점 늘고 있었다.

"남의 글을 읽고 가타부타하는 게 힘든 일이긴 합니다. 이런 곳까지 오셔서 고생을 하고 계시니…… 창작의 고통이라는 말이 괜히 있겠습니까?"

들은 바는 있어 보고밀의 심중을 이해라도 하듯 말을 거들었다.

"제가 했던 일은 창작이라고 할 수는 없지요."

"아무렴 어떻습니까. 읽고 쓰는 일인데, 그런 일을 아무나 하나요."

나도 모르게 아버지한테서 듣고 자란 이야기가 튀어나왔다. 아버지는 출세를 하려면 잘 읽고 잘 써야 된다고 입버릇처럼 말했다. 사문서 위조, 불법 대출 알선, 건설 브로커 등등, 사기 종목도 다양했던 아버지도 꾸준하게 무언가를 읽는 사람이었다.

보고밀이 장작불 하나를 덜어냈다. 아궁이 불이 이내 수그러들었다.

"형씨와 헤어진 그날, 택시를 타고 무작정 그곳을 벗어났습니다. 정신이 번쩍 들었으니까요."

그날 우리 둘 사이에 그럴 만한 일이 있었는지 보고밀을 마지막으로 본 날을 떠올렸다.

밤늦게 대표가 불러서 나가보니 둘은 이미 취해 있었다. 일년간 준비해온 기획 출간을 앞두고 보고밀을 독려하는 자리인 것 같았다. 대표는 '놀이동산 프로젝트'의 서평이 나와야 다음 일이 진행된다며 보고밀을 독촉하고 있었다. 평소와 달리 원고를 다 읽고도 글을 쓰지 않는 눈치였다. 대표는 이번 기획도 결국엔 사람들의 입맛에 맞게 '먹혀야' 한다며, 그것이 전부라는 듯 보고밀을 다그쳤다. 열을 쏟고 있는 대표의 말을 귀담아듣지 않는 것 같았다. 대표가 호텔에서 좀 쉬다 보면 괜찮아질 거라는 말끝에 보고밀 덕분에 회사가 잘 돌아간다는 과한 칭찬을 늘어놓았다. 그 순간 보고밀의 얼굴이 심하게 일그러졌다. 대표가 급하게 자리를 뜨면서 단둘이 남게 되었다. 이후 무슨 이야기를 하다가 보고밀과 서로 어깨를 감싸고 거리를 활보하며 꼬치집으로 자리를 옮겼다. 그때 은아한테 연락이 와서 자연스럽게 합석을 했다. 내가 보고밀을 소개하자 은아가 성이 보씨냐고 물었다. 취한 보고밀이 고개를 가로저으며 횡설수설했다. 내가 닉네임이라고 얼버무리자 은아가 그럼 진짜 이름이 뭐냐고 물었다. 보고밀이 피식 웃으며 대답을 하지 않았다. 나도 사실 이름을 알지 못했다.

"나는 은아야, 박은아. 숨길 은(隱)에 싹틀 아(芽), 싹을 숨기고 있다는 뜻이래. 외할머니가 지은 이름인데, 그래서 사람들이 나를 볼 수가 없대."

처음에 나한테 그랬듯이 반말을 써가며 또박또박 이름을 댔다. 아무리 그렇게 설명해도 사람들은 은아의 유치한 이야기를 잘 듣지 않는 것 같았다. 은아를 거리에서 만났다. 늦은 밤 아르바이트를 끝내고 가는데 한 여자가 어느 남자한테 맞고 있었다. 나도 모르게 달려들어 코뼈가 부러질 정도로 세게 한 방 맞았다. 악질 같은 그놈 때문에 경찰서까지 따라갔다. 같이 살던 외할머니가 돌아가셔서 보호자로 나설 사람이 없다고 했다. 경찰이 이름을 묻자 은아가 피해자란에 한자로 이름을 그리다시피 적었다. 삐뚤삐뚤 복잡하게 쓴 이름을 아무도 알아보지 못했다. 그날 경찰이 어떤 관계냐고 나에게 묻기에 오빠라고 대답해버렸다.

그날 대표가 적당히 마시다가 2차를 넣어주라고 했지만 나는 그 일에 실패했다.

"혹시 제가 무슨 실수라도?"

2차에 더 적극적으로 밀어 넣었어야 했나, 하는 생각이 들어서 물었다.

"기억이 잘 나지 않습니다."

보고밀의 애매한 답에 기억을 더 더듬었다.

참 이상한 자라는 생각이 든 이유는 들은 것과 달리 끊임없이 이야기를 해서였다. 스스로에게 하는 말처럼 부역하지 말라는 말을 반복했는데 술 탓이겠거니 하면서도 정작 기분이 좋지 않은 것은 나였다. 상대를 뚫어지게 쳐다보며 말을 했기에 나한테 하는 이야기인가 싶어 신경이 곤두섰다. 내용을 들어보니 무언가를 읽는 자가 내뱉는 말치고는 너무 형편없어 긴장이 풀리고 말았다. 그때 갑자기 보고밀이 어린아이처럼 코를 찔찔거리며 울기 시작했다. 은아도 이유 없이 코까지 풀어가며 보고밀을 따라 울어대서 그 자리는 아수라장이 되어버렸다. 내가 한순간도 자리를 비우지 않았는데도, 울음의 시작이 어디였는지는 끝내 알 수 없었다. 그날 이후 보고밀이 사라졌다는 말이 들려왔지만 나와 아무런 상관없는 인터넷 서평가를 까마득하게 잊었다.

"살려고 기를 쓰고 불을 피웠습니다."

다행히 부엌과 마당에 솥이 걸려 있더라고 했다.

"아이고, 고생이 많으셨네요."

나는 불필요한 감탄사까지 넣어가며 크게 고개를 끄덕였다.

"휴대용 버너도 있는데……"

안타까운 마음에 비밀 병기 알려주듯 한마디 했다. 돈 한 푼 없이 도망을 다니다 보면 도시가스나 엘피지 가스는 그림의 떡이었다. 유사시 언제든지 불을 피울 수 있는 버너를 아버지는 잊지 않고 챙겼다. 변두리로만 돌다 보니 가스가 떨어지는 날에는 마트까지 한참을 걸어가야 했다. 휴대용 가스를 사러 끝없이 건던 일을 떠올리자 다리 통증이 다시 올라오는 것 같았다.

"이제 내려가셔야지요."

보고밀의 눈치를 보아가며 그날 왜 사라졌느냐고 물었다. 책을 읽고 글만 쓰면 되는 안전한 세상을 두고 야반도주하듯 도망을 쳤는지 모를 일이었다.

"회사에서 선생님 글을 기다리고 계십니다. 독자들도 마찬가지 아니겠습니까."

대표의 말에 의하면 놀이동산 프로젝트의 굿즈 상품과 저자 강연까지 기획이 다 되어 있었다. 저자 자체로도 독자가 많아, 불을 지펴주는 보고밀의 글만 나오면 일은 일사천리로 나아가게 되어 있었다. 책 안에서 모든 것을 체험하게 해주는, 오감에 대한 정보가 모두 들어 있는 고도로 진화된 책이라고 대표는 말했다.

“그 일을, 이제 안 하려고요.”

보고밀의 말에 나는 다시 머리가 좀 아팠다.

“지금껏 잘해오시지 않으셨습니까?”

나도 모르게 따지듯 물었다. 이 사람과 이야기를 하다 보면 나도 모르게 실타래처럼 엉켜드는 게 있었다.

“……위험해서요.”

총칼을 들고 덤벼드는 것도 아니고 덮으면 끝나버리는 활자의 세계가 뭐가 위험하다고 유난을 떠느냐고 묻고 싶었다.

“이번 책 안에 무언가를 뒤엎을 만큼 위험한 세계가 있다는 말씀입니까?”

“제가, 위험해서요.”

‘자신이 위험하다니.’

나는 말문이 막혔다. 마혼이 다 되어가도록 읽고 쓰며 살아온 자를 감당하기에는 역부족이었다.

보고밀이 잔불에 감자 몇 알을 던져 넣었다. 나는 불 속에 묻혀 보이지도 않는 감자를 향해 맛있겠다는 말만 속없이 뱉어냈다. 솥뚜껑 위의 가래떡을 뒤집는데 내 심사와는 상관없이 보고밀이 피식 웃었다.

“형씨는 저보다 낫습니다. 처음에 불을 피우기만 했지 뒤집을 줄 몰랐거든요. 타고, 냄새가 나는 것을 알아채지 못한 거지요. 아니 어쩌면 오감으로 작동하는 그 세계가 상관없었는지도 모릅니다. 충분히 머릿속으로 느껴왔으니까요."

세상에 그럴 수는 없었다. 이 사람이 나를 놀리는 것은 아닌가 하는 생각이 은근히 들었다.

"초등학생도 아는 건데, 고작 이런 일을 갖고요."

엉뚱한 칭찬에 다소 비위가 상해 작정하고 한 말을 보고밀은 알아듣지 못했다. 그래도 전과 달리 포기하려고 하면 보고밀이 말을 받았고 속으로 부끄러운데, 라고 생각하면 또 말을 받아 했다. 보고밀이 전에 없이 사람을 상대하느라 애쓰고 있다는 생각이 들었다.

나는 익은 가래떡을 솥뚜껑에서 들어냈다.

"노릇노릇 먹기 좋게 잘 구워졌습니다."

"선생님이 불을 잘 다루셔서 그렇지요."

서로 덕담까지 주고받으며 우리는 뜨거운 가래떡을 하나씩 집어 들었다. 생각 없이 뒤집은 떡은 맛이 있었다.

"대표님이 입원을 하신다네요."

슬쩍 대표의 근황을 전했다.

"건강하셨는데, 어디가…… 안 좋으신가요?"

대표에 대해서는 내내 침묵과 무관심으로 일관하더니 드디어 반응을 보였다.

"쓸개 쪽에 혹이."

"……"

보고밀이 어두운 표정으로 고개를 주억거렸다.

"다 스트레스 탓이겠지요. 대표님이 혹시라도 보고밀 선생님을 만나게 되면, 잘 돌봐드리라고 특별히 당부하셨어요."

강제로 끌고 올 수도 없는 난감한 상황에 나를 보낸 것은 보고밀과 교류가 있는 사람이 없어서였다. 그런 자와 어깨까지 겯고 거리를 활보했다고 하니 동정이라도 살피라며 나를 내려보낸 것이다. 놀기 삼아 다녀오라고 했지만 대표의 표정은 절박해 보였다. 예민한 사람이니만큼 찾아가는 것부터 성의를 보여야 되지 않겠냐며 차를 내주지 않았다. 지금까지 빚을 갚느라 차 한 대 굴려보지 못한 내 처지를 누구보다 대표가 더 잘 알았다. 대표는 아버지에게 사기를 당한 피해자 중 한 명이었다. 아버지가 멱살을 잡히고 뺨까지 맞아가며 온갖 수모를 당할 때부터 보아왔다. 아버지가 사기를 쳐서 일부를 갚고 군대를 제대하고 온갖 아르바이트를 해서 내가 일부를 갚고 있었다. 대표는 나머지는 받지 않겠다며 기사 겸, 매니저 겸, 집사 겸 궂은일에 나를 불렀다. 그럴 때마다 내 어깨를 치며 악착같이 살 필요 없다며 태만을 독려하곤 했다.

"어머, 딸기다, 딸기!"

그때 과수원 쪽에서 들뜬 은아의 목소리가 들려왔다. 뭐에 홀린 듯 과수원을 헤집고 다니더니 산딸기라도 발견한 모양이었다.

"저녁 먹어라!"

나는 과수원 쪽을 향해 소리를 질렀다. 잠시 뒤 은아가 작은 구슬처럼 생긴 붉은 열매를 두 손에 잔뜩 담고 나타났다. 이미 많은 양을 따 먹었는지 입술 주변에 붉은 과즙이 묻어 있었다.

"그건, 뱀딸깁니다."

보고밀이 은아의 손바닥을 내려다보며 말했다.

"뱀딸기?"

"그래, 뱀이 먹는 딸기! 뱀. 딸. 기."

본 적은 없어도 들은 바는 있어 쐐기를 박았다. 은아가 꽥꽥거리며 구역질을 해댄다고 수선을 피웠다. 며칠 전부터 커피가 먹고 싶다느니 달콤한 케이크가 먹고 싶다느니 불평을 쏟아내면서도 정작 내려가자는 말은 하지 않았다.

"그럼, 나 죽는 거야?"

은아가 보고밀 뒤에 붙어 서서 유치한 소리를 해댔다.

"죽지는 않겠지요."

보고밀의 말에 은아가 진짜냐고 연달아 물었다. 산전수전 다 겪고, 더한 것을 먹고도 살아남은 애가 그걸 모를 리 없었다.

"대신 뱀이 되겠지."

나도 한마디 쏘아댔다.

"뱀?"

"그래! 뱀!"

그리고는 뱀이다, 라고 소리를 쳤다. 은아가 경기를 일으키며 보고밀에게 안겼다. 누군가에게 어리광을 떠는 모습은 처음이었다.

잦아든 연기가 바람을 타고 아래쪽으로 흘러가고 있었다. 과수원 아래 어디쯤에서도 연기가 피어올랐다.

"저 연기 덕에 버텼다고 해도 과언이 아닙니다."

솔직히 산속에서 혼자 무서웠노라고 고백 아닌 고백을 했다. 대표 때문인지 보고밀이 가래떡을 먹는 둥 마는 둥 하다가 과수원 쪽으로 걸음을 옮겼다. 이렇게라도 마음이 흔들리는가 싶어 사과나무 사이로 사라지는 보고밀의 뒷모습을 살폈다.

그날 밤, 은아가 구석에서 내려와 내가 누운 쪽으로 다가왔다. 나는 아랫목 쪽을 흘깃거리며 은아를 밀쳐냈다.

"내가 뱀딸기를 너무 많이 먹었거든."

보고밀을 깨우고 싶지 않은지 평소답지 않게 목소리를 한껏 낮추었다.

"진짜 뱀이 되면 어떡하지."

이상하게 그 말이 걱정이 아니라 설레는 말투처럼 들렸다.

그때 보고밀이 몸을 뒤척였고 나는 가서 자라고 짜증을 내고 말았다. 은아가 바싹 붙어 귓가에 속삭이는 바람에 딴마음이 일었던 것이다.

이른 아침부터 은아가 휴대폰을 높이 쳐들고 마당을 바쁘게 오갔다. 그런다고 끊긴 전화가 터질 리는 없었다. 나는 갤러리를 드나들며 사진만 들추었다. 아래로, 아래로 뒤지다 보면 아버지와 찍은 사진도 나왔다. 교도소에 가기 전 느닷없이 찍은 사진이었다. 전화번호를 바꾸어도 아버지는 어떻게든 연락을 해왔다. 그래도 영치금을 넣어달라, 면회를 와달라, 같은 귀찮은 요구는 하지 않았다. 두세 달에 한두 번 책을 보내달라는 게 다였다. 대부분 김 선생님 부탁이라며 누군가가 전화를 대신 해왔다. 그곳에서는 책을 읽는 점잖은 선생님으로 통하는 모양이었다.

보고밀이 자전거를 끌고 마당을 나섰다.

"오빠, 잘 다녀와!"

반말은 그렇다 치고 두 살이나 많은 나에게는 꼬박꼬박 이름을 부르더니 보고밀에게는 오빠라는 말이 자연스럽게 흘러나왔다.

"잠자리나라에서 올 때 꿀 좀 얻어와."

아직 남아 있는 가래떡을 맨입에 먹는 데 나도 질려가던 참이었다. 뒤도 돌아보지 않고 과수원을 내려가는 보고밀을 향해 은아가 손을 흔들었다. 뱀 때문에 고민이라며 간밤에 남의 잠만 설치게 해놓고 정작 자신은 코까지 골아가며 잘도 잤다. 여행이라도 온 양 연일 들뜬 표정으로 과수원을 종일 돌아다녔다. 버려진 과수원이라 해도 사과는 열렸고 지천으로 꽃들도 피어 있었다. 자전거를 끌고 과수원 길을 내려가는 보고밀의 모습이 보였다. 흐드러지게 피어 있는 꽃만 아니었다면 그의 뒷모습이 그렇게 쓸쓸해 보이지는 않았을 것이다. 한방에서 같이 부대끼다 보니 자꾸 그의 표정이 눈에 읽혔다.

뻐꾸기가 울었다. 진짜 할 일이 없어 은아의 몸을 더듬고 있는데 은아가 내 손을 털어내며 몸을 일으켰다.

"그런데 잠자리나라는 어떻게 생겼을까?"

그게 내내 궁금했는지 은아가 물었다.

"온통 잠자리투성이겠지."

"참 이상하네."

"뭐가?"

"거기서 보고밀 오빠가 하는 일 말이야!"

"책이라도 읽어주겠지."

"그런 일은 안 한다면서."

무슨 상상을 했는지 은아가 자리를 털고 일어났다. 그러더니 옷을 차려입고 방을 나섰다. 당장이라도 잠자리나라를 찾아갈 태세였다.

"어딘 줄 알고?"

"가다 보면 나오겠지."

다시 걸어서 어디를 간다는 것이 막막하기 그지없었다. 나는 어쩔 수 없이 은아를 따나 나섰다. 십 리 길을 걸으며 내가 투덜대지 않은 것은 다리가 아플 만하면 은아가 들꽃을 본다, 네 잎 클로버를 찾는다, 하며 길가에 주저앉아 딴짓을 했기 때문이었다. 그러다 나비가 날아가면 나비를 쫓아 들판 쪽으로 가버렸다.

"이리 와봐!"

막막하게 펼쳐져 있는 길을 보고 있는데 은아가 풀섶에서 불렀다. 가보니 두 손에 지렁이를 아기처럼 받쳐놓고 신기한 듯 보고 있었다.

"엄청 부드러워."

안 깨무니까 만져보라며 지렁이를 내밀었다. 나는 차마 비명을 지를 수 없어 휑하니 앞서 걸었다. 은아의 말처럼 그렇게 가다 보니 진짜 잠자리나라가 나왔다. 건물은 들판 한가운데 뚱딴지같이 서 있었다. 하늘에 대형 잠자리 두 쌍이 떠 있는 것을 본 은아가 중얼거렸다.

"진짜 잠자리네."

나는 건물 입구에 있는 의자에 앉아 신발을 벗었다. 시계를 보니 어느새 점심시간이었다. 건물 안으로 보고밀의 모습이 보였다. 보고밀은 연두색 그물 조끼를 입고 있었다. 사람들과 섞여 있어도 뭔지 모르게 어색한 티가 났다.

"오빠!"

은아가 반가움을 참지 못해 큰 소리로 보고밀을 불렀다. 사람들 시선이 이쪽으로 쏠렸다. 우리를 발견한 보고밀의 얼굴에 당황한 기색이 역력했다. 나는 어색하게 고개를 끄덕였다. 우리는 보고밀을 따라 구내식당으로 갔다. 나는 라면과 김밥을 주문했고 보고밀은 고작 김밥 한 줄만 시켰다. 쫄면을 주문한 은아가 음식이 나오자 어린아이처럼 환호를 질렀다. 점잖게 앉아서 어묵을 먹던 옆 테이블의 아이가 은아를 자꾸 쳐다보았다. 계산을 한 사람은 보고밀이었다. 식당을 나온 은아가 야외 족욕탕을 발견하고 뛰어가는 바람에 나와 보고밀도 얼떨결에 그쪽으로 걸음을 옮겼다. 은아는 우리가 도착하기도 전에 아이가 저지레하듯 탕에 냉큼 발을 담갔다. 그리고는 우리 쪽을 향해 부지런히 손짓을 했다. 성화에 못 이겨 나도 어쩔 수 없이 발을 넣었다.

"닥터피시가 없어 다행이야. 간식 왔다고 좋아라, 할 건데."

"아니거든! 발바닥은 아파도 무좀은 없거든!"

물고기를 무서워하는 나를 놀리는 거였다. 그런데도 나는 얼굴까지 붉혀가며 발뺌을 했다.

"제가 보기엔 뭔가 호응이…… 닥터피시가 없어 '다행'이 아니라 '아쉽네'라고 해야 되지 않을까요, 좋은 간식도 있는데."

그것도 농담이라고 하는 말인가 싶어 얼굴을 보니 제법 진지했다.

"은아 쟤는 말투가 원래 그래요."

"너 물고기 엄청 무서워하잖아."

은아는 무슨 말을 해도 속내가 다 드러났다. 별말이 아니라도 이상하게 마음 한편이 풀리는 그런 게 있었다. 다행이라는 말을 들으면 정말 다행처럼 느껴졌다. 은아가 물속에서 발을 꼼지락거리며 아이처럼 흥을 냈다. 보고밀의 시선은 물고기처럼 물속에서 꼬물거리는 은아의 하얀 발에 가 있었다. 나는 슬쩍 나무발판 위로 발을 들어냈다.

"너, 평발이구나."

나무판에 찍힌 발바닥을 보고 은아가 말했다. 무심코 발판을 쳐다보니 곰 발바닥같이 편평한 자국이 선명하게 찍혀 있었다. 내가 봐도 수려하게 아치를 그리고 있는 은아 발바닥과는 확연하게 차이가 났다.

"제가 보기엔 중등도 이상, 경축성 비근을 가진 강성형 편평족일 가능성이 높은 것 같습니다."

무슨 말인지 모르겠지만 아무튼 심한 평발이라는 말 같았다.

"이런 평발은 저도 처음 봅니다."

"그래서 다리가 아픈 거였네. 그런 거였어."

무슨 진리라도 발견한 양 은아가 소리 나게 손을 맞잡아 쳤다. 말라가는 발바닥을 함께 내려다보다가 나도 모르게 울컥하고 말았다. 출생의 비밀을 전해 듣는 자리도 아닌데, 왠지 모를 설움이 복받쳐 올랐던 것이다.

굳이 보고밀을 따라가겠다고 우기는 은아 때문에 입장료까지 내고 잠자리나라 안으로 들어갔다. 보고밀이 하는 일은 잠자리 유충을 떠내는 일과 동애등에를 기르는 일이라고 했다. 은아가 동애등에가 뭐냐고 묻자 대답을 하지 않았다. 유충관에는 먹이 주기 체험을 하려는 아이들로 북적거렸다. 보고밀이 잠자리 유충을 떠내 유리용기로 옮겨놓으면 체험객들이 밸트에 나열된 유리용기 속 유충에게 살아 있는 동애등에를 먹이로 주는 체험이었다. 인기가 좋은지 체험객들이 많이 몰려 있었다. 북적대는 그곳을 지나쳐 은아를 따라 도전관으로 들어갔다. 암막 커튼을 쳐놓은 도전관에는 장독대가 놓여 있었다. 속을 알 수 없는 깊고 어두운 항아리 안에 손을 넣고 그 감각으로 생명체를 확인하는 거였는데 나도 슬쩍 겁이 났다. 사람도 별로 없었지만 어쩌다 손을 넣은 체험객도 이내 비명을 지르며 달아나버렸다. 항아리에 선뜻 손을 넣은 것은 은아였다. 독 안의 생명체를 향해 조심스럽게 손을 뻗더니 두 눈을 지그시 감고 천천히 항아리 안을 더듬어 나아갔다. 내 몸을 더듬는 것도 아닌데 이상하게 그 손길이 나한테까지 느껴지는 것 같았다. 나는 슬그머니 밖으로 나와버렸다. 그때 보고밀이 사육관 쪽으로 들어가는 모습이 보였다. 나도 모르게 그쪽으로 걸음을 옮겼다. 같이 지내서 그런지 사람들 사이에서 유독 보고밀의 모습이 눈에 잘 띄었다.

나는 사육관 앞에서 걸음을 멈추었다. 어느새 은아도 곁에 와 있었다. 안을 들여다보니 백여 개의 플라스틱 상자가 벨트 위에 올려져 있었다. 보고밀은 어깨를 축 늘어뜨리고 주먹을 쥔 채 상자를 내려다보고 있었다. 상자에서 잠자리 유충을 떠내 작은 플라스틱 용기에 담아 먹이 주기 체험객들에게 나누어 주는 것 같았다. 뒷모습만으로도 누군가의 생각을 읽을 수 있는 모양이었다. 은아도 나도 선뜻 안으로 들어가 알은척을 할 수 없는 그런 게 있었다. 보고밀이 작정한 듯 플라스틱 용기에 먹이를 담기 시작했다. 뒤돌아 가려는데 갑자기 보고밀이 흐느끼듯 토악질을 하기 시작했다. 이내 바닥에 얼굴을 떨구고 헛구역질을 계속해댔다. 그 바람에 용기가 떨어져 먹이가 바닥으로 쏟아졌다. 은아가 뛰어 들어가 보고밀의 등을 두드리자 보고밀이 은아의 품에 안겼다. 빌어먹을 자식이, 술을 먹던 그날처럼 코를 찔찔거리며 어린애처럼 은아 품에 안겨 울기 시작했다. 들어가보니 동애등에라고 적힌 팻말 아래 수많은 구더기가 뒤엉켜 자라고 있었다. 나는 바닥에서 꿈틀거리고 있는 구더기를 보고 욕지기가 올라와 이내 입을 틀어막았다.

그날 밤 은아가 다가오더니 뱀이 되면 어떻게 하냐고 또 걱정을 늘어놓았다. 아니, 이번에는 아예 설레는 티가 났다. 잠자리나라에서 돌아온 뒤 부쩍 고민하는 눈치였다. 나는 눕고 싶은 마음을 겨우 억누르고 있었다. 지내다 보니 이곳이 여태 지냈던 어느 집보다 잠이 잘 왔다. 흙냄새도 퀴퀴하게 나고 너무 캄캄한 어둠이 무섭기도 했는데 이상한 일이었다. 나는 은아가 어린아이처럼 혹은 할머니처럼 하는 이야기를 그냥 듣고 있었다. 돌아가신 외할머니에게서 듣고 자란 이야기라고 했다. 그러니까, 뒤죽박죽 섞인 은아의 이야기는 이랬다.

외할머니 동네는 김해 김씨 집성촌이었다. 어느 날 마을 어른의 딸이 결혼을 앞두고 비단을 도둑맞았다. 동네에 이방인이라고는 방물장수 박씨 혼자였고, 다 일가친척인데 비단을 훔쳐갈 리 없어 박씨를 범인으로 확정했다. 아무리 추궁해도 아니라고 발뺌을 하자 동네 사람들이 죽기 일보 직전까지 두들겨 팼다. 다 죽어가던 박씨를 본 어린 할머니가 동네 사람들 몰래 물을 가져다주었다. 박씨는 눈물을 흘리며 자신은 아니라고 말했다. 실타래를 구해주면 범인을 찾겠노라고. 그 말을 믿은 어린 할머니는 실타래를 찾았지만 보이지 않았다. 대신 새끼줄을 구해다 주었다. 사람들에게 박씨에게 들은 이야기를 했지만 아무도 믿지 않았다. 피투성이가 된 박씨가 자신이 팔던 헝겊 인형에 새끼줄을 묶자 헝겊 인형이 벌떡 일어나 어디론가 가기 시작했다. 새끼줄을 잡고 따라가 보니 그곳에 비단이 있었다. 그 집은 마을 어른의 가장 가까운 친척 집이었다. 유일한 목격자인 할머니는 이 이야기를 증조할머니에게 전했고 증조할머니는 무시했다. 다음 날 방물장수 박씨는 동네 언저리에서 숨진 채 발견되었다. 그 뒤로 할머니의 말을 아무도 듣지 않았다.

아랫목 쪽이 조용했다. 잠은 이미 달아나버렸다.

"무서운 동네네."

죄 없는 방물장수를 동네 사람들이 죽인 거 아니냐고 엉뚱하게 따져 물었다. 어느 대목에 홀려 그러는지 은아가 또 훌쩍거렸다. 나는 도통 감을 잡을 수 없었다.

아버지의 세계관에 대해 진지하게 고민하던 어느 날, 나는 쌓여 있던 책더미를 뒤적이기 시작했다. 책들은 대개 유치하고 낯 뜨겁고 통속적인 내용뿐이었다. 사기를 당한 사람들은 대부분 아버지와 정을 나누던 이들이었다. 어떻게 그런 관계가 한순간에 피해자와 가해자로 나뉘는지, 도무지 이해할 수 없었다. 어느 날, 아버지는 나라 돌아가는 사정도 알아야 하고, 사람들 심리도 파악해야겠다며 방향을 틀어 다른 종류의 책들을 읽기 시작했다. 세상을 알기 위한 노력이라 했지만,

그 공부는 결국 사기의 기술과 대상을 더 넓히는 데 사용되었다. 이상한 것은 피해자 중에 나를 찾아와 내 멱살을 잡고 울고불고하던 사람들은 대개 아버지가 낯 뜨거운 책을 읽을 때 어설프게 사기를 당했던 사람들이었다는 점이다. 기진맥진한 그들에게 내가 할 수 있는 일이라고는 물 한 잔을 내미는 게 고작이었다.

누울 때는 방 안이 칠흑처럼 어두웠는데 이제는 안이 훤히 보였다. 문득 사육관에서 있었던 일이 떠올라 아랫목 쪽으로 고개를 돌렸다. 아랫목에서는 숨소리도 들려오지 않았다. 잠이 든 게 아닌 것 같아 그게 더 신경이 쓰였다.

"주무십니까?"

나직이 보고밀을 불렀다. 무어라도 물어보고 싶었는데 아무런 대답이 없었다. 은아가 훌쩍이는 소리만 고요하게 들려왔다.

보고밀은 라면을 먹다가 읍내에 오일장이 선다는 말을 불쑥 꺼냈다. 장 구경이 재밌겠다고 맞장구를 친 것은 은아였다. 나는 지갑을 찾다가 마지못해 빈손으로 따라나섰다. 걸어서 한길까지 나가 버스를 타야 하기에 나는 오일장이고 뭐고 내키지 않았다. 은아가 토끼풀꽃을 꺾어 귀에 꽂고 콧노래를 흥얼거리며 과수원 길을 앞서 걸어갔다. 흙먼지를 일으키며 혼자 뛰어가다가 우리를, 아니 보고밀을 향해 손을 흔들어

댔다. 보고밀은 나보다 더 뒤처져 걸었는데 산책 나서듯 낡은 고무신을 신고 한량처럼 걸어오고 있었다.

버스 정류소는 커다란 당산나무 아래 있었다. 처음 은아와 내가 내렸던 정류장에서 한 구역 더 간 곳인 것 같았다. 그렇지 않고서야 이상한 천으로 뒤덮인 거대한 당산나무를 몰라볼 리 없었다. 나는 발바닥이 욱신거려 흙먼지가 깔린 의자에 걸터앉아 신발을 벗었다. 쪽을 지른 할머니가 정류장 쪽으로 걸어오다가 보고밀을 먼저 알아보았다.

"아이고, 김씨네."

의자에 보따리를 내려놓으며 반갑게 인사를 건넸다. 보고밀이 점잖게 고개를 숙였다. 여기서는 김씨로 통하는 모양이었다. 은아가 먼저 인사를 했고 나도 마지못해 고개를 끄덕였다.

"이보게 김씨, 사과나무는 잘 있는가?"

할머니가 대뜸 사람 안부 묻듯 사과나무의 안부를 물었다. 보고밀이 아무 말 없이 얼굴만 붉혔다. 버려진 과수원이라 해도 사과는 열리고 있었다.

"잘 있어요."

은아가 넙죽 대답을 했다. 종일 과수원을 돌아다니더니 그것도 안부라고 전하는가 싶었다. 그 말에 할머니가 안심하는 눈치였다. 몇 해 전만 해도 꽃을 따준다, 가지를 쳐준다 하며 드나들었는데 이젠 그 일도 힘에 부친다고 했다. 먼 친척의 과수원인데 부모가 죽고 자식들도 외국에 나가 있어 그리 되었다고 했다. 은아는 마치 친할머니를 만난 것처럼 보따리를 끼고 노인 옆에 앉아 수다를 떨었다. 할머니는 마디 굵은 손을 뻗어 과수원 아래 어디쯤을 가리키며 놀러 오라고 했다. 은아는 진짜 그러기라도 할 것처럼 이마에 주름까지 잡아가며 산 어디쯤을 세심하게 살폈다. 연기가 피어오르던 그 집 쪽 같았다.

멀리서 버스 한 대가 흙먼지를 일으키며 다가왔다. 기다린 지 사십 분 만이었다. 버스에 오른 은아는 할머니와 나란히 앉았고 보고밀은 자리에 앉자마자 팔짱을 끼고 눈을 감았다. 나는 맨 뒷자리에 비스듬히 앉아 다리를 쩍 벌렸다. 다리를 떨지 않은 것은 복이 나간다는 아버지의 말을 귀가 따갑게 듣고 자라서였다. 휴대폰을 열어보니 이제야 와이파이가 잡혔다. 은아는 할머니와 이야기를 한다고 정신이 팔려 있었다. 나는 보고밀 쪽을 슬쩍 쳐다보았다. 그의 고개가 창 쪽으로 기울고 있었다.

오일장은 동네 개천을 따라 길게 들어서 있었다. 숱한 가게 중에서 소머리국밥집이 먼저 눈에 들어온 것은 그동안 가래떡과 라면으로 끼니를 때워서였다. 나는 지갑을 놓고 온 것도 깜빡 잊은 채 보고밀의 팔을 끌고 국밥집으로 들어갔다. 보고밀은 국밥을 반이나 남기고 숟가락을 놓았다. 밥값을 계산하고 국밥집을 나온 은아는 눈을 반짝이며 구질구질한 물건들을 들추고 다녔다. 은아를 따라 장터 구경을 하느라 한눈이 팔린 사이 보고밀이 감쪽같이 사라졌다. 얼핏 시골 노인들 사이에서 고무신을 신고 사라지는, 보고밀의 뒷모습을 보지 않았더라면, 지금까지 이렇게 배신감이 들지는 않았을 거였다. 우리를 버리고 가버렸다는 생각을 떨치지 못했던 것이다. 보고밀을 찾아 몇 시간을 헤매다 허탕을 치고 결국 이십 리 길을 걸어서 돌아왔다. 라면과 햇반을 산 뒤 찐빵을 사 먹느라 마을을 지나는 마지막 버스를 놓쳐 방법이 없었다.

해가 다 져서 집에 도착하니 문 앞에 보고밀의 고무신이 떡하니 놓여 있었다. 화가 치밀어 문을 벌컥 열자 보고밀은 방 한가운데 대자로 누워 꿀 같은 단잠에 빠져 있었던 것이다. 오면서 은아가 뱀이 되는 게 설레는 일이기라도 한 것처럼 너스레를 늘어놓아 더 화가 났다. 이번에는 아예 진짜로 그렇게 믿는 것처럼 굴었다. 쪽을 진 할머니에게 물었더니 뱀이 된다고 말했다는 것이다.

다리가 아파 늦게 잠이 들었다. 전에는 세상의 안 좋은 일들이 모두 다리로 몰려온다고 생각했었다. 그래도 평발 때문이라고 생각하니 전보다 견딜 만했다. 이른 새벽에 보고밀이 나를 깨웠다. 은아가 이상하다고 했다. 밤새 토했다는데 나만 세상모르고 자고 있었던 것이다. 이마를 짚어보니 열은 없었다. 오히려 냉기가 도는 것 같았다. 핏기 없이 허옇게 변한 얼굴을 보니 여기까지 괜히 끌고 왔나 하는 후회가 들었다. 새벽 공기가 차가워 이불 위로 옷을 하나 더 덮어주고 마당으로 나왔다. 보고밀이 쭈그려 앉아 아궁이에 불을 지피고 있었다. 한 줌 정도 남은 쌀로 죽이라도 끓이려는 모양이었다. 쌀을 불려놓고 나도 아궁이 앞에 앉았다. 뭐라도 불 앞에서는 속내를 이야기하게 되었다. 보고밀이 그날의 술자리에서처럼 말을 늘어놓기 시작했다.

"처음엔 책 한 권이 시작이었습니다. 온라인에 감상평을 올렸는데 연락이 왔더라고요. 신간인데 읽어달라고. 무척 기뻤습니다. 누군가 나를 알아주는 사람이 있다는 게. 이후 한 권이 열 권이 되고 백 권이 되어, 지금까지 왔습니다. 어려서부터 책을 끼고 살았어요. 부모님은 뭐가 돼도 될 거라고 늘 이야기했어요. 사람들도 그랬어요, 될 놈이라고. 모순되게도, 처음에 책을 읽을 때 세상의 하찮은 것들이 먼저 보였어요. 저 불씨처럼요. 책에서 말하는 건 그렇게 하찮은 게 아닐 거라고 생각했지요. 세속적이고 모순투성이 인간들에게 쓸데없이 감정을 소비할 필요가 없었습니다. 누군가에게 마음을 주는 일도, 이해하려는 노력도 무의미하게 느껴졌죠. 거창한 담론에 기웃거리며 자기 윤리를 실행한 자처럼 부르짖다 보니 총칼을 지닌 것처럼 든든하게 차오르는 세계가 있었습니다.

책을 읽은 만큼 총알이 장전된다고 할까요. 어느 분야든, 무기를 가졌다고 생각하는 자의 얼굴은 닮아 있어요. 그 교만함을 알아볼 수 있죠. 우리는 그 무기를 진짜 강자에게 쓰지 못했습니다. 오히려 약자를 위한다면서 약한 사람들을 향해 휘둘렀죠. 그러던 중 대표님을 만났습니다. 그분이 말했어요. 방향에 맞게 써달라고요. 그 말이 이상하게도 너무 잘 들렸습니다. 그 말을 알아들었다는 것은 내가 나를 기망하는 줄도 모르고 초라하고 보잘것없는 한 세계를 버렸다는 의미지요. 그래도 양심이 있다면 자신이 기만한 세계가 어느 쪽인지 알 겁니다. 그것조차 알지 못하는 것은 어쩔 수 없는 일이지요. 이는 누군가를 향해 총을 발사하는 것보다 더 위험한 일이었습니다. 이제 그 세계에서 내려오고 싶습니다."

은아가 들려준 방물장수 이야기보다 더 복잡한 이야기였다. 솔직히 내가 알고 싶었던 것은 은아가 왜 우느냐는 거였다. 나는 은아가 울면 어떻게 해야 좋을지 몰랐다. 채권자들을 피해 도망 다니는 일보다 그게 더 신경이 쓰였다. 고작 옛날이야기 같은 거에 왜 그렇게 반응하는지 모르겠다고 나도 속내를 털어놓았다.

"그 세계를, 이제부터라도 알아가야겠지요. 저도 뱀이 될지도 모른다고 생각합니다."

엉뚱한 답을 하는 보고밀의 표정이 농담치고는 진지했다.

책을 그토록 많이 읽었다 하니 아마 뱀이 되지 않을 온갖 정보를 수백 가지는 더 대고도 남을 거였다. 나는 은아가 뱀이 될 거라고 생각하지 않는다고 말했다.

"어제, 대표님한테 메일 보냈습니다. 내려가겠다고요."

내려가서 글을 쓰겠다는 것인지 말겠다는 것인지 종잡을 수가 없었다. 보고밀이 말을 돌리며 어제 PC방에서 나와 찾아보니 우리가 없더라고 했다. 우리를 장터에 버리고 간 게 아니라는 말이었다. 나는 보고밀을 찾아다닌 길을 더듬으며 여기도 갔고 저기도 갔노라고 억울함을 토해냈다.

보고밀이 장작 하나를 아궁이에 던져 넣었다.

"잘 생각하셨습니다. 아무렴, 내려가야겠지요."

그 말을 들으려고 애를 썼는데, 정작 듣고 나니 이상하게 맥이 빠졌다. 나는 불린 쌀을 가지러 우물이 있는 사과나무 아래로 갔다. 다리에 통증이 올라와 잠시 사과나무를 부여잡고 섰는데 전화벨이 울렸다. 가까운 곳에서 전화가 터지는 줄도 모르고 과수원 꼭대기까지 통화가 되는 곳을 찾아다녔던 것이다. 대표와 연락이 되면 이제 내려가겠다고 할 참이었다. 전화번호를 보니 모르는 번호였다. 낯선 번호를 보면 긴장이 먼저 되었다. 아버지도 그렇지만 채권자들도 내 전화번호를 어떻게든 알아냈다.

"나다."

처음엔 중저음의 그 목소리를 알아듣지 못했다. 너무 안정된 목소리라서 누구의 목소리인지 알아채지 못했던 것이다. 아버지가 오늘 출소를 했다며 호탕하게 웃었다. 건강하시냐고 물었더니 대뜸 주소를 먼저 물었다. 나도 모르게 지방이라고 둘러댔다. 아버지는 책을 넣어주어서 고맙다는 말끝에 곧 들르겠다고 했다. 무언가 자신감에 차 있는 목소리였다. 전화를 끊고 나니 묵직한 돌덩어리가 가슴에 얹히는 것 같았다. 나는 아버지 전화번호를 저장하려다 그만두고 메시지를 확인했다. 이상하게 대표한테서는 아무런 연락이 없었다. 입원은 했는지 안부도 물을 겸 대표에게 전화를 걸었다. 대표가 전화를 받자마자 대뜸 화를 냈다. 듣다 보니 별 이유도 없이 그냥 화가 난 것 같았다. 문득 내 어깨를 툭 치며 악착같이 살 필요 없다고, 태만을 독려하던 대표의 얼굴이 떠올랐다.

솥은 달대로 달아 있었다. 내가 불린 쌀과 물을 섞어 솥에 쏟아붓자 요란한 소리와 함께 김이 치솟았다. 불길이 세서 그런지 이내 쌀이 끓어올랐다.

"그런데 죽은 끓일 줄 아시는지요?"

내가 물었다.

"처음입니다."

보고밀이 대답했다.

"저도 처음인데, 아무래도 밥이 될 거 같은데요."

빽빽하게 끓고 있는 죽을 보며 보고밀이 고개를 갸웃거렸다.

"그럼 물을 더 붓겠습니다."

내가 물을 붓자 보고밀이 열심히 주걱을 저었다. 그래도 죽은 자꾸 밥 쪽으로 기울어갔다. 그때 은아가 문을 열고 나왔다. 다 게워내서 그런지 얼굴이 백지장 같았다. 나는 되직한 죽에 남은 물을 붓다가 마루 쪽을 다시 쳐다보았다. 은아가 마루에 앉아 배시시 웃으며 우리 쪽을 향해 손을 흔들었다. 누가 뭐라고 해도 은아는 뱀이 되지 않을 것이다.

이안과 밀령의 여름

얼음공장에서 내다 버린 얼음 조각 때문에 사람들은 천제등로를 얼음골목이라고 불렀다. 얼음 조각들이 햇빛을 받아 무지갯빛으로 반짝였는데 가끔 얼음 무덤에서 뿜어내는 빛에 홀려 사람들이 자신도 모르게 골목으로 걸어 들어오곤 했다. 어느 날, 허드레 얼음을 만드는 공장에 남자가 찾아왔다. 남자는 자신을 얼음 감별사라고 밝혔다. 할아버지는 냉동트럭에 백빙을 싣다가 남자를 쳐다보았다. 지하수를 그대로 얼려 만든 얼음을 백빙이라고 불렀는데 불순물이 많으면 많을수록 허드레로 팔려나갔다. 남자는 백빙 가격의 열 배, 아니 스무 배를 쳐줄 테니 순수한 얼음을 만들어달라고 했다. 많은 얼음

공장을 다녀보았지만 아직 그런 얼음을 찾지 못했다는 것이다. 오십 년 동안 얼음을 만들어온 할아버지는 거절하지 않았다. 한번쯤은 그런 얼음을 만들어보고 싶었다고 말했던 것이다. 남자가 얼음골목 입구, 폐가가 된 소파공장으로 이사를 온 것은 그 뒤로 얼마 지나지 않아서였다. 얼마 뒤 남자가 얼음공장에 다시 들렀다. 나는 얼음 창고에서 백빙 위에 쌓인 성에를 긁어내고 있었다. 남자가 나를 보면서 저 아이가 얼음을 끌고 오면 돈을 더 지불하겠다고 했다. 나는 얼음 한 덩이를 끌 만큼 충분히 자라 있었다. 열아홉 살이 되어 더 이상 학교에 가지 않아도 되었던 것이다. 남자가 감별한 얼음은 할아버지에게 건넨 돈의 수십 배에 거래가 된다고 했다.

나는 얼음 수레를 끌고 감별소 문을 열었다. 기이하게 생긴 의자는 벽에 걸려 있었는데 다섯 개의 다리는 산양의 뿔처럼 남자가 앉아 있는 자리, 즉 남자의 정수리를 향해 뻗쳐 있었다. 마치 남자가 의자를 의식해 자신의 자리를 배치해놓은 것 같았다. 남자는 눈을 감은 채 귀에 빨간 이어폰을 꽂고 있어 누군가 문을 열고 들어왔다는 것을 알아채지 못했다. 나는 얼음 수레를 끌고 남자 앞으로 다가갔다. 남자의 귀에 손을 모았다.

"Kapayapaan."

남자가 눈을 떴다.

"이번엔 타갈로그어구나."

남자는 귀에서 이어폰을 빼내 호두알처럼 양손에 나누어 쥐었다.

"이안은 제기랄이라고 읽어요."

"골목에서 경적을 울려대는 녀석 말이냐?"

온도계의 눈금이 6도에 가 있었다. 감별소는 연구실과 안팎의 온도가 같았는데 얼음을 감별하기 위한 최적의 온도라고 했다. 남자는 그 온도를 유지하기 위해 육 개월이나 공사를 했다. 이안과 자주 다투었던 이유는 남자의 승용차가 얼음골목 입구를 막고 있어서였다. 이안은 남자가 나올 때까지 경적을 울려댔는데 욕설과 함께 그 소리가 얼음 창고까지 들려왔다.

"이안이 사는 나라에는 경적을 아무리 울려도 사람들이 화를 내지 않는대요."

"다들 귀가 먹은 거겠지."

"오늘은 이안과 함께 평화의 거리를 지나왔어요."

이안은 바닥에 새겨진 타갈로그어를 보면 늘 자신도 모르게 걸음을 멈추었다. 그러고는 세상에서 가장 불행한 단어를 만났다고 투덜거렸다.

"Kapayapaan이라니, 제기랄."

"이 동네 아이들은 입이 거칠구나."

이안은 제기랄처럼 확실하게 아는 말과 달리 잘 모르는 단어에는 입을 다물었다. 낯선 거리의 풍경을 볼 때마다 입 밖으로 중얼거리는 것을 좋아했는데 그러다 보면 언젠가는 욕처럼 입에 밴다고 했다.

"사거리에서 이안과 헤어졌어요. 영자 아주머니 가게에 얼음을 가져다주는 날이거든요. 그 가게는 겨울에도 해가 잘 들어서 생선이 빨리 녹아요. 영자 아주머니는 냉동고가 없잖아요. 시장 한복판에 공동 냉동고가 있어요. 냉동고를 갖지 않은 사람들이 얼음과 생선을 다 같이 보관하는 거죠. 이안은 냉동고에 얼음을 부어놓고 영자 아주머니 옆에서 잠시 쉬는 걸 좋아해요. 생선 비린내 때문이에요."

생선 썩는 냄새 때문에 필리핀을 떠나온 것처럼 말하면서도 여름에도 이안은 파리를 쫓으며 생선가게에 앉아 있었다.

남자가 양손에 나누어 쥐고 있던 붉은색 이어폰을 케이스에 넣었다.

"나는 '평화'를 좋아한다. 타갈로그어 블록에서 스물다섯 칸을 더 옮겨야 하지. 세계 여러 나라를 다녀봤지만 그처럼 아름다운 단어는 없었다."

남자는 손가락을 펴서 책상 위에 '평화'라는 글자를 그리듯 써넣었다.

"아름답지 않니?"

얼음을 음미하듯 다시 한번 평화라는 말을 동그랗게 내뱉었다. 나는 글자가 사라진 빈 책상 위를 물끄러미 쳐다보았다.

"오늘은 그곳에 껌 자국이 세 개나 붙어 있었어요."

"영감님이 껌 자국을 못 봤나 보군."

"이제 껌 자국 떼는 일을 하지 않아요."

남자의 얼음을 만들면서 할아버지는 거리에서 껌 자국 떼는 일을 더 이상 하지 않았다.

"하긴 내가 주문한 얼음을 만들어내려면 한눈을 팔 시간이 없을 거다."

할아버지는 빙관으로 쏟아지는 지하수를 보며 수돗물을 썼더라면 얼음공장도 일찍 문을 닫았을 거라고 말하곤 했다. 백빙을 사 가려는 사람이 자꾸 줄어서였다. 수지타산이 안 맞는다면서도 수십 개의 빙관을 가득 채워 매일 얼음을 만들어내던 시절을 그리워하는 것도 아닌 것 같았다.

"텐 퍼센트 앞 화분이 있는 자리 말이다. 한국어로 '평화'라는 글자가 새겨진 블록을 얼마 전에 끼워 넣었더구나. 이집트어, 줄루어, 태국어, 하다못해 마오리어를 지나 맨 끝자리에 말이다."

"그 자리는 오수받이 옆자리예요."

"오수받이?"

"오염된 물이 쌓이는 장소요. 얼음 소각장의 물도 그곳으로 흘러가요. 햇빛에 녹아서요."

"얼음 소각장이라……"

남자는 어떤 영감이라도 받은 듯 얼음은 녹아 흐르는 것이 아니라 소각되는 것이라고 말했다.

"얼음 소각장 자리는 오래전에 죽은 아기를 태우는 곳이었어요. 더 오래전에 할아버지의 어머니가 그 자리에 목욕탕을 만들었고 더 옛날에는 제사를 지내는 자리였대요. 물이 좋아서요. 목욕탕의 물을 끓이는 커다란 아궁이 옆에 늘 참나무 장작이 산더미처럼 쌓여 있었어요. 거리를 떠돌다가 죽은 사람이나 병이 들어 죽은 사람들의 시체를 가져다 놓으면 할아버지의 어머니는 그들을 태워서 보냈대요."

"하늘로 말이냐?"

"바다로요."

나는 얼음을 동여맨 줄을 풀고 보자기를 걷어냈다. 이번이 다섯번째 얼음이었다. 주머니에서 송장을 꺼내 책상 위에 올려놓았다. 단가를 적는 칸은 오늘도 비어 있었다. 그 칸은 얼음을 감별한 뒤 남자가 적어 넣었다.

"할아버지가 이번 얼음도 가물대요."

"가물다, 라……"

얼음을 깨서 입에 문 것처럼 남자가 가, 물, 다를 음미했다. 물이 가문 해에는 제빙실에서 잠을 잔 얼음도 더 하얀 백빙이 되었다. 가문 해에는 얼음의 가격이 올라갔는데 할아버지는 아직도 땅속의 조화를 알 길이 없다고 했다.

"어떻게 얼음이 가물 수 있는지 모르겠구나."

남자는 수레 위의 얼음을 한번 훑어보고는 다시 눈을 감았다.

높낮이가 같지 않은 실내 공간 한쪽으로 연구실이 없었다면 그곳이 얼음을 감별하는 곳이라는 사실을 눈치채지 못했을 것이다. 나는 수레를 끌고 연구실로 갔다. 지난번에 가져온 얼음은 반이 깨져 나가고 없었다. 나는 가방에서 나무 주걱을 꺼냈다. 여자의 손자국이 남아 있는 주걱을 쥐고 얼음의 표면을 긁어내기 시작했다.

"사각, 사각, 사각, 사각."

나는 여자가 백빙을 긁는 소리를 듣고 자랐다. 여자는 백빙을 긁다가 얼음에 가만히 귀를 대곤 했다. 좀처럼 웃지 않는 여자의 얼굴에 눈가루 같은 얇은 웃음이 번지면 나도 그쪽을 보고 가만히 웃었다. 여자가 얼음의 이야기를 듣는 것 같아서였다. 여자와 눈이 마주치기 전에 나는 재빨리 고개를 돌리곤 했다. 백빙이 땅속의 물로 오래 머무르며 들었던 이야기들을 하면 소리가 들리지 않아도 듣는 것 같았다. 나도 몰래 여자처럼 백빙에 귀를 가져다 댄 적이 있었다. 얼음이 하는 이야기가 궁금해서였다. 귀가 빨갛게 익을 때까지 귀를 기울여도 이야기가 들려오지 않았다. 여자의 귀는 얼었다 녹았다를 반복해서인지 귓불 주변으로 얼음에 데인 붉은 자국이 흔적처럼 쌓여있었다.

여자의 가운뎃손가락의 힘이 세다는 것을 알게 된 것은 내가 열두 살이 되었을 때였다. 여자가 사라지고 내 손이 자라 여자가 하던 방향대로 얼음의 결을 따라 긁다 보면 어느 순간 금이 가는 부분이 미세하게 느껴졌다. 나는 여자처럼 얼음에 귀를 가져다 댔다. 조금씩 금이 가면서 내는 그들의 흉내.

"사각."

"사각, 사각."

"사각사각사각."

'가뭄이 심한 해에 홍역이 돌았대요. 사람들이 죽은 아기를 품에 안고 와 그곳에 내려놓기 시작했어요. 제사를 지내던 자리라 그런 거래요. 들판에 묻으면 굶주린 들개가 파먹어서요. 할아버지의 어머니는 아기를 아궁이에 넣고 평소보다 참나무를 더 많이 넣었어요. 고통 없이 가라고요. 할아버지의 막내 여동생도 그렇게 보냈대요. 목욕탕이 문을 닫고 커다란 아궁이에 잔불이 다 식는 새벽이면 어린 할아버지는 아궁이에 들어가 아기들의 뼈를 찾아내는 일을 했어요. 할아버지의 어머니는 아기들의 뼈를 다 찾아냈는데, 어린 할아버지는 아무리 골라내도 어머니가 골라내는 것보다 턱없이 부족했어요. 사람의 뼈 중에서 가장 작은 뼈가 등자뼈래요. 티끌처럼 너무 작아 숯에 섞여 있으면 수습하기가 힘들었어요. 어머니가 숯 더미에서 그 뼈를 찾아낸 것은 등자뼈가 없으면 아무런 소리도 들을 수 없어서였어요. 사람들은 뼈를 빻아 냇물에 뿌리면 바다까지 흘러 들어간다고 믿고 있었죠. 비가 오면 영혼이 넓은 바다로 흘러가 세상의 모든 이야기를 듣는다고 생각했어요. 어느 해 냇물이 너무 가물어서 그럴 수 없었는데, 할아버지의 어머니는 살아 있는 아이들을 불러 모으듯 아기 이름을 불렀어요. 그러면 얼마 있지 않아 하늘에서 비가 쏟아져 내렸어요. 그들의 이야기를 전해주는 것처럼요.'

"사각사각, 사각, 사각."

"사각, 사각."

"사각, 사각, 사각."

얼음을 긁는 소리는 블루투스를 통해 연구실 밖 남자의 귀로 흘러 들어갔다. 긁어낸 얼음 가루를 유리잔에 담아 남자의 테이블에 올려놓았다. 내가 감별소에서 하는 일은 연구실에서 얼음을 긁는 거였다. 얼음을 긁다가 나는 여자처럼 그곳에 귀를 대곤 한다.

할아버지는 골목에서 잔돌을 주워내고 있었다. 얼음공장에서 감별소까지 골목의 돌을 치운 사람은 할아버지였다. 첫날 수레바퀴가 돌에 걸려 얼음에 금이 가서였다.

"얼음이 가물다는 이야기는 전했니?"

"네."

나는 얼음 가격이 적힌 종이를 할아버지에게 내밀었다.

"도대체 강 선생이 얼음을 갖고 무슨 일을 하는지 모르겠구나."

얼음의 가격을 확인한 할아버지 얼굴에 전에 없이 근심이 어렸다. 얼음의 가격이 높아도 너무 높았던 것이다.

"잔돌이 껌 자국보다 많으니, 사람들이 껌을 뱉는 것처럼 돌덩이를 뱉어내는 모양이다."

돌을 치워도 어디에서인가 돌이 또 나왔다. 할아버지는 주워 모은 돌을 망태기에 담아 소각장 옆 화단에 쏟아부었다. 이안이 자전거를 타고 시장에서 돌아오고 있었다. 자전거 벨소리가 골목에 요란하게 울려 퍼졌다. 할아버지는 귀청이 울린다며 그 소리를 싫어했다.

여자가 사라진 뒤 백빙을 만드는 사람은 이제 나와 이안뿐이었다. 여자는 제빙실 바닥에 누워 있는 빙관을 보면, 두 손을 모아 왼쪽 볼에 가져다 대고 슬그머니 눈을 감았다. 잠을 자는 것이라는 표현이었다. 그러고는 다시 검지를 입에 가져다 대며 조용히 하라는 듯 바람 소리를 냈다. 빙관에 지하수를 담고 바닥의 온도를 영하 18도로 낮추면 얼음은 평화롭게 잠을 잤다.

백빙을 지나 투명 얼음을 만드는 빙관에는 공기봉을 꽂아 놓았다. 지하수에 섞여 있는 불순물을 가운데로 모으는 거였다. 백빙보다 품질이 좋은 얼음을 만들기 위해서였다. 그런 얼음은 이제 시설이 좋은 곳으로 주문이 몰렸다. 남자의 얼음은 백빙과 투명 얼음에서 아홉 칸 떨어진 빙관에 들어 있었다. 할아버지는 그곳의 빙관만 온도 조절을 달리해 관리하고 있었다. 지하수를 이틀 동안 잠을 재운 뒤 공기봉을 꽂아 다시 이틀 동안 잠을 재웠다. 빙관에 공기봉을 꽂으면 물들이 선잠을 잤는데 할아버지는 빙관에서 이틀씩 잠을 잔 얼음을 보며 옛날 어머니가 했던 말을 읊조리곤 했다.

얼음에서 긁혀져 나온 얼음 가루가 창고 바닥에 쌓이면 삽으로 퍼서 소각장으로 들고 가는 것은 내 몫이었다. 여자가 공장에서 사라진 뒤 여자의 자리에서 얼음을 긁어낼 때 쌀가루처럼 소복하게 낀 얼음 가루를 모아 공처럼 동그라미를 만들었다. 작은 동그라미였지만 그 위에 동그라미를 얹자 눈사람이 되었다. 눈과 코와 입이 없어도, 그게 눈사람이라는 것을 할아버지는 빨리 알아챘다. 그래서 동그라미만 만들었을 때와 달리 눈사람을 만들었을 때 장난을 친다고 주의를 주었다.

얼음 수레를 감별소 앞에 내려놓고 문을 열었다. 나는 얼음 수레를 남자 앞으로 끌고 갔다. 남자의 귀에 두 손을 모았다.

"제기랄! Kapayapaan!"

남자가 눈을 떴다.

"또 그 녀석 이야기구나."

남자가 귀에서 이어폰을 빼 책상 위에 내려놓았다. 나는 송장을 책상에 내려놓았다.

"이안이 사는 나라에는 바다 한가운데 얼음이 떠오르는 동굴이 있대요."

남자가 불쾌한 듯 얼굴을 찡그렸다.

"이안의 할아버지도 그곳에서 얼음 깨는 일을 했고 아버지도 그 일을 하고 있대요."

"얼음이 떠오르는 동굴이라……"

"얼음이 떠오르지 않으면 그 마을 사람들은 아무 일도 할 수 없대요."

"여름만 있는 나라라서 그렇다. 그곳은 건기의 여름과 우기의 여름뿐이지."

"영자 아주머니 생선가게처럼 해가 너무 강해서 생선이 모두 상하기 때문이에요."

"몇 번 가본 적이 있는데, 얼음이 떠오르는 동굴 이야기는 처음 듣는구나."

"이안의 할머니와 어머니도 시장에서 생선을 팔아요. 얼음이 늘 부족해 생선이 자주 썩는대요. 이유는 큰 배에 먼저 팔려나가서 시장까지 얼음이 잘 오지 않아서래요. 할아버지와 아버지가 얼음을 만들어도 집으로 가져올 수 없었어요. 감시가 너무 심해서요. 이안이 어렸을 때 아버지가 주머니에 얼음 조각을 숨겨 나온 적이 있었는데, 아이들을 위해서요. 집에 와서 꺼내 보니 얼음이 거의 다 녹아서 돌멩이 같은 작은 조각만 남았대요. 이안은 그 얼음을 먹어봤다고 해요."

"……"

얼음에 잔금이 이는 것처럼 남자의 얼굴에 미세하게 주름이 졌다.

"얼음을 감별하는 일은 물을 감별하는 것보다 더 엄격해. 나는 불순물을 모두 제거한 일 퍼센트의 완벽한 얼음을 찾고 있다. 일 퍼센트의 얼음은 흐르는 것이 아니라 소각되는 과정에서만 만들어지지."

"이안의 나라에서는 경적을 아무리 울려도 사람들이 화를 내지 않아요. 그 소리를 듣고 기분이 좋아지면 이안과 친구가 될 수 있어요."

"또 그 소리구나. 나는 녀석과 친구가 되고 싶은 생각은 없다. 물론 너도 말이다."

나는 그제야 남자의 정수리를 향해 걸려 있는 의자의 다리에 얼음 꼬챙이 같은 못이 박혀 있는 것을 발견했다. 녹이 슬었어도 어딘가에 파고들 수 있는 만큼의 날카로움은 남아 있었다.

"너도 판타지 소설을 많이 읽는 모양이구나. 네 이야기를 해보렴."

이야기를 듣고 있던 남자가 말했다.

"제 이야기걸요."

"……"

남자가 입을 굳게 다물었다.

며칠째 폭염주의보가 내려져 있었다. 바깥의 온도는 38도였고 제빙실의 온도는 영하 18도였다. 할아버지는 안팎으로 온도가 50도나 차이가 나는 것은 드문 일이라고 했다. 이안은 아무렇지도 않게 장화를 신고 제빙실로 들어갔다. 탈빙을 하기 위해서였다. 방한복을 입지 않은 이안의 머리에 하얗게 서리가 앉았다.

"포, 포, 포, 당신은 사라지는 사람, 당신은 흐르는 사람. 포, 포, 포."

얼음이 든 빙관에서 백빙을 꺼내며 이안이 노래를 불렀다. 이안의 할아버지가 동굴에 떠오른 얼음을 떠낼 때 부르는 노래라고 했다. 나는 이안이 탈빙한 얼음을 얼음 창고로 밀어 넣었다. 여자가 그랬듯 힘을 빼고 얼음에 꼬챙이를 살짝 꽂아 아기 엉덩이를 두드리듯 밀면 아이가 미끄럼을 타듯 얼음이 창고로 미끄러져 갔다. 이안이 그 일을 하지 않는 것은 팔의 힘이 너무 세 얼음이 엉뚱한 방향으로 가기 때문이었다.

빙관에서 마지막 얼음을 꺼내고 있을 때 할아버지가 제빙실로 들어왔다. 남자의 얼음을 꺼내기 위해서였다. 남자의 얼음을 꺼낼 때면 할아버지는 매번 그 곁에 쭈그리고 앉아 얼음을 말없이 내려다보았다. 일을 마친 이안이 노래를 불렀다. 노래가 끝날 때까지 얼음을 보고 있던 할아버지는 어두운 표정으로 제빙실을 나가버렸다. 할아버지가 꺼낸 얼음에 잔금이 수없이 나 있었다. 폭염 탓에 할아버지가 잠을 더 재운 게 원인이었다.

백빙 저장고에는 늘 서리가 내렸다. 나는 이안이 냉동창고로 보낸 백빙의 겉면을 긁었다. 쉴 새 없이 환풍기가 돌아가고 있었고, 부유하다 내려앉는 물기가 얼음과 결을 달리해 백빙에 포개지면 눈처럼 성에가 앉았다. 안개인지 눈인지 알 수 없는 그곳은 시야가 온통 하얘서 할아버지는 이안과 나를 잘 구별하지 못했다.

골목은 잔돌 하나 없이 깨끗하게 치워져 있었다. 나는 얼음 수레를 끌고 감별소로 향했다. 남자는 여전히 기이한 의자 아래 앉아 귀에 이어폰을 꽂고 있었다. 새로운 얼음을 만나기 위한 의식처럼 눈을 감고 연구실 안에 있는 얼음의 소리를 듣고 있는 거였다. 할아버지에게 금이 간 얼음을 그대로 납품해 달라고 한 것은 남자였다. 보자기를 걷어내자 남자가 냉담한 표정으로 얼음을 훑었다.

"참으로 오랜만에 함부로 된 얼음을 보는구나."

남자가 이어폰을 빼내 양손에 호두알처럼 나누어 쥐었다.

"말을 시작한 얼음인걸요."

조명 때문인지 얼음에 간 금이 더 선명하게 보였다. 남자는 얼음물을 음미하듯 얼음의 결정 상태를 천천히 살폈다.

"고급 위스키나 커피에 들어가는 특수 얼음은 급속 냉동 대신 영하 1도에서 영하 10도 사이에서 이틀 동안 서서히 얼린다. 천천히 얼려야 더 투명하고, 사흘에서 닷새 동안 얼린 얼음을 맞춤 생산하는 공장들도 늘어나고 있지. 위스키의 맛이 희석되는 속도를 줄이기 위해, 큐브 모양의 얼음보다 술과 닿는 면적이 적은, 아이스 볼을 사용하는 방식이 널리 퍼지고 있다. 일반 얼음과 볼 얼음 100그램의 녹는 속도를 비교하는 실험을 무수히 해오고 있지. 아이스 볼은 23도 실내에서 3시간 49분. 31도 실외에서 1시간 34분 만에 녹는단다. 순수한 얼음은 일반 얼음보다 75분 더 천천히 녹는다."

마치 규칙을 지키지 않은 아이에게 하는 말투 같았다.

"할아버지가 오늘은 얼음 값을 받지 않아도 된다고 하셨어요."

나는 송장을 꺼내 책상에 내려놓았다. 남자가 말한 품질에 다다르지 못한 얼음인데도 평소보다 더 많은 금액을 비어 있는 칸에 적어 넣었다.

"보여드리면 아실 거다."

나는 빈 수레를 끌고 감별소를 나왔다. 얼음을 가져다주고 받아온 송장에 적힌 금액을 보자 할아버지는 알 수 없는 표정을 지었다. 내가 남자의 말을 전해주고 얼마 뒤 할아버지는 역삼투압 기계를 사들였다. 지하수에 섞인 불순물을 없애는 까다로운 공정을 해낼 뿐 아니라 어떤 조건에서나 맑고 투명한 1프로의 얼음을 만들어낼 수 있다고 믿는 것 같았다.

"영하 1도에서 10도라니."

그 온도가 불안했는지 할아버지는 몇 번이나 제빙실 바닥을 들여다보았다. 남자의 얼음을 본 이안은 점점 고향에 있는 얼음동굴의 주인을 닮아가고 있다고 투덜거렸다. 백빙을 만드는 냉동실 옆에 공사가 한창이었다. 남자의 얼음을 만들려면 새로운 제빙실이 필요하다는 것이다.

"선생님에게 필요한 건 하나의 얼음인걸요?"

"그래서 하는 말이다. 단 하나의 얼음인데, 백빙에 섞여서야 어떻게 그런 얼음을 만들어내겠니."

나는 어려서부터 여자의 등에 업혀 할아버지가 여자에게 하는 말을 들어왔다. 여자도 그곳에 버려진 아기 중 한 명이었다. 여자가 사라지기 전 할아버지는 얼음을 긁고 온 여자에게 언제나 몹쓸, 이라는 말로 입을 열었다.

“어머니는 아기의 시체를 아궁이에 넣는 것을 보지 못하게 했다. 언제부턴가 나는 어머니가 하는 그 일을 몰래 지켜보게 되었다. 목욕탕의 물을 데울 때보다 불길이 더 세다는 것을 멀리서 보고만 있어도 알겠더구나. 거기까지 열기가 뻗쳤으니 말이다. 어머니는 화기를 참고 불길이 잦아들 때까지 그 앞을 떠나지 않았다. 아침이면 또 불을 지펴야 하니, 그전에 뼈를 수습해야 했지. 내가 그 일을 한 것은 누가 시켜서가 아니었다. 어머니는 몸이 너무 커 허리가 늘 아팠다. 어머니가 걱정도 되었지만 그 일을 지켜보다 보니, 잿더미에서 뼈를 줍는 일보다 어머니가 하는 일이 나를 더 자극했다. 해보고 싶어 안달이 난 거지. 처음에는 돌을 던져 넣었다. 불구덩이에. 고구마를 던져 넣는 것보다 시시했지. 어머니가 장작을 가지러 자리를 잠시 비운 사이, 아궁이에 넣으려고 너를 안았는데…… 나는 말이다……”

할아버지는 여자가 듣지 못하는 것은 귓속에 등자뼈가 자라지 않아서라고 했다. 할아버지가 온갖 이야기를 여자에게 쏟아낸 것도 여자가 듣지 못해서였다. 여자의 등에는 불에 덴 자국이 있었다. 여자의 등을 보고 자란 나는 여자가 깊이 잠들면 그곳에 가만히 손을 대보곤 했다. 그러면 그녀가 조용히 말을 건넸다.

‘너는 어디서 왔니?’

'아무 데서나요.'

'은자 아주머니는요?'

'아무 데서나지.'

나는 얼음을 긁고 있는 여자의 등에 업혀 할아버지의 이야기를 들었다.

'사각. 사각사각, 사각사각사각.'

할아버지는 늘 같은 이야기를 반복하고 있었다.

"어머니는 숯덩이에서 아기들의 등자뼈까지 찾아냈지. 막내도 그렇게 보냈거든. 아마 은자 너는 애초 그게 없었던 게다."

할아버지의 이야기를 듣는 것인지 얼음의 이야기를 듣는 것인지, 여자는 긁어낸 엷은 얼음 가루처럼 웃음을 띠곤 했다. 마치 그 말들을 모두 알아들은 사람 같아 보였다.

'은자 너에겐 등자뼈가 없다.'

할아버지는 여자가 사라진 뒤 얼음 소각장 옆에 매어두는 메리에게 이야기를 하기 시작했다. 내가 지나가면 말을 멈추고, 할 일 없이 메리의 목덜미를 반복해서 쓰다듬었다. 메리는 너무 늙은 개라서 그런지 할아버지에게 꼬리를 흔들지 않았다.

나는 얼음 수레를 끌고 감별소 문을 열었다. 남자는 벽에 걸려 있는 기이한 의자 아래 앉아 있었다. 나는 남자 앞으로 다가갔다. 남자는 수레로 얼음을 끌고 오는 사이에도 얼음이 소각되고 있다고 말했다. 남자는 서랍에서 칼과 송곳과 망치를 꺼냈다. 얼음을 깨기 위해서였다. 손잡이가 금으로 장식된 특이한 도구였다. 나는 장식장 문을 열어 유리잔을 꺼내 책상 위에 올려놓으며 벽면에 걸려 있는 의자를 바라보았다. 다리에 얼음 꼬챙이 같은 못이 여전히 박혀 있었다. 남자가 아무 생각 없이 일어선다면 그중 하나가 남자의 정수리에 꽂힐지도 몰랐다.

남자가 서서히 몸을 움직이기 시작했다. 그는 얼음 내부의 불순물을 제거하는 공기봉처럼 정해진 선을 따라 몸을 분리하듯 자리에서 몸을 일으켜 세웠다. 여자가 얼음의 표면을 따라 미세한 부스러기를 긁어낼 때, 얼음은 그녀의 손길을 기억하는 것처럼 부드럽게 갈라지며 이야기를 시작했다. 그가 자리에서 일어나는 방법은 얼음을 긁는 여자의 손길과 달랐다. 그건 할아버지가 얼음의 정수리를 피해 집게를 거는 것과 다르면서도 같았다.

"얼음은 녹는 것이 아니라 소각되는 것이다."

"얼음이 소각되면 재가 남나요?"

"어리석은 질문을 하는구나."

남자가 의자의 다리를 피해 일어섰을 때 커다란 백빙 하나가 우뚝 서 있는 것 같았다. 남자는 칼날이 달린 절단기로 야구공만 한 구형 얼음, 주먹만 한 큐브 얼음, 직육면체 얼음 등을 깎아 내렸다. 절단기가 얼음에 닿을 때마다 얼음 가루가 불꽃처럼 일어났다.

"음료마다 잘 맞는 얼음의 형태가 있다. 투명하고 예쁘고 천천히 녹아 음료 맛을 해치지 않는 특별한 얼음을 필요로 하는 곳이 많지."

여러 종류의 커피와 와인, 위스키가 담긴 잔에, 깨어낸 얼음을 넣고 다시 기이한 의자 아래로 가 기이한 자세로 앉았다. 책상에 놓인 타이머가 돌아가기 시작했다. 자연 상태에 가깝게 감별소 안에서 얼음이 녹는 시간을 기다리는 거였다. 타이머가 멈추자 남자가 테이블에 놓인 잔을 가리켰다.

"캐비어나 트러플오일 못지않게 얼음의 가치는 무궁무진하지. 얼음을 감별하는 일은 포도 농장에서 포도를 감별하는 것보다 더 가치 있는 일이다."

남자가 첫번째 잔을 입으로 가져갔다.

"한번 맛보렴?"

"추워서요."

감별소에는 오로지 겨울밖에 없는 것 같았다. 얼음공장 안은 늘 겨울이었지만 봄이 가면 여름이 왔고, 여름이 가면 가을이 왔다. 할아버지가 사계절 내내 감기를 앓는 것은 늘 겨울이라고 생각해서였다.

"밖이 추운 모양이구나."

"한여름인걸요."

남자가 밖을 내다보았다. 공장 앞에 서 있는 가로수 등걸이 너무 커서 시야에 들어오는 것은 굵은 등걸뿐이었다. 책상에 놓인 타이머가 다시 돌아가기 시작했다.

"너는 가물다는 걸 아니?"

"비가 잘 오지 않는 해에는 은자 아주머니가 얼음을 적게 긁어냈어요."

"사라졌다는 그 여자 말이냐?"

"백빙 옆에서 늘 이야기를 하고 있는걸요."

남자의 얼굴이 심하게 일그러졌다.

"끔찍한 상상이군."

남자는 이번에도 판타지 소설을 너무 많이 읽는 모양이라고 중얼거렸다. 타이머가 멈추자 남자가 다시 잔을 들었다.

"겨울에 할아버지는 껌 자국을 떼러 갔어요. 얼음이 안 팔리는 비수기잖아요. 할아버지가 껌을 많이 떼면 그해가 가문 해에요. 많이 가문 해에는 하루에 사백오십 개를 떼어냈어요."

남자가 물끄러미 얼음을 내려다보았다.

"얼음이 가물다……"

남자의 입에서 얼음이 굴러다니는 소리가 들려왔다.

"너는 늘 말이 너무 많구나."

남자는 내가 다녀간 날에는 얼음의 맛을 제대로 느낄 수가 없다고 했다. 남자가 송장에 얼음의 가격을 적어 넣었다. 금이 간 얼음보다 적은 액수였다. 남자가 이어폰을 귀에 꽂고 다시 눈을 감았다. 얼음 잔에 얼음이 아직 녹지 않았다. 나는 얼음을 끌고 연구실 문을 열었다. 나무 주걱을 꺼내 얼음을 긁기 시작했다.

"사각, 사각, 사각, 사각."

얼음공장에는 옛날 목욕탕의 흔적이 곳곳에 남아 있었다. 9칸 사물함도 그중 하나였다. 여자가 썼던 칸은 네 개였다. 그 가운데 한 칸은 내게 필요한 물건을 사서 넣어두는 곳이었다. 생리대와 팬티와 브래지어, 학년이 달라지면 참고서도 그곳에 넣어두었다. 무더위에도 방은 늘 찬 기운이 들었다. 할아버지는 전기보일러 대신 소파공장에서 내다 버린 나무를 때서 온돌을 덥혔다. 여자는 열기가 올라오는 구들에 등을 대면 잠을 이루지 못했다. 그래서 늘 모로 누워 잠을 잤다. 여자가 백빙을 긁는 소리를 듣다 보면 얼음을 깨는 소리보다 얼음을 긁는 소리가 더 신경이 쓰였다. 여자는 얼음과 이야기를 하고 있었는데 깰 때보다 긁을 때 이야기가 더 많았다. 깬 얼음은 골목에서 쉽게 녹지 않았지만 긁은 얼음은 쉽게 녹아 오수받이 아래로 흘러 들어갔다. 주걱을 쥔 여자의 가운뎃손가락이 얼음의 이야기를 가장 먼저 알아듣는 것 같았다. 내 손은 더 자라야 여자가 사라지기 전, 그 자리에 다다를 수 있을 것이다.

나는 긁은 얼음 가루를 동그랗게 만들어 그 위에 다시 동그라미를 얹었다. 눈사람이 자꾸 커가는 것을 본 할아버지는 장난을 친다고 주의를 주었다.

"손이 너무 빨리 자라는구나."

여자가 사라진 뒤 껌 자국을 너무 긁어서 할아버지는 오른쪽 손목이 아프다고 했다.

"그래도 예전만큼 껌을 뱉는 사람이 없어. 커피를 마시느라 껌을 씹는 사람이 줄어든 모양이다."

껌 자국을 떼지 않아도 할아버지는 껌 자국을 떼던 때의 일을 자주 떠올렸다. 골목에 내다 버린 얼음 조각 때문인지 소각장에서도 할아버지는 자꾸 춥다고 몸을 움츠렸다.

"감기약을 사다 드릴까요?"

"은자처럼 너도 돌아오지 않을 것 같구나."

"저는 다른 길은 모르는걸요."

"너도 이제 거짓말을 하네. 그 여자도 말했다. 모른다고. 네가 돌아오지 않으면 감기약을 사다 줄 사람이 아무도 없다."

그건 틀린 말이었다. 할아버지는 내가 아홉 살에도 할아버지였는데 그때와 달리 어긋나는 말을 자주 하곤 했다. 여자가 늘 말을 했다고 기억을 하는 것이다.

제빙실에서 남자의 얼음이 얼어가고 있었다. 삼 일째였다.

이틀을 더 있어야 남자의 얼음을 꺼낼 수 있었다. 할아버지가 만든 제빙실에는 성에가 끼지 않았다. 그곳에서 만들어진 얼음처럼 맑고 투명해서 얼음을 꺼내는 할아버지를 한눈에 알아볼 수 있었다. 오래 해온 일이라 그런지 할아버지는 불순물이 섞이지 않은 순수한 쪽에 가까운 얼음을 만들어가고 있었다.

"이 얼음 위에는 성에가 끼지 않아요. 환풍기가 다섯 대나 돌아가는데 참 이상한 일이에요."

"그래야지."

할아버지는 모든 일이 그렇게 된 것처럼 그 말을 반복했다.

이안이 영자 아주머니 생선가게에 갈 얼음을 자전거 뒤에 실었다. 아침 일찍 거래처에 얼음을 납품한 뒤였다. 할아버지는 골목에서도 녹지 않게 은박지로 된 보냉포장지르 남자의 얼음을 덮었다. 할아버지는 그 일을 할 때마다 강 선생이 너무 까다로운 사람이라고 투덜거렸다. 잔돌에 걸려 얼음에 금이 가거나 녹는 것을 걱정해서였다. 이안이 재주를 부리듯 자전거의 방향을 틀며 요란하게 경적을 울렸다. 그래도 자전거 뒤에 실은 얼음 자루는 떨어지지 않았다. 얼음골목 입구까지 간 이안은 자전거를 멈추고 나를 기다려줄 것이다. 나는 얼음 수레를 끌고 감별소로 향했다.

얼마 전, 여자의 물건이 박스에 담겨 얼음공장으로 돌아왔다. 낡은 옷가지 옆에 눈에 익은 털신이 놓여 있었다. 공장을 나갈 때 신고 간 거였다. 엉겨 붙은 털 위로 무당벌레 한 마리가 느릿느릿 지나가고 있었다. 할아버지는 박스를 닫으며 여자가 객사한 것으로 결론을 지었다. 공장에서 사라진 지 삼 년 만이었다. 할아버지가 얼음 소각장 앞에 내다 버린 박스를 내가 들고 온 이유는 무당벌레 때문이었다. 나는 다섯번째 사물함 문을 열었다. 여자의 물건이 들어 있던 자리였다. 이제 여자의 물건이라고는 박스에 든 게 다였다. 나는 박스를 열었다. 털신 쪽으로 손을 내밀자 무당벌레가 가운뎃손가락으로 기어 올라왔다. 무당벌레는 여자의 이야기를 들었을지도 몰랐다. 나는 무당벌레에게 말을 걸었다.

"Kapayapaan."

남자가 눈을 떴다.

다알리아와 오미자, 다알리아꽃

그것은 숱이 많은 다알리아였다.

철모를 쓴 중세 기사는 창을 들고 골목을 지키고 있었고 강철 허벅지에는 해적 스티커가 여러 장 붙어 있었다. 골목 입구 벽면에는 둥근 거울이 달려 있었는데 자개로 두른 테에는 흔한 담쟁이넝쿨 무늬가 새겨져 있었다. 거울 옆 가판대 위에는 예수인지 부처인지 그리스 조각상인지 모를 온갖 두상들이 뒤섞여 있었다. 지나가던 외국인이 거울 밑에 놓여 있는 펑퍼짐한 돌을 가리키며 물어보는 제스처를 취하자 주인은 빌려 온 뭉우리돌이라고 대답했다. 이 말을 알아들을 리 없는 외국인은 사진을 찍으며 두상들을 살펴보다가 다른 가게로 걸음을 옮겼다. 주인은 먼지떨이로 두상에 앉은 먼지를 털고 있었다. 쌓아놓은 오래된 물건들 사이로 그물망처럼 거미줄이 쳐져 있었고 그 아래로 새끼고양이 한 마리가 돌아다녔다.

키가 작은 할머니를 골목 입구에서 본 건 내가 약국에서 비상약품을 사서 막 나왔을 때였다. 할머니는 느린 걸음으로 골목을 빠져나와 펑퍼짐한 돌덩이 위에 올라가더니 거울 앞에 섰다. 그리고는 거울을 들여다보며 주문을 외듯 중얼거렸다.

"숱 많은 다알리아꽃은…… 원경 안에 펴."

굼벵이처럼 낮고 어눌한 그 말에 나도 모르게 걸음의 속도를 늦추었다. 할머니는 무언가를 다시 발견하기라도 한 양 둥근 거울을 향해 허리를 더 깊게 숙였다.

"저기…… 사람이 와."

나는 할머니의 말에 혹시나 해서 주변을 살폈다. 사람은 보이지 않고 폐지가 쌓인 좁은 골목 안에 붉게 낡아가는 조화가 어지럽게 널려 있었다. 담벼락에 붙은 공룡 모양의 낡은 스티커가 한때 이곳에 아이들이 살고 있었다는 것을 말해주고 있을 뿐이었다.

언젠가 비슷한 장면을 본 적이 있었다. 처음 구매부서로 발령받았을 때였다. 박건호는 인수인계 품목에 기타 인원으로 적혀 있었다. 그해 그의 노모가 돌아가셨다. 장례식을 치른 뒤 알제리로 돌아가기 위해 회사에 들른 그를 처음 보았다.

파일에 담긴 이력서 사진보다 많이 나이 든 모습이라 그를 선뜻 알아보지 못했다. 나와는 인사만 주고받았을 뿐 팀장과 이야기를 잠시 나눈 뒤 이내 가버렸다. 부장이 경쟁업체로 이직을 한 뒤라 그와 소통을 하는 사람은 없었다. 이 동네에서 소규모 배관업을 하던 그를 이란 플랜트 현장에 처음 파견시킨 사람이 부장이었다. 점심을 먹으러 가는 길에 돌덩이 위에 올라선 그가 할머니처럼 거울을 들여다보고 있는 모습을 보았다. 큰 키도 아니었는데 구부정하게 허리를 굽힌 뒷모습은 마치 거울 안에 자신의 몸을 구겨 넣으려는 것처럼 보였다. 나는 그의 휘어진 등을 보다가 이내 고개를 돌렸다. 그를 다시 만난 것은 성해루에서였다. 공구상에서 부속 몇 개를 구입하고 점심을 먹으러 들어갔는데 그가 혼자 밥을 먹고 있었다. 잠시 눈이 마주쳤지만 나를 알아보지 못하는 눈치였다. 나는 슬그머니 그를 지나쳐 등을 지고 앉았다. 간짜장을 주문하고 휴대폰을 보는데 가래가 끓는 것처럼 큼큼거리는 소리가 등 뒤에서 들려왔다. 얼마 뒤 그가 자리에서 일어나는 소리가 들려오기에 나는 간짜장 속 양파를 더딘 속도로 건져 먹었다.

동천강을 가로지르는 무지개다리 밑으로 평평한 나룻배 하나가 유유히 떠 있었다. 물갈퀴와 수거통이 실려 있는 것을 보아 물 위에 떠다니는 부유물을 긁어 올리는 것 같았다. 배는 서서히 다리 밑으로 흘러갔다. 거울 쪽을 다시 돌아보았을 때 할머니는 사라지고 없었다. 할머니의 말대로 숱이 많은 다알리아꽃이 피어 있는지 확인하려고 한 것은 아니었다. 어느새 나는 평퍼짐한 돌덩이 위에 올라가 있었다. 약국에서 구매한 비상약을 손에 든 채였다.

거울은 멀리서 보았을 때와 달리 가까이 다가가자 표면이 혼탁했고, 걸린 위치도 이상했다. 어른의 눈높이가 아닌, 마치 어린아이를 위해 달아놓은 듯 너무 낮았던 것이다. 어쩌면 사람의 키 높이도 아닌, 거의 바닥을 향해 있는 것처럼 느껴졌다. 거울에 다가가려면 허리를 굽혀야 했고, 그 안을 들여다보려면 다시 고개를 들어야 했다. 요가 동작처럼 기이한 자세를 취해야만 거울 속을 볼 수 있을 것 같았다. 나는 골목에서 나온 할머니가 혹시 어린아이가 아니었는지 잠시 의심해 보았다. 그렇지 않고서야 거울 안을 그렇게 자연스럽게 들여다볼 리가 없었다.

"뭐가 보여요?"

여전히 먼지떨이를 들고 서 있는 주인의 말에 굽힌 허리를 폈다. 뭐가 보일 수 있단 말인가. 입사 이후 늘 점심을 먹으러 이 거리를 지나다녔기에 주인과는 안면이 있었다. 그렇다고 무람없이 말을 주고받을 정도는 아니었는데 주인은 편안하게 내 쪽으로 몸을 틀며 이야기를 이어갔다. 누군가 할머니의 말을 같이 듣고 있었다고 생각하니 이야기에 흥이 실리는 모양이었다.

"저 돌을요, 받침대로 잘 썼는데, 자꾸 빌려온 거라 하네요, 아까 할머니가요. 미숙이 엄마 말이에요, 돌려줘야 한다고 하는데 어느 집에서 빌린 돌인지 알아들을 수도 없고요. 안다고 한들 다 이사를 가버려서 그것도 소용없는 일이고…… 이 집 저 집 돌아다닌 돌이라는데, 며칠 전 할머니 이야기가 저 개천 쪽이라네요."

주인이 동천강 쪽을 가리키며, 같이 앉아서 맞장구를 치다 보니, 할머니 말대로 돌려줘야 할 것도 같더라는 것이다.

"개천이 저리 말끔해졌으니 뻐꾸기 알처럼 갖다 놓을 수도 없고."

어눌한 할머니의 말을 해석까지 해가며 이야기를 이어가고 있었다. 가게 주인은 할머니가 치매가 오기 전부터 종잡을 수 없는 이야기를 늘어놓곤 했다고 덧붙이고는 오래되니 자연스레 조금씩 알아듣게 되었다고 했다. 주인은 마치 가게 안에 뒤섞여 있는 오래된 물건들에게서 들은 이야기를 뒤죽박죽 섞어서 내게 전해주는 것 같았다. 나는 부끄러운 짓을 하다 들킨 사람처럼 슬그머니 돌 위에서 내려왔다.

"거울 안으로 모르는 사람이 오면 행운이 와요."

걸음을 옮기려는 나에게 주인이 말했다. 마치 그 말을 전하기 위해 그 자리에 있는 사람처럼 보였다. 나는 박건호가 살았다던 골목을 다시 한번 쳐다보았다. 가게 안을 돌아다니던 고양이가 조화가 만발한 골목으로 걸어가고 있을 뿐이었다.

시계를 보니 점심시간이 끝나가고 있었다. 나는 회사로 돌아가기 전 그가 자주 들렀다는 카페로 갔다. 박건호가 멀미처럼 이상한 증세가 생겼다며 메일 끝에 적어 보낸 게 뒤늦게 떠올랐던 것이다. 그가 특별히 부탁한 건 오미자차였다. 전임자는 사적인 부탁을 자꾸 들어주다 보면 나중에는 마당까지 쓸어달라고 한다며 규칙에 맞게 보급 물품의 한계를 정하라고 했다. 직접 발효했다는 오미자 원액을 구매한 것은 오미자의 경계가 애매해서였다. 카페 주인은 그가 기관지염을 오래 앓고 있다고 했다. 서비스라며 오미자차 한 잔을 종이컵에 담아주었다. 평소 잘 마시지 않아서인지 맛이 낯선데다가 신맛이 강했다. 몇 모금 마시다가 동천강을 건너기 전 화단 한 귀퉁이에 슬쩍 놓고 오고 말았다. 회사로 돌아와 공구상에서 개별 구매한 물품을 분류해 포장을 했다. 약국에서 구입한 비상약품과 냉동 오미자 원액을 같이 담아 알제리로 가는 국제우편함에 넣었다.

나는 박건호가 보낸 메일을 열었다. 그는 천연가스 파이프라인을 점검하고 보수한 일지를 한 달에 한 번 메일로 보내왔다. 일지 뒤에 가끔 사막을 지나오다 겪은 이야기가 넋두리처럼 적혀 있었다. 내가 업무를 맡고 이번이 세번째 글이었다.

하시르멜 천연가스 파이프라인을 점검하러 가는 길이다. 사막을 달려가는데 문득 어렸을 때 생각이 났다. 문현동에서 평생을 살다시피 했는데 골목을 뛰어다니며 흙을 밟고 자랐다. 그때는 땅에 흙이 지천으로 많아 손으로 긁어내거나 파내며 놀았다. 작은 돌멩이가 손가락 사이로 걸려 나오면 밥에 섞인 콩을 골라내듯 골라냈다. 콩을 골라낼 때마다 어머니에게 등짝을 맞아서인지 돌을 골라낼 때면 등짝이 서늘했다. 그래서 놀이가 끝난 뒤 골라낸 돌을 흙 속에 다시 파묻곤 했다. 주변에는 고무공장, 설탕공장, 방직공장, 타이어공장이 있었다. 우리 집 골목에는 설탕공장으로 일하러 가는 부모들이 많았다. 타지에서 와 어느 한 공장에 취직을 하면 고향 사람들을 불러들여서였다. 설탕공장에서 돌아온 어른들은 열대의 어느 나라에는 사탕수수가 지천이라고 했다. 옥수숫대처럼 가는 몸으로 단물을 만들어내는 식물이라고 했는데 옥수수가 열린다, 사탕이 열린다, 의견이 많았다.

나랑 같이 땅을 파며 놀던 미숙이는, 엄마가 '야단스러운 단물 라인'에서 일한다고 했다. 그 말은 미숙이 엄마가 한 것이었는데, 사탕수수가 땅에 뿌리를 내리고 자라며 땅의 이야기를 많이 들어서 그런지, 말이 많고 수선스럽다고 했다. 귀도 잘 들리지 않고 말도 어눌한 엄마였지만, 미숙이는 엄마의 말을 누구보다 잘 이해했다. 세계 자원의 날 글짓기 대회에서 미숙이는 엄마에게 들은 사탕수수 이야기를 그대로 써냈다가 선생님에게 혼이 났다. 사탕수수가 노래를 부르고, 눈물도 흘리고, 화를 내고, 야단까지 친다고 썼더니, 사람처럼 여기는 게 자원을 소중히 여기는 태도와는 맞지 않다는 것이었다. 선생님은 고마운 마음이 잘 전달될 수 있도록, 더 명확하고 진지하게 써보라고 말했다. 반장은 그렇게 써서 상을 받았다. 미숙이는 열한 살이라도 밥을 잘 지었다. 그래서 흙을 파고 놀 때 흙을 담아 밥상을 차렸다. 내가 돌멩이를 골라내면 엄마처럼 눈을 흘기며 등짝을 때렸다. 그래서 흙을 파다가 미숙이를 좋아하게 되었다.

학교에서 설탕공장으로 단체 견학을 갔다. 설탕은 하늘에 걸친 파이프라인을 통해 사일로에 모이는데, 사일로는 양철로 된 거대한 통이다. 원료당, 청징, 압착 가열, 마그마, 건조, 1차 정제, 2차 정제, 3차 정제, 4차 정제, 마지막엔 반장 말대로 맑고 깨끗한 설탕 가루가 되었다. 설탕 가루가 운동장만큼 큰 사일로에 가득 차면 엄마들이 돌아오고 사일로가 비면 아버지들이 돌아온다. 통을 채우는 라인은 엄마들의 공정, 통을 비우는 라인은 아버지들의 공정. 그래서 공장에서도 집에서도 엄마와 아버지는 잘 마주치지 않는다. 사탕수수 원당이 거대한 가마솥에서 용암처럼 끓어오르는 공정을 선생님은 마그마 공정이라고 했다. 화산이 폭발할 때 분출하는 붉은 용암 덩어리 '마그마'는 엄마의 공정이었다. 미숙이 엄마는 듣지를 못해서 청징의 공정에서 일했다. 청징의 공정은 불순물을 제거하는 과정. 들리지 않고 들을 필요도 없는 공정에 배치된 것이다. 나는 그날 원료당이 녹아 있는 고요한 물을 들여다보고 있는 미숙이 엄마 모습을 보았다. 겉으로 보기에 미숙이 엄마 라인은 고요하고 고요하기만 했다.

견학을 끝내고 선물로 받은 설탕 한 봉지를 손에 들고 골목으로 돌아오다 흙을 팠다. 손가락 사이로 돌멩이가 걸려 나왔다. 왜 미숙이 엄마가 말하는 야단스러운 단물 공정이 보이지 않는지 알 수 없었다. 나는 선생님이 외우라는 부분을 되짚어 보았다. 사탕수수 수확→압착→가열 건조→비정제원당→1차 정제(당분리)→원료당(수입)→2차 정제(여과)→3차 정제(탈색)→4차 정제→설탕 가루→사일로→포장→운송. 사탕수수 수확→

그는 어렸을 때의 회상 뒤에 땅을 파는 게 좋았다고 적었다. 전임자에게 보냈던 짧은 글과 달리 내용이 길어지고 있었다.

"저도 엄마한테 등짝을 많이 맞고 컸습니다. ㅠㅠ"

나는 무더운 날씨에 건강 잘 챙기시라는 마지막 문장을 잊지 않고 챙겨 넣었다. 박건호의 글은 요약이 잘되지 않아 아직 정리를 하지 못하고 있었다. 나는 임시보관함에 들어 있는 첫번째 글을 다시 읽어보았다.

파이프라인을 점검하러 가는 길이었다. 사헬 쪽으로 자칼 한 마리가 달려가기에 나도 모르게 그쪽으로 차를 몰았다. 허허벌판에 어떻게 몸을 숨기고 다녔는지 여태 사막을 돌아다녔어도 자칼을 본 게 처음이었다. 맞은편 국가에서는 깊숙하게 들어와야 했지만 이쪽에서는 거리가 그리 멀지 않았다. 드물게 풀이 자라고 있었고 넓적한 돌이 많은 작은 언덕 지역이었다. 뭉우리돌 같은 데서 자칼은 잠시 뒤를 한번 돌아다본 뒤 허허벌판에서 감쪽같이 사라졌다. 그곳에서 엄청난 총소리가 들려왔다. 돌아와서 타밀에게 이야기를 하자 타밀은 할아버지의 할아버지, 그 할아버지 때부터 사막에서 총소리를 들어왔다고 대수롭지 않게 말했다. 조상 대대로 낙타 몰이를 한 집안이라 사막에서 일어나는 기이한 현상을 종종 말해주었다. 널찍한 바위가 총을 쏜다는 것이다.

그는 그게 진짜 총소리였다고 적어놓았다. 나는 그와 사적인 접촉을 한 적이 있었나 더듬어보았다. 장례식 이후 회사에 들렀을 때 잠시 본 얼굴은 잘 생각나지 않았고 돌덩이 위에 올라 거울을 보고 있는 뒷모습만 어렴풋하게 떠올랐다. 오랫동안 외국 현장을 떠돌았으니 한국 본사에 그와 개인적인 이야기를 나눌 동료가 달리 없었을 거였다. 나는 글에서 틀린 단어를 찾아 수정하고 보고서 형식으로 요약한 뒤 사헬의 정보를 검색해 추가하여 보관함에 저장했다.

그의 메일이 도착하지 않고 있었다. 대신 타밀에게서 메일 한 통이 와 있었다. 박건호가 가스 터미널로 보수작업을 하러 갔다가 돌아오지 않고 있다는 내용이었다. LNG터미널에서 파이프라인을 거슬러 사막 쪽으로 가는 모습을 본 사람이 있는데 상황을 파악하는 중이라고 했다. 나는 그가 수신인이 확실하지 않은 메일을 보내온 적이 있다는 사실을 떠올렸다. 현장에 파견된 사람 중에 언어 문제로 적응하지 못하는 경우가 있었다. 몇 년 전에는 정서적 교류를 하지 못해 고립되어 있다 생을 마감한 사람도 있었다. 그래서 현지인을 고용하기도 하는데 그가 타밀이었다. 타밀은 이번 일과 관련해서 가급적이면 프랑스어를 할 줄 아는 사람을 보내달라고 했다. 알제리에서는 프랑스어를 하는 사람이라면, 심지어 죽어서조차 대우가 달라질 정도로 그 가치를 인정받는다고 했다. 총무과에 보고를 하자 일단 한번 가보라며 구두 결재를 냈다. 구매부서원인 내가 출장을 가게 된 이유는 불어를 복수 전공했기 때문만은 아니었다. 알제리는 사하라 사막 주변, 국경을 사이에 둔 나라들과 분쟁이 잦았다. 중동 정세 때문에 에너지라인 파트뿐만 아니라 회사 전체에 비상이 걸려 있었다. 당장 현지에 파견할 마땅한 사람이 없어서이기도 했다. 본사에서는 유사시 알제리 주재 한국대사관으로 연락을 하라고 지침을 내렸다. 나는 간단한 짐에 수첩과 필기구, 녹음기, 노트북을 챙겼다.

프랑스 샤를 드골 공항을 거쳐 오랑 공항에 도착했을 때 타밀은 나를 한눈에 알아보았다. 탑승객 중 동양인이 흔하지 않아서만은 아니었다. 중국 기업에 섞인 북한 노동자가 대부분이지만 깎아 올린 머리만 보아도 국적이 구별된다고 했다. 나는 그가 청바지에 야구 모자를 쓰고 있어 환승 공항에서 흔하게 마주친 유럽인 같다는 생각이 먼저 들었다. 타밀은 사막 원주민인 투아그레족 출신이었다. 한국어를 하는 아랍인이었고, 부족의 언어인 베르베르어와 식민지 시절 언어인 프랑스어를 할 줄 알았다. 중국 기업이 많아 중국어를 자연스레 배웠고 한국 기업이 진출했을 때 드라마와 영화를 보며 한국어를 배운 사람이었다. 파일에 저장된 그의 이력서를 비행기 안에서 열어보았다. 풀네임 끝에 Tamur이라고 적혀 있었는데 우리말로 '대추야자'라는 단어가 추가되어 있었다. 나는 순간 표기가 잘못되어 있는 줄 알았다. 대추와 야자의 순서가 뒤바뀌었다고 생각을 한 것이다.

그는 능숙하게 한국말로 인사를 건넸다. 근무하는 데 불편한 점은 없느냐고 내가 먼저 물었다.

"건호가 사라진 것 말고는 모든 게 다 좋아요."

메일과는 달리 느긋한 표정이었다. 지프차 안에는 자수를 놓은 낙타 인형 하나가 달랑거렸다.

"건호는 당신이 앉은 자리에 늘 앉았어요."

그가 시동을 걸며 말했다. 오랑은 항구도시였다. 길이가 650킬로미터나 되는 가스관이 사하라 사막의 하시르멜에서 오랑과 아르제우로 뻗어 있을 터였다. 본사에서 공사를 끝낸 구간은 사막에서 오랑 부두의 해양 터미널까지였다.

"건호는 돌아올 겁니다. 어떤 형태로든."

타밀은 공항을 빠져나오며 사막 쪽을 가리켰다. 어떤 형태로든, 이라는 뒷말을 붙이지 않았다면 나는 사막 쪽을 그토록 막막하게 쳐다보지는 않았을 것이다. 관광객들이 사진으로 찍어 올린 금빛 모래 물결이 출렁이는 사막 풍경을 떠올리더라도 타밀의 확신이 무모하게 느껴졌다. 타밀은 그간 알제리에서 박건호의 행적을 나에게 전해주었다. 나는 한국에서 들어서 알고 있는 그의 이력을 떠올렸다.

그는 문현금융지구가 생기기 전 동천강 건너에서 조그마하게 배관업을 하던 사람이었다. 금융단지에 해양금융종합센터가 생기고 얼마 지나지 않아 거래소 현황판이 멈추는 일이 벌어졌다. 전기, 수도, 인터넷 연결망 등을 관리하는 시설관리

팀에서 설계도를 펼쳐놓고 아무리 배관과 배선을 살펴봐도 문제가 되는 지점을 찾아내지 못했다. 그때 박건호를 소개받은 사람이 부장이었다. 늦은 점심을 먹으러 성해루에 갔다가 그곳에서 이 동네 배관과 배선은 모두 박건호가 손을 봤다는 주인의 말을 들은 것이다. 어려서부터 용접 일을 시작해 자연스레 전기와 수도 등 배관과 배선 일까지 하게 된 박건호가 네다섯 시간 만에 문제가 된 지점을 찾아냈다. 사람들은 그가 낡은 기계 하나를 청진기처럼 가져다 대다가 복잡한 배관과 배선 여러 곳에 손가락으로 선을 긋는 모습만 보았다고 했다. 어떤 경로를 거쳤는지 부장은 어디든 잘 쓰일 사람으로 박건호를 버마쉐 현장에 파견시켰다. 그가 버마쉐 현장에 있을 때 원주민 아이와 친해져 마을에 우물을 파준 일이 있었다. 그 이후 마을 사람들로부터 그곳을 관통하는 파이프라인 공사 때문에 우물이 오염되었다는 항의가 들어오면서 문제가 되었다. 환경단체에서도 움직임을 보이자 보고도 없이 업무 범위를 넘어 우물을 파준 박건호에게로 책임을 돌렸다. 그나마 박건호의 사정을 살펴온 부장이 퇴직한 뒤 태국으로 이민을 간 상태라, 박건호는 공사 현장의 허드레 일을 처리하는 사람으로 파이프라인을 떠돌게 되었다.

내비게이션이 작동하지 않았지만 차는 오랑 해안가를 지나고 있는 것 같았다. 부두 한가운데 커다란 LNG 터미널이 보였다. 하시르멜에서 터미널로 모인 액화가스를 유조선에 싣기 위해 여러 채의 운송 선박들이 정박해 있었다. 네다섯 시간을 달려 사막 근처의 숙소에 도착했을 때 먼저 눈에 들어온 것은 벽면에 붙은 세계 에너지 지도였다. 새해를 맞아 중동 지역과 모로코, 콩고 등에 파견된 근무자들에게 보내준 거였다. 가스 터미널에서 시작하는 파이프라인은 모세혈관처럼 해양과 대륙을 향해 뻗어 나아가 지구를 사방으로 휘감고 있었다. 주요 가스 터미널이 있는 항구 중 서너 곳에 노란 스티커가 붙어 있었다. 박건호가 파견 근무를 한 곳이었다. 지도 아래에는 간단하게 라면을 끓여 먹을 수 있는 휴대용 조리도구가 있었고, 그 옆으로 한국에서 가져간 손때 묻은 공구함이 놓여 있었다. 공구함 뚜껑에는 박건호라는 이름이 검은 매직으로 적혀 있었다.

"건호는 아랍어를 하지 못했어요."

베르베르어도 마찬가지였다고 덧붙였다. 그런데도 메일을 읽다 보면 박건호가 마치 그곳의 언어를 습득한 사람처럼 느껴졌다. 자신만의 감상이라기엔 그의 메일은 꽤 구체적으로 현지의 이야기를 전하고 있었다.

내가 샤워를 하고 나왔을 때 타밀은 소파에 누워 있었다. 편하게 누워 있는 모습이 박건호와 함께 써온 숙소인 듯했다.

그는 나를 보더니 일어나 텔레비전을 켰다. 나는 자리가 불편해 주방 쪽 의자에 앉았다.

"지구 반대쪽까지 오느라 힘들었을 텐데 푹 쉬세요."

내가 선뜻 침대에 눕지 않자 타밀이 한마디 했다.

"사람이 사라졌는데 그럴 만해요."

타밀은 이해한다는 듯 고개를 끄덕였다.

다음 날 타밀과 함께 오랑 시내에 있는 경찰서에 들렀을 때 박건호의 실종 상황을 설명한 사람은 나였다. 타밀에게서 경찰서 안에서는 프랑스어로 답하거나 질문하라는 주의를 미리 받았다. 내 이야기를 들은 경찰은 만약 무장단체가 인질로 데려갔다면 먼저 연락이 올 거라는 말을 무성의하게 내뱉고 사건 접수서를 덮었다. 그렇지 않고 자발적으로 사라진 거라면 실종자를 찾는 데 단서가 될 만한 것을 가지고 다시 방문하라고 했다. 타밀은 으레 겪는 일인 양 항의 한마디 하지 않고 경찰서를 나왔다. 프랑스어를 사용하는 한 다시 방문하면 태도가 달라질 거라고 했다. 만약 베르베르어에 익숙한 알제리 통역인을 데려갔다면 경찰이 사막으로 들어가는 일은 없을 거라는 것이다. 타밀이 아랍어든 프랑스어든 한마디도 하지 않은 이유는 경찰이 자신의 말투만 듣고도 어디 출신인지 바로 알아차리기 때문이라고 했다.

"당신은 알제리 전 지역을 여행해도 문제없겠어요."

외국인은 프랑스어만 사용하고도 도심 전 지역을 이동할 수 있다는 것이다.

타밀의 설명을 바탕으로 박건호의 일정을 확인하며, 그가 보수작업 노선을 벗어나 이동했을 가능성을 유추해보았다. 내가 보낸 파이프라인 지도를 보니, 하시르멜 가스 터미널에서 사막으로 이어지는 길은 사헬 지역을 끼고 있었다. 타밀의 말로는 인적이 드물고 위험요소가 많은 구간이라고 했다. 박건호가 지표 하나 없는 막막한 사막에서 파이프라인을 따라 이동했다면, 그 경로를 더듬다 보면 그의 행적을 짐작해볼 수 있을 터였다. 다음 날 경찰서를 찾았을 때는 문이 굳게 닫혀 있었다. 라마단 기간이라 단축근무를 한다는 것을 타밀이 모를 리 없었다. 타밀은 단축 근무 시간이 전과 달라진 것 같다고 했다. 이곳에서는 이런 일이 종종 벌어진다며 아무렇지도 않게 발걸음을 돌렸다.

다음 날, 이른 아침이었다. 새벽 5시 59분, 모스크 첨탑에서 아단이 울려 퍼졌다. 타밀은 메카 쪽을 향해 작은 카펫을 깔고 서 있었다. 시차 때문인지 몸을 뒤척이다 나도 모르게 다시 잠이 든 모양이었다. 내가 눈을 떴을 때, 타밀은 짐을 거의 다 챙겨놓은 상태였다. 냉장고에서 생수병에 담긴 붉은 주스를 꺼내 컵에 따르더니 내 앞에 내밀었다. 자신은 기도 시작 전에 한 잔 마셨다고 했다. 붉은 색이 석류 주스를 닮아 있어, 알제리 특유의 음료인가 싶었다. 내가 한 모금 마시다가 신맛이 강해 컵을 내려놓으려는 순간, 타밀이 조용히 한마디 던졌다.

"귀한 거니까 다 마시고 가요."

금식 전에 마시기에 그것만 한 게 없다는 것이다. 나는 주스 이름을 물었다.

"오미자차요."

나는 음료를 마시면서도 한국에서 부속품재료에 끼워 보낸 오미자청을 까마득히 잊고 있었다. 타밀은 물에 섞기만 하면 된다며 마치 알제리 음료인양 제조법까지 알려주었다. 카페 주인이 만들어 준 것과 별반 다르지 않았을 텐데, 왜 그 맛을 알아채지 못했는지. 나는 남은 오미자차를 마저 마시고 말았다. 다섯 가지 맛이 나지 않느냐고 타밀이 묻기에 나는 마지못해 고개를 끄덕거렸다.

내색하지 않았지만 나는 라마단 기간에 사막으로 들어간다는 게 걱정이 되었다. 타밀이 하루 다섯 번이나 기도를 하며 이동을 해야 하고 본사에서도 모든 일정을 라마단 기간에 맞춰야 하기 때문이었다. 위험한 일이라도 벌어지게 되면 대책 없이 타밀에게만 의지해야 했다. 경찰도 단축근무를 한다는 게 더 걸렸다. 나는 회사에 박건호를 찾아 사막으로 들어간다는 보고를 했다. 자살, 타살, 사고사, 실종 중 어떤 경우

인지 확인하고, 그에 따른 대응 방안을 본사에 보고하는 것이 내 임무였다. 특히 실종의 경우 생사를 확정할 수 없어, 절차가 가장 번거롭고 오래 걸렸다.

타밀은 짐을 실은 뒤 카펫을 들고 차에 올랐다. 숙소에서 랜턴과 침낭, 라면 등을 챙겨 나왔지만 오랑 시내를 지나며 물과 절인 대추야자 서너 꾸러미를 더 구입했다. 나는 차가 달리는 동안 핸드폰으로 사막을 건너는 법을 검색했다. 바람이 심하게 불면 지형이 변하기 때문에 지형지물을 보고 방향을 결정하면 안 된다, 나침반과 지피에스 등 방향을 제대로 판별할 수 있는 도구를 여러 개 들고 다녀야 한다는 등 만일의 일에 대비한 수십 개의 조언이 인터넷에 올라 있었다. 그러면서도 사람들은 모래 썰매 타기와 일몰은 꼭 경험해보라는 말을 잊지 않았다.

해안가를 지나 파이프라인 매설 구간으로 접어들 때였다. 어린아이를 포함한 가족으로 보이는 일행 중, 낙타를 타고 오던 한 남자가 길을 막아서며 차를 세웠다. 타밀은 나라도 없이 사막 지역을 떠돌아다니는 이모하인들이라고 했다. 타밀은 차에서 내려서 가져온 물의 절반을 그들에게 내어주었고 그들은 낙타 옆구리에 매달아 놓은 대추야자 대여섯 줄을 타밀에게 건넸다. 나는 그들이 타밀과 아마지그어로 대화를 나누고 있다는 것을 짐작으로 알 수 있었다. 어떤 말도 알아들을 수 없었던 것이다. 타밀은 그들만 아는 비밀이라며 아마지그어로 나눈 대화 내용을 알려주었다. 노래하는 사구에 대한 이야기였는데 이미 인터넷을 통해 알고 있는 내용이었다. 사막을 훑고 가는 편서풍 소리로 알면 된다고 올려놓은 이에게 나도 '좋아요'를 눌렀었다.

타밀은 그게 사막이 움직이는 소리라고 이모하인들의 말을 전했다. 사막이 노래도 부르고, 눈물도 흘리고, 화도 내고, 야단도 치는 소리라는 것이다. 그러면서 모래는 생명체라서 인간처럼 성장하고 번식하면서 지형을 조금씩 바꾸어나간다고 했다. 이야기는 다시 사구의 요정 럴의 웃음소리로 이어졌는데 럴은 방향을 잃은 여행자를 공포와 갈증으로 괴롭히는 존재라고 했다. 그 순간 아이가 익살스럽게 웃어대며 노골적으로 나를 가리키는 바람에 나도 모르게 얼굴을 붉혔다. 한국말로 이야기했는데 맥락을 어떻게 이해했는지 모를 일이었다.

"럴의 웃음소리가 들리면 텐트를 치는 위치를 신중하게 정해야 해요. 변덕이 심해서 언제 방향을 바꿀지 알 수 없거든요."

출장을 다니다 보면 나라마다 전해져 오는 온갖 비현실적인 이야기를 다양한 형태로 듣게 되곤 했다. 지역에 따라 내용은 제각각이었지만 이야기의 유형은 거의 유사했다. 단지 믿는 사람과 믿지 않는 사람의 분포도가 다를 뿐이었다. 낙후된 곳일수록 믿는 사람이 더 많았는데 몇몇 선진국을 제외하면 에

너지 파이프라인이 시작되는 곳과 겹쳐졌다. 그때 타밀이 남자와 아이, 그들 모두가 밟고 있는 모래를 향해 손을 뻗었다.

"저 아래, 아래, 더 아래에 누구도 주인이고 누구도 주인이 아닌, 거대한 푸른빛이 잠들어 있다네요. 사막의 혈관이라고요."

나는 타밀의 말을 아무런 저항 없이 이내 알아들었다. 해마다 갱신할 자료를 구매해 자원운영과에 조달해주는 것도 업무 중 하나였다. 시추선이 꽂혀 있는 근원암을 지나 지구 중심에 가까운 기반암층을 인공위성으로 촬영한 사진과 분석 자료를 서울까지 가서 구해오기도 했다. 사막의 경우 화성의 지표와 변화 과정이 일치하는 부분이 많았다. 이모하인들의 말대로 사막 밑, 아니 땅과 바다 아래 혈관처럼 뻗어나가는 푸른 수로의 흔적이 세계 지도 안에 펼쳐져 있었다. 그런 층들이 조금씩 움직이고 있는 것을 나타내는 그래프가 위성사진 옆에 인쇄되어 있었는데 움직이는 이유를 분석한 자료는 작년과 별다를 바 없었다. 결론은 정확한 원인을 모른다는 거였다.

이모하인들과 헤어지게 된 이유는 세번째 예배 시간이 돌아와서였다. 헤어지기 전 남자는 목소리를 낮추고 타밀과 짧게 이야기를 주고받았다. 이내 타밀의 얼굴이 굳어지면서 눈치를 살피듯 나를 흘깃거렸다. 이모하인들은 낙타 등에 실은 바바리 양가죽을 곡물이나 과일로 바꾸기 위해 오랑 시내 쪽으로 걸어갔다. 타밀은 남자와 마지막으로 나지막하게 주고받은 이야기는 나에게 전해주지 않았다. 모래 결과 하늘을 한참 살펴보던 타밀이 한 방향을 정해 손가락으로 모래 위에 십자가를 그리고 카펫을 내려놓았다.

지프가 사헬 지역 인근에 있는 캠프에 도착했을 때, 낙타 한 마리가 묵묵히 앉아 건초를 씹고 있었다. 관리를 하지 않은 듯 낙타의 갈기는 지저분하게 엉켜 있었다.

"여기서부터는 낙타를 타고 가야 해요."

나는 캠프 옆에 세운 지프를 바라보았다. 타밀은 지금이라도 선택할 수 있다고 말했다. 돌아가려면 돌아가라는 말이었다. 타밀의 말이 다소 무례하다는 생각이 들었지만 무릎을 꿇고 있는 낙타의 등에 올라타고 말았다.

타밀은 지프에서 마지막 짐을 내려 낙타 겨드랑이 사이에 실었다. 지표 하나 없이 끝없이 펼쳐진 사막을 바라보자, 갑작스럽게 두려움이 밀려왔다. 예전에 몽골 현장에서 타밀처럼 고용된 현지인과 함께 낙타를 타본 적이 있었다. 당시 그는 친절하게 지역의 온갖 신화를 들려주더니, 초원 한가운데서 되돌아갈 수도 없는 상황을 만들어놓고는 수고비로 터무니없는 금액을 요구했다. 지레 겁을 먹은 뒤라 결국 흥정도 못하고 그대로 돈을 줄 수밖에 없었다. 뒤에 들은 이야기지만, 그런 상황에서 현지인 혼자 낙타를 타고 돌아온 경우도 있다고 했다. 내가 그 한국 사람은 어떻게 되었느냐고, 묻자 모르죠, 라는 답이 돌아왔다.

나는 묵묵히 마지막 짐을 옮기는 타밀을 보다가 프랑스어로 어디까지 낙타를 타고 갈 거냐고 물었다. 그는 가봐야 안다고 했다. 나는 이모하인 남자와 마지막으로 나눈 말이 무엇이었는지 물었다. 타밀의 안색이 좋지 않았던 것이 불길하게 떠올라서였다.

"사막에서 동양인으로 보이는 사체를 보았는데 짐이 무거워 싣고 올 수가 없었다고요."

몸에는 모래가 덮여 있었는데 경사진 쪽으로 반쯤 드러난 몸이 양피지처럼 말라가고 있었고 얼굴 쪽으로 전갈이 기어가고 있었다고 했다. 나는 그 이야기를 왜 이제야 하느냐고 화를 내고 말았다. 돈을 주고서라도 이모하인들에게 그 위치를 알아냈어야 했는데 그 기회를 놓친 것이다.

"전갈은 영혼이 깃든 몸에는 들어가지 않아요."

어떻게 그렇게 느긋할 수 있느냐고 따져 물었다. 타밀의 말대로 사람이 사라졌고 생사여부를 모르는데 지금이라도 숙소로 돌아가 경찰서를 다시 찾아가는 게 맞는 일일지도 몰랐다. 나는 아무런 대안도 생각해내지 못한 채 그를 불렀다.

"야자대추 씨!"

그는 아무런 반응을 보이지 않았다. 잠시 뒤 타밀이 물 한 병을 들고 나에게 다가오더니 조금 전 한국어가 무슨 뜻이냐고 물었다. 나는 이름의 순서가 바뀐 줄도 모르고, 속내를 보이고 말았다. 타밀의 이력서를 처음 보았을 때 한글로 표시된 이름을 보고 야자와 대추가 바뀌었을 거라고 확신을 했다. 알제리인에게 대추보다 야자가 더 익숙할 거라고 생각했던 것이다. 검색을 하니 이력서 표기대로 대추야자가 맞았다. 그런데도 '대추야자'와 '야자대추' 두 단어가 자꾸만 헷갈렸다. 실수를 하지 않으려고 하니 그의 이름을 부를 때 늘 긴장이 되었다. 여기 와서 그를 부를 때마다 업무를 내어주듯 대추를 내어주는 기분이 들었다. 들키고 싶지 않았는데도 대추야자가 무의식중에 제 주인을 찾은 듯 야자대추로 꼬여 튀어나오고 만 것이다. 어쩌면 박건호에 대한 진심을 자꾸 전해주려는 그의 태도가 불편했던 것일지도 몰랐다.

"한국에도 대추라는 과일이 있어요……"

맥락에도 맞지 않는 궁색한 대답을 하는데도 타밀이 고개를 끄덕였다.

"사막에서 대추야자는 고마운 과일이에요. 대추야자처럼 커서 고마운 사람이 되라고 첫번째 이름으로 불리게 된 거고요. 야자대추가 아니고요. 대추야자라고 불러주세요."

그가 한국의 대추를 모를 리 없다는 생각이 들어 나는 타밀을 내려다보았다. 타밀은 낙타를 몰고 사헬 안쪽으로 들어가기 시작했다. 나는 아무런 주장도 내세우지 못하고 하염없이 사막을 걸어가는 낙타 등에 앉아 있을 수밖에 없었다. 내가 낙타에서 내려오게 된 이유는 타밀이 아무 말도 없이 하염없이 낙타를 몰아서였다. 무엇보다 엉덩이가 너무 아팠던 것이다. 시간은 더디게 흘렀고 타밀은 낙타를 끌고 자꾸 노을이 지는 쪽으로 가고 있었다. 사막으로 들어가는데도 얼핏얼핏 파이프라인 구간이 보였다.

"여기서 지표로 삼을 수 있는 건 오로지 움직이는 모래의 물결밖에 없어요."

만약 박건호가 모래의 물결을 지표로 삼을 수 있다면 만날 것이고 시추 중인 플랜트를 지표로 삼는다면 우리와 만날 수 없을 것이라고 했다. 나는 타밀의 말이 이상하다고 생각했다. 사막에서 거대한 시추기는 피라미드 못지않게 수십 킬로 밖에서도 찾아낼 수 있을 거였다. 움직이는 모래를 어떻게 생명의 지표로 삼을 수 있느냐고 물었다. 타밀은 그건 각자의 믿음대로 보인다고 했다. 그의 말대로라면 시추선의 분포도가 낮은 지역, 살아 움직인다는, 모래 물결이 일렁이는 곳으로 들어간다는 이야기였다.

타밀은 네번째 일몰 예배를 드리기 위해 메카 방향으로 카펫을 펼치고 기도를 올렸다. 해가 지고 단식을 풀 시간인 이프타르가 되자, 그는 대추야자 몇 알을 꺼내어 천천히 입에 넣었다. 잠시 후, 그는 다시 조용한 사막을 뒤로하고 시끌벅적하게 한국말을 쏟아내기 시작했다. 마치 밤새 코란을 펼쳐 독송할 것 같은 분위기였지만, 그는 그런 신심 깊은 무슬림이라기보다는, 여전히 나에게 묻고 말하고 확인하려는 사람처럼 보였다.

나는 타밀이 텐트를 치며 별 모양의 사구와 초승달 모양의 사구, 형태도 없는 바람의 모양을 읊어대는 소리를 듣다가 그의 움직임이 멈춘 곳으로 시선을 옮겼다. 그는 모래 위에 굵은 손가락으로 십자가를 긋고 있었다.

"건호는 현장에 가면 늘 이렇게 그어요. 그러면 소리가 들린다고요. 그어서 들리는 게 아니라 들려서 긋는다는 걸 뒤늦게 알았어요. 말이 통하지 않는 것도 아니었는데 그의 말을 알아듣지 못했어요. 땅에, 그것도 오물투성이 위에 성호를 긋는 건호와 크게 싸운 뒤로요. 처음에는 물 흐르는 소리가 들리고 다음에는 돌소리가 들리고 그러다 보면……"

나도 모르게 경건한 마음이 이는 순간 타밀의 입에서 내가 사용하지 않은 듯한, 낯설면서도 왠지 귀에 익은 단어가 흘러나왔다.

"미숙 씨 엄마 알아요?"

밤하늘의 별이 쏟아지는 사막 한가운데에서, 타밀이 불쑥,

마치 이웃집 사람이 묻는 것처럼 천연덕스럽게 그녀의 안부를 물었다. 내가 아는 한 그는 아랍어에도, 프랑스어에도 특별히 치우치지 않은 말투를 썼다. 미숙이 엄마의 안부를 가장 적절한 음성으로 묻고 있는 것 같았다. 나는 선뜻 대답을 할 수 없었다.

"미숙 씨가 그렇게 되고……"

"……"

"정신을 놓았다고 들었어요. 세상에 미숙 씨 엄마의 이야기를 들을 사람이 아무도 없다고, 이렇게 파이프라인을 떠돌고 있으니 말이에요. 사실 제 동생 핫산도 사헬 지역에서 만난 친구를 따라 가자지구로 간 지 오래되었어요. 얼마 전부터 연락이 되지 않아요."

나는 타밀이 모래 위에 반복해서 그리는 선만 망연하게 바라보았다.

"낡은 기계를 땅에 대고 귀에 커다란 이어폰을 끼고 십자가를 그리고 수술하듯 그곳을 열어요. 한국에서는 그걸 열십자라고 부른다고 했어요, 배운 사람이나 못 배운 사람이나, 있는 사람이나 없는 사람이나, 열십자가 가장 쉬운 표식이라고요. 아이들도 긋는다고 했어요."

보고하지는 않았지만 박건호가 사라진 게 이번이 세번째라고 했다. 처음에는 하루였다가 일주일이 되고, 이번에는 오늘로 보름째라고 뒤늦게 밝혔다.

"분명히 총소리를 들었는데, 파이프라인으로 갈 때마다 아무 소리도 들리지 않고 고요하다고 했어요."

어둠 속에서도 낙타는 턱을 치켜들고 타밀이 놓아준 건초를 씹고 있었다.

"그가 죽었구나 생각하는 순간 나타났는데, 그 순간 돌아왔는데…… 떠돌아다니는 사람의 행색도 아니었어요."

그러다 그가 돌아오지 않을 거 같아서 겁이 났다고 했다.

"더 절박한 사람이 누구인지 하루 만에 돌아왔을 때 알아챘어야 했어요. 점점 멀리 가는데, 노래하는 사구를 피해 천막을 쳐야 하는데, 사막의 모래가 어떻게 흐르는지 그는 아직 모르니까요."

내 어깨가 한없이 내려갈 즈음 타밀이 이모하 남자가 말한 그 사체는 박건호가 아니라고 했다. 박건호가 사라진 시간을 생각해보면 양피지처럼 그렇게 마를 수가 없다는 것이다. 나도 모르게 안도의 한숨을 내쉬었다.

"미숙이 엄마가 치매가 오고 있다는 얘기를 들었어요. 건호가 많이 슬퍼하더군요. 그 돌은 동네 사람들이 근처 개천에서 빌려 쓰다가 건호네 집에 네번째로 오게 된 돌이라네요. 그사이 개천이 썩어버려서 가져다줄 수 없었대요. 결국 그 돌이 미숙이네로 가게 된 거죠. 미숙이 아버지 때문이었어요. 중동에서 다리를 다쳐서 툇마루를 오르내리기 힘든 상태였는데, 그런데 미숙이 아버지가 돌아가신 뒤로, 개천도 썩어 있고, 그게 늘 마음에 걸렸던 모양이에요."

나는 카페 맞은편에 있는 골목 입구 거울 아래 놓인 돌을 떠올렸다. 빌려온 돌이라 하니, 가게 주인도 난감해하며 동천을 가리켰었다. 가져다 놓으려 해도 자리가 없을 것 같다는 것이다. 미숙이 엄마도 그게 걸린 모양이었다.

듣고 있다 보니 타밀이 아닌 박건호가 말을 하고 있는 것 같은 혼란이 일었다. 그제야 문득 본사에 보고를 하지 않은 사실이 떠올랐다. 어느 순간 시계를 보고 시차 확인하는 것을 잊고 있었던 것이다. 본사로부터는 만일의 경우 시신을 수습하여 유골함을 한국으로 가져올 때까지 비자 기간을 연기해놓겠다는 연락을 받은 게 마지막이었다.

"미숙 씨 엄마 몰라요?"

타밀이 다시 한번 물었다. 나는 겨우, 여전히 골목에 살고 있는 모양이라고 얼버무렸다. 그러면서 여기 오기 전 키 작은 할머니가 빌려온 돌 위에 서서 거울 안에 다알리아꽃이 피었다고 중얼거리던 장면을 이야기해주었다.

"미숙 씨가…… 엄마가, 다알리아꽃을 좋아했나요?"

타밀이 갑자기 물었다. 나는 타밀이 내가 모르고 있는 이야기를 더 묻기 전에 랜턴을 조심스럽게 꺼버렸다.

"미숙 씨가 그렇게 되고……"

미숙 씨에 관한 이야기는 오미자의 경계처럼 나에게 애매한 영역이었다. 내가 머뭇거리는 사이 타밀이 다시 이야기를 이어갔다. 이미 잠이 깃든 목소리였다. 그러면서 한마디 더 내뱉은 말을 처음에는 알아듣지 못했다.

"당신이 선한 사람인 것 같다고 했어요."

"……"

지열 때문인지 등이 화끈거려 나는 매트를 들고 텐트 밖으로 나왔다.

"권능의 밤에 건호를 만났으면 좋겠어요. 나에게 최대의 선물이니까요."

타밀의 이야기는 더 이상 들려오지 않았다. 곧 돌아올 새벽 예배 때문에 잠을 청하는 것 같았다. 내가 쏟아지는 별빛에 홀려 잠을 이루지 못한 것은 아니었다. 타밀의 코 고는 소리가 낙타의 건초 씹는 소리에 섞여들고 있었다.

양의 시간

퇴근하면서 에어기로 옷을 털어냈는데도 여전히 실밥을 묻혀 왔다. 나는 검은색 티셔츠에 묻은 회색 실오라기를 떼어냈다. 한 달 전 마을버스를 타러 가다가 '봉제공장 시다 구함'이라는 구인 문구를 보았다. 아르바이트를 하던 편의점이 코로나로 문을 닫아 망설이지 않고 찾아갔다. 루마니아로 떠날 항공료와 체류 경비를 마련하려면 아르바이트를 계속해야 했다. 즉석밥을 데워 컵라면과 먹다가 페이스북을 열었다. 띠엔과 안드레이의 근황이 올라와 있었다. 띠엔은 베트남 소수민족의 춤을 익히고 있었다. 타이족의 후손인 그녀는 어려서부터 마을 축제 때마다 춤을 추어오다가 자연스럽게 무용수가 되었다. 온라인 커뮤니티에서 처음 만났는데 망고 동산에서 찍은 영상을 꾸준히 SNS로 보내와 봄부터 겨울까지 망고 잎이 돋아나고 꽃이 피고 열매가 익어가는 과정을 같이 지켜보았다. 2월에서 6월까지가 망고를 따는 시기여서 오늘도 망고를 따고 왔다고 했다. 안드레이는 어제 태어난 새끼 양의 사진을 자기 온라인 계정에 올렸다. 일러스트 작가인 그는 헝가리 국경 지역인 살론타(Salonta)에 살았다. 그림을 그리며 틈나는 대로 부모님의 목장 일을 돕고 있었다. 나는 여전히 와이셔츠 공장에서 실밥을 자르고 있다고 댓글을 달았다.

'정윤, 한국은 입춘이 지났어?'

띠엔이 물었다. 그사이 한국에 대한 관심이 부쩍 는 것 같았다. 3월이라 입춘은 지났어도 봄은 아직 먼 것 같다고 알려주었다. 삼 년 전, 해운대 앞바다에 바지선을 띄워 만든 무대 공연에서 퍼포먼스를 한 적이 있었다. 바다의 생태계를 살리기 위한 릴레이-퍼포먼스였다. 그 영상을 그들과 공유하며 뜻이 맞았다. 자신을 로마니(Romani)라고 밝힌 안드레이는 내 몸동작을 일러스트로 그려서 올려주었고 나는 나물이 바지선 위에서 직접 연주한 피아노 선율을 안드레이에게 들려주었다. 나물은 피아노 연주자였다. 안드레이는 자신이 사는 동네에 그런 선율을 연주하는 알런이라는 할아버지가 있다고 했다. 알런이 운영하는 오래된 식당에서 사르말레와 초르버

수프를 먹으며 인증 샷까지 보냈다. 그날 안드레이는 알런의 이야기를 전해주었다.

1995년, 로마니들이 사는 공동체 마을에 방화 사건이 일어났다. 루마니아 성직자와 지방 관료들이 지역 주민들을 앞세우고 몰려와 불을 지른 것이다. 이유는 로마니들이 떠돌아다니는 이방인이기 때문이었다. 이들을 막아선 유일한 루마니아 사람이 알런이었다. 하지만 로마니들의 거처는 모두 불타버렸고 안드레이는 점성술사였던 고모할머니를 잃었다. 70킬로미터 밖에 살던 안드레이 가족도 루마니아를 떠나게 되었다. 그 사건 이후 로마니들에 대한 지역 주민들의 감정이 더 악화되어 할아버지와 아버지도 일자리를 잃어서였다. 유럽을 떠돌다가 다시 루마니아로 돌아온 것은 할아버지가 돌아가신 뒤였다. 알런 같은 사람이 있는 곳으로 돌아가라는 할아버지의 유언을 따른 것이다. 안드레이의 할아버지는 평소 바람대로 초목과 바람뿐인 곳, 석양빛이 잘 드는 곳에 잠들었다고 한다. 지금도 알런은 로마니들과 지역 주민들 사이에 충돌이 생기면 식당으로 초대해서 피아노 연주를 들려준다고 했다. 안드레이는 자신의 친구 중 영혼을 줄 수 있는 가장 젊은 친구가 알런이라고 했다.

안드레이가 그 이야기를 들려주던 때가 2019년 11월이었고, 얼마 뒤 루마니아에서 양 14,000마리를 실은 선박이 바다에서 전복되는 사고가 일어났다고 알려왔다. 중동으로 가는 중이었는데 배에 실려 있던 양 대부분이 죽을 것 같다고 했다. 살아 있는 채로 수출해야 할랄 도축이 가능하기 때문에 벌어진 일이었다. 나는 강원도에서 공연을 마치고 오던 중이었다. 차가 고장 나는 바람에 대관령 고갯마루에서 차 안에 갇힌 채, 그 소식을 들었다. 이틀 뒤, 안드레이는 페이스북에 새로운 소식을 올렸다. 바다에 빠진 양 중 구조된 건 고작 서른 마리였고 그들조차 모두 도살장으로 끌려갔다고 했다. 안드레이는 아버지와 함께 사고가 난 미디어 항구에 가 있었다. 양을 위해 애도를 한 뒤 동물을 살아 있는 채로 수출하는 것에 항의하는 일러스트를 그려서 들고 서 있었다. 그가 들고 있는 그림에는 양이 아닌, 사람이 그려져 있었다. 그 사람은 또 하나의 피켓을 들고 있었다.

'Nici eu nu sunt indiférent.'

나도 그 일에 무관하지 않다, 라는 뜻이라고 안드레이가 말했다. 나는 변명처럼 그 문장을 마음속에서 되뇌었다. 안드레이는 루마니아에 있는 수출형 목장에서 자신의 몸짓을 이어가겠다고 했다. 지난해 겨울, 목장에 홀로 서 있는 안드레이를 보고 띠엔과 나는 그의 움직임에 합류하기로 했다.

나는 면 마스크를 빨아서 널어놓고 거울 앞에 섰다. 대형 거울과 바닥에 깐 댄스 플로어는 지난해 아르바이트로 번 돈을 모아 마련한 것들이다. 집에서 독립을 하면서 천장까지 닿는 대형 거울 한 개를 주문했다. '세상의 모든 거울집' 사장님은 자신의 거울이 무용가한테 팔려나가는 것은 처음이라며 가격을 후하게 깎아주었다. 벽면에 거울을 꼼꼼하게 달아준 뒤 그는 말했다.

"탈이 나면 언제든지 연락하세요."

그 말이, 어쩐지 거울이 아니라 나에게 하는 말처럼 들렸다. 나는 거울을 향해, 그러니까 나를 향해 웃었다.

나는 요가 동작으로 몸을 푼 뒤 발의 감각을 살리기 위해 푸른 초원을 상상했다. 양이 되어보기로 한 것이다. 며칠째 초원을 거니는 일에도 어려움을 겪고 있었다. 대관령 목장의 영상을 보아도 발걸음이 떼지지 않았다. 초원을 보면 이상하게 고장 난 차 안에서 듣던 양의 수몰 소식이 생각나 발이 먼저 시렸다. 나는 점프를 하다가 무릎을 다쳤다. 오랜 시간 관절을 밖으로 틀어내며 연습을 하다 보니 무릎이 균형을 잃은 것이다. 내가 발레를 그만둔 것은 부상 때문만은 아니었다. 솟아오르는 것에 지쳤다고 해야 하나, 장 교수님에게 가장 많이 지적을 받은 게 '더 높이' 뛰어오르라는 거였다. 포기하고 있었던 일 년여 시간은 내게 충분한 휴식이 되었다. 병원 치료비는 편의점 아르바이트로 충당했다. 종일 서서 일하는 근무 환경 탓에 후유증을 심하게 앓았다.

패딩을 걸쳐 입고 산 밑에 있는 초등학교 운동장으로 향했다. 그곳에 잔디가 깔려 있었다. 처음 보았을 때는 진짜 잔디인 줄 알았다. 겨울을 푸르게 잘 견뎌내고 있다고 생각했는데 인조 잔디였다. 아르바이트를 끝내고 운동장에 나오면 밤 시간이라 몰라봤던 것이다. 밤공기가 차가워서 그런지 운동장은 비어 있었다. 오늘도 원의 테두리를 먼저 돌기로 했다. 몸이 저절로 인조 잔디를 향해 뛰어들 때까지 무심히 돌 생각이었다. 탄이가 있었다면 꼬리를 흔들며 뛰어다녔을 것이다. 탄이를 쫓다 보면 내가 탄이처럼 낮아졌으면 좋겠다는 생각이 들었다. 눈을 맞추기 가장 적절한 자세로.

사라지기 전까지, 탄이는 집안에서 분란의 원인이었다. 집도 좁은데다 잔병치레 때문에 돈이 너무 많이 들어서였다. 게다가 아버지만 보면 유난히 많이 짖어댔다. 아버지가 탄이를 슬쩍 끌고 나간 적이 있었다. 미장 일을 하는 박씨 아저씨가 키워보겠다고 했다는 것이다. 몇 시간 지나지 않아서 아버지가 탄이를 데리고 집으로 다시 돌아왔다. 잔뜩 주눅이 든 채 눈치만 보고 있는 게 보기 싫더라고 했다. 차라리 기를 쓰고 따라왔더라면 두고 왔을 거라는 말에 나는 고개를 갸우뚱거렸다. 같이 살고 싶다고 발버둥쳤다면 버릴 수 있었고, 아무 말 없이 순하게 앉아 있었기 때문에 데리고 왔다는 뜻인지? 모순되는 그 말의 의미를 물어도 아버지는 끝내 내가 이해하도록 자신이 말한 것을 정리해내지 못할 거였다. 왜냐하면 무의식중에 한 말이기 때문이었다. 작정하고 뱉은 말이었다면 탄이에 대한 마음이 그렇게 복잡할 거라는 생각은 나도 하지 않았을지 몰랐다.

무릎을 다쳤을 때 탄이와 함께 집 근처에 있는 고등학교 운동장을 자주 돌았다. 이곳처럼 산자락 아래 있었는데 그곳에서 탄이를 잃어버렸다. 숲으로 사라져버린 것이다. 숲 입구에 들개처럼 보이는 개가 두세 마리 있었는데 뒤를 따라간 것 같았다. 필사적으로 그들을 따라붙는 탄이의 뒷모습을 얼핏 본 듯했다. 무릎이 아픈 줄도 모르고 두세 시간을 찾아 헤매었다. 다음 날은 동생과 함께, 그다음 날은 아버지와 함께 숲을 뒤졌지만 탄이를 찾지 못했다. 계절이 바뀔 때까지 그곳 운동장에 계속 나갔는데도 탄이는 돌아오지 않았다. 전날에 이어 나는 원 안으로 들어가지 못하고 초등학교 운동장을 나왔다.

벚꽃 나무에 몽우리가 맺혔어도 3월의 기온은 차가웠다. 와이셔츠의 실밥을 다듬는 일은 생각보다 쉽지 않았다. 빳빳한 깃 사이에 박힌 실오라기를 쪽가위로 잘라내다 깃을 물었다. 명경 씨는 가위질이 서툰 이유가 내 손가락이 너무 길어서라고 했다. 쪽가위 길이만큼 뭉툭한 그녀의 손을 보며 그 말이 맞을지 모른다는 생각이 들었다. 와이셔츠에 초크 자국이 남았는지 확인하고 이내 옆 공정으로 넘기는 그녀의 민첩한 손놀림은 도저히 따라갈 수가 없었다. 할당량을 채운 명경 씨가 손을 잠시 쉬며 진짜 발레를 했느냐고 물었다. 그녀는 손놀림은 재빠른데, 말투는 느리고 감정의 기복도 별로 없었다.

"이젠 안 해요."

나도 목소리를 낮추었다. 주변에 나풀대는 먼지를 손으로 털어내던 명경 씨가 춤추는 사람들은 보통 덩치가 아담하지 않느냐며 고개를 갸웃거렸다. 지하라도 형광등이 밝아서 그런지 먼지가 눈에 잘 띄었다.

"요즘은 다들 크잖아요."

"다 사정이야 있겠지."

발레리나가 어떻게 이런 곳에서 일을 할 수 있느냐는 게 그녀의 내심인 듯했다. 명경 씨는 내가 정리한 와이셔츠를 다시 들여다보며 실오라기를 빠짐없이 찾아낸 뒤 바구니에 담아 벨트에 올렸다. 몇 번이나 되돌려보며 찾아냈는데도 어디선가 또 실밥이 튀어나왔다.

저가의 와이셔츠와 달리 질 좋은 모가 많이 들어가 대부분 대형 백화점이나 면세점에서 팔려 나간다고 했다. 그런 만큼 마무리가 중요하다는 말뜻을 처음에는 잘 알아듣지 못했다. 고가의 와이셔츠 공정에서 고작 실오라기 다듬는 일이 완성도를 결정하는 마지막 단계라니. 명경 씨가 하는 일은 혹시 와이셔츠에 묻어 있을지도 모를 초크 자국을 찾아내는 일이었다. 다른 봉제공장에는 없는 공정이라고 했다. 그 공정에서만 십 년째 일을 하고 있었다. 실밥을 찾는 일보다 더 섬세한 공정이었는데 그녀는 빠른 속도로 와이셔츠를 뒤집어가며 어떻게든 초크 자국을 찾아냈다. 흰색 와이셔츠에 묻은 흰색 초크 자국을 찾아내는 것을 본 적이 있었다. 흰색에서 어떻게 흰색을 찾아내는지 도저히 알 길이 없었다.

봉제 라인은 이층에 있었다. 재봉틀마다 주인이 있고 소매와 몸통, 팔과 깃 등을 바느질하는 공정이 명확하게 나뉘어 있다고 했다. 나는 아직 그곳에 가보지 않았다. 봉제 라인은 아무나 드나드는 곳이 아니라고 했다.

"그래도 정윤 씨는 자신의 일을 하고 있어서 좋겠네. 언제부터 발레를 한 거야?"

"초등학교 1학년 때요."

"나는 그때 시골에서 밭매고 있었는데."

"그 어린 나이에요?"

"엄마 따라 밭에서 놀았다는 말이지. 먹고사는 거 때문에 하는 일 말고, 다른 걸 할 수 있다는 게 믿기지 않아."

"사람은 다 먹고사는 일 이외에 자신만이 할 수 있는 그런 게 있어요. 생각을 안 해서 그렇지요."

"먹고사는 게 해결이 돼야 그런 생각을 하지."

이층의 봉제 라인과 달리 지하 '시다, 기타' 라인은 지나치게 고요해 사람의 소리가 유난히 크게 들린다고 했다.

"내게도 그런 게 있을까? 먹고사는 일 말고 할 수 있는 다른……"

명경 씨의 목소리가 더 낮아졌다.

"그럼요. 분명 있을 거예요."

"정윤 씨는 좋겠다. 무용 하면서 세계 여러 나라 사람도 만나고."

"저는 여기서 여사님들 만나는 것도 좋아요."

"빈말인 줄 알지만, 기분은 좋네."

"저희 엄마도 옛날에 봉제공장에 다니셨어요."

"어머 진짜? 우리 선배님이시네."

"엄마 꿈이 의상실 하나 여는 거였는데……"

"이루셨어?"

"아니요. 동래시장에서 옷가게 하세요."

"옷가게는 잘되고?"

"손님이 별로 없어요."

"요즘은 다 중국산이라 옷값도 싸고."

"이런 고급스런 와이셔츠는 처음 봤어요."

"여기 오래 다녔어도 남편한테 한 번 못 입혀봤네."

"하나 사드리지 그러셨어요."

"못 사겠더라고. 웬만큼 비싸야 말이지."

"회사에서 좀 싸게 살 수 없어요?"

"그래도 비싸."

그 자리에 앉으면 늘 같은 이야기가 오갔다. 며칠 전 점심시간이 끝나고 휴게실에서 명경 씨가 낮은 소리로 통화하는 것을 들었다. 요양보호사인 것 같았는데 남편이 병석에 누워 있은 지 오래인 듯했다. 자신의 일을 끝낸 명경 씨가 내가 처리한 와이셔츠를 꼼꼼하게 살핀 뒤 오케이 사인을 보냈다. 나는 실밥을 잘라낸 와이셔츠가 포장실로 옮겨지는 것을 보고 퇴근 준비를 서둘렀다. 코로나 시기에도 불구하고 3교대로 돌아갈 만큼 잘 팔려 나간다니 내 자리에 또 누군가 앉아 실밥을 다듬으며 밤을 샐 거였다.

코로나 창궐 전 띠엔이 안드레이와 나를 자신의 집으로 초대했다. 띠엔의 집은 다낭에서 그리 멀지 않은 곳에 있었다. 아담한 집 벽면에 베트남 전쟁 때 참전한 한국인 할아버지의 스냅 사진이 걸려 있었다. 한국에 관심이 많은 것도 그 때문인 것 같았다. 띠엔은 할아버지를 한 번도 만난 적이 없다고 했다. 우기를 피해 6월에 갔는데 망고 수확이 거의 끝나가고 있었다. 한국 감나무처럼 집 앞에 흔하게 망고나무가 자라 그곳에서 사진을 찍었다. 그때 사진을 보면 마스크를 하지 않은 얼굴로 서로 환하게 웃고 있었다. 그날 짐을 푼 뒤 띠엔은 동생과 함께, 나는 안드레이와 함께 자전거를 타고 망고 동산으로 갔다.

그곳에서 몸을 먼저 움직인 사람은 안드레이였다. 스케치를 하겠다고 앉아 있던 그가 갑자기 일어나 기이한 동작으로 망고나무로 다가갔던 것이다. 사람과 동물 캐릭터를 선으로 그리다 몸에 관심을 갖게 된 안드레이는 춤을 배운 적이 없었다. 사물을 관찰하고 그리다 보면 자신도 모르게 선을 따라 몸이 움직인다고 했다. 로마니 특유의 몸짓이라고 해야 하나. 몸이 움직이는데 자연의 소리가 같이 들려오는 것 같았다. 그때 사슴 한 마리가 뛰어들었고 띠엔이 손을 내밀며 특유의 춤사위로 사슴을 향해 다가갔다. 손님을 환영할 때 추는 타이족 고유의 춤이라고 했다. 나는 까치발을 들고 사슴이 있는 쪽으로 걸음을 옮겼다. 우리의 신경은 온통 사슴에게로 가 있었고 떨어진 망고에 코를 대던 사슴이 그대로 멈추어 선 채 우리를 멀뚱히 쳐다보았다. 사슴이 뛰기 시작한 것은 안드레이가 다시 움직였을 때였다. 마치 숨바꼭질하듯 시종 뒤를 돌아보며 망고 동산을 헤집고 다니던 사슴은 이내 숲속으로 사라져버렸다. 안드레이의 기이한 몸짓을 보고 나도 모르게 웃음을 터트렸지만 내심 편하지 않은 게 있었다.

'안드레이의 동작을 장 교수님이 보았다면……'

공연장에서 늘 턱을 괸 채 눈을 감고 있는 장 교수는 무용을 보러 온 게 아니라 마치 음악을 감상하러 온 사람처럼 보였다.

'자네 몸은 땅에서 너무 멀어.'

발레를 그만두고 첫 퍼포먼스 공연무대에서 들은 그 말이 지금까지 가슴에 남았다. 더 높이 솟아오르라는 말보다 더 어렵게 들렸던 것이다.

그날 망고 동산에서 사슴을 쫓아 어린아이처럼 뛰어다니는 모습을 영상에 담은 것은 띠엔의 동생이었다. 띠엔의 동생은 그 영상을 자신의 페이스북에 올렸다.

퇴근 후 문화회관 쪽으로 가는 버스를 탔다. A무용단 오디션은 문화회관 소극장에서 있었다. 청년무용단을 모집하는 거였는데 망설이다가 지원을 했다. 몇 달 전 서울 무용 단체에서 단원을 뽑는 오디션에서 떨어진 뒤 마지막이라 생각하고 용기를 냈다. 오디션에 참가한 사람들은 대부분 아는 무용수들이었다. 통과하면 단원들과 작품 G를 연습해 전국 투어를 할 예정이었다. 오디션은 줄지어 무대 위로 오르는 데서부터 시작이었다. 주제도 없이 객석에서 무대 위로 올라 무대 벽을 따라 끝까지 가는 동작이 모두 심사 대상이었다. 오디션 참가자 서른 명 중 내 나이가 가장 많았다.

심사위원은 모두 네 명이었다.

"정윤 언니, 파이팅!"

해운대 바지선에서 피아노를 연주한 나물이 팔을 흔들며 주먹을 쥐어주었다. 이번 오디션에서 피아노를 연주한다고 했다.

"여전히 거리에서 게릴라 퍼포먼스를 하고 있네요."

서류를 살펴보며 심사위원이 물었다. 현대무용을 전공한 학과 동기였다. 시립무용단의 수석무용수가 된 이후 각종 심사에 참여하고 있었다.

"무대에 올라가보세요."

그녀가 차갑게 말했다. 나는 앞 무용수의 뒤를 이어 몸을 곧추세우고 짧은 계단을 밟아 올라갔다. 주제가 정해지지 않은 오디션은 즉흥성을 중요하게 생각했다. 정형화된 몸동작을 어느 정도 벗어날 수 있는지를 보는 거였다. 이런 경우 더 긴장을 하게 되는데 무언가 주어지지 않은 것에 대한 불안감이 컸다. 오로지 나물의 피아노 선율만이 무대에 울려 퍼지고 있었다. 나는 어제도 초등학교 운동장에 갔다가 원 안으로 들어가지 못하고 테두리만 돌다가 돌아왔다. 운동장을 도는 사람이 없는데도 그 안으로 들어갈 수 없었던 것이다. 나는 걷는데 기교만 부렸을 뿐 몸은 정해놓은 벽을 벗어나지 못했다.

어렸을 적에 「백조의 호수」를 공연한 적이 있었다. 나는 들러리 백조 중 한 마리 역을 맡았다. 백조가 날아오르는 동작을 잘 해내기 위해 방을 가로질러 날아오르는 연습을 했다.

과외를 받을 형편이 안 되어서 혼자 해볼 수밖에 없었다. 푸른 하늘을 무대로 하여 그 위를 나는 상상을 했다. 하지만 정작 가장 높이 뛰어올랐을 때는 전날 학교에서 간식으로 먹은 피자를 떠올렸을 때였다. 자꾸 뛰어오르는 바람에 배가 고팠던 것이다. 나도 모르게 힘을 주고 팔을 뻗쳐 올렸다. 높이 뛰어올랐다가 착지하던 순간 누워 있는 아버지의 다리를 밟고 말았다. 어린 나이라도 키가 커서 착지하는 힘이 컸다. 좁은 방구석에서 뛴다고 화를 내던 아버지는 한동안 다리를 절뚝거리며 목수 일을 다녔다. 얼마 뒤 셋집 창고 뒤편에 마루판을 깔며 너 때문에 만드는 게 아니라고 몇 번이나 말했다. 그만그만한 들러리 백조 중에서 가장 높이 날아오를 수 있었던 것은 사방으로 뚫린 마루판에서 바람을 맞으며 한 달 넘게 뛰어오른 덕분이었다.

봄 신상품 주문이 밀려 있었다. 위드 코로나를 기대하는 고객들의 수요가 많아졌다고 했다. 명경 씨와 점심을 먹은 뒤 휴게실에 앉아 페이스북을 확인했다. 두툼한 점퍼를 입은 안드레이가 진눈깨비가 흩날리는 목장의 새벽 풍경을 올려놓았다. 젖을 짜러 나왔다고 했다. 아직 추운 날씨라 그런지 안드레이의 볼이 붉게 달아 있었다. 지난번에 보여준 새끼 양을 안고 있었는데 그사이 부쩍 자라 있었다. 언젠가는 몇 마리

양과 함께 다른 초원으로 떠나 할아버지처럼 초원에서 잠들 것이라고 했다.

"어머 양이네?"

명경 씨가 휴대폰을 넘겨보았다.

"잘생긴 저 청년은 누구야?"

"안드레이에요."

"남자 친구?"

"그냥 친구예요. 루마니아에 살고요."

명경 씨는 휴대폰 속 세상에서 시선을 떼지 않았다.

"정윤 씨처럼 춤추는 친구?"

"처음부터 그랬던 건 아니고요, 양을 키우다가, 양을 그리다가, 그렇게 된 거 같아요."

나는 코로나가 진정되면 루마니아에서 퍼포먼스를 할 예정이라고 말했다.

"나도 어렸을 때 춤 잘 춘다는 소리 많이 들었는데."

"언제 같이 춰요."

"진짜? 정말이지?"

"그럼요."

"내 몸이 좀 그래도 유연하거든."

이곳에서 일하며 명경 씨의 밝은 얼굴을 대하기는 처음이었다.

포장실에서 되돌아온 와이셔츠는 다섯 벌이었다. 회색이 문제였다. 아예 손질이 안 된 것처럼 실밥이 그대로 붙어 있었다.

"다음 알바생은 시력 검사를 해야 되나. 이제 안 도와준다."

명경 씨가 협박처럼 한마디 했다. 나는 와이셔츠를 살피다가 명경 씨에게 왜 같은 일만 반복하느냐고 물었다. 초크 자국을 찾는 일은 내가 하는 일과 별반 다르지 않아 보였다. 그 일을 어떻게 십 년 가까이 할 수 있는지 이해가 되지 않았다.

"정윤 씨 눈에는 같은 일로 보여?"

명경 씨가 물었다. 나는 그 질문에 답을 하지 못했다.

"제가 보기엔 재봉틀도 잘하시는 것 같은데……"

지하 입구에 재봉틀이 한 대 놓여 있는데 그 자리에서 옷 한 벌을 만들어내는 것을 본 적이 있었다. 딸아이의 것이라며 원피스 한 벌을 순식간에 만들어냈다.

"저도 원피스 하나 만들어주시면 안 될까요?"

"별스럽네. 정윤 씨 사이즈로 만들려면 천 값이 두 배야."

"자투리 원단 짜깁어도 좋아요."

나는 왠지 명경 씨가 만든 옷을 입으면 기분이 좋아질 것 같았다. 명경 씨가 가타부타 말없이 웃어넘겼다. 엄마가 미싱 일을 하면서 남은 천으로 만들어준 옷은 늘 사이즈가 작거나 컸다. 옷을 만드는 사이에도 내 키가 크고 있어서 그렇다고 엄마는 말했다.

"이번에는 실밥이 없네."

명경 씨가 와이셔츠를 바구니에 담으며 말했다.

"잔소리도 약이야."

에어기로 털어냈는데도 내 옷에는 여전히 실밥이 붙어 있었다. 검은 옷을 입었을 때에도 흰옷을 입었을 때에도 명경 씨의 옷에는 실오라기가 묻어 있지 않았다. 딱히 에어기로 털어내는 것을 보지 못했는데도 그랬다. 드러나지 않게 무언가 하고 있다는 생각을 지울 수 없었다.

"나도 정윤 씨 춤추는 거 한번 보고 싶네."

명경 씨가 와이셔츠를 꼼꼼하게 뒤집어 보며 말했다.

"루마니아는 어디에 있는 나라야? 떠먹는 요구르트로 유명한 나라 맞지?"

뒤집은 와이셔츠를 다시 뒤집으며 그녀가 물었다.

"그 나라는 불가리아예요. 루마니아는 안드레이처럼 로마니들이 많이 살고 있대요. 마녀들이 많고요. 안드레이 어머니도 돌아가신 고모할머니도 마녀였대요. 얼마 전에는 마녀들이 단체로 모여 정부에 저주를 내렸대요. 세금 때문에요."

"어떻게?"

명경 씨가 모처럼 얼굴을 들고 물었다.

"그렇다고 해리포터처럼 하늘을 날아다니거나 동물로 변신

하는 건 아니고요."

"아니, 마녀들이 어떻게 저주를 내렸는데?"

"잘 모르겠지만 돼지가 되라고 주문을 하지 않았을까요?"

무슨 상상을 하는지 명경 씨가 킥킥거리며 웃었다.

"어렸을 때 생각이 나서. 어른이 되고 그런 상상은 처음 해 보네. 그 마녀들도 속은 시원했겠다."

"로마니 사람들은 언제 어디서든 춤을 춘대요. 우리나라 관광버스 안에서 하듯 춤도 추고 노래도 부르고. 드라큘라는 루마니아 사람이에요."

"마녀에 드라큘라에 관광버스 춤이라니. 엉망진창이네. 그래도 가봤으면 좋겠네. 로마니라는 나라에."

명경 씨가 불가리아와 루마니아를 혼동한 것처럼 루마니아와 로마니를 섞어 들은 모양이었다. 명경 씨는 평생 한국을 떠나본 적이 없다고 했다. 그 말이 이 자리를 한 번도 떠나본 적이 없다는 말로 들렸다. 그녀의 손을 거친 와이셔츠가 순식간에 최종 완료 칸으로 넘어갔다.

퇴근 후 마을버스를 기다리다 휴대폰을 열었다. 띠엔과 안드레이가 넋두리처럼 글을 올려놓았다. 띠엔은 그녀가 살고 있는 다낭 주변이 봉쇄되어 다니던 무용학원에 가지 못하고 있었다. 이제는 감시용 드론을 띄워 거리 두기를 시행해 법적 처벌을 할 거라며 걱정을 했다. 한국도 코로나 확진자가 늘고 있는 가운데 거리 두기 3단계에 이르렀다. 안드레이는 베트남과 한국에 관심을 갖고 인터넷 뉴스를 보고 있다며 한국 사람들이 저항 없이 규제에 잘 적응하는 것에 놀라는 눈치였다. 그는 며칠 뒤 코로나19 규제에 항의하는 시위에 참가하기 위해 부쿠레슈티로 간다고 했다. 나는 응원의 말끝에 오디션에 참가한 것과 명경 씨와의 일을 전해주었다.

"아무것도 하지 않는 것 같은데, 무언가를 꾸준히 하고 있는 사람?"

띠엔과 안드레이가 명경 씨에게 관심을 보였다. 와이셔츠 실밥에서 시작한 우리의 대화는 서로 마주 앉은 것처럼 한참을 페이스북 메신저로 이어졌다.

마을버스에서 내려 집으로 가는 길에 커피 한 잔을 샀다. '세상의 모든 거울집'은 아직 문이 열려 있었다. 넋두리라도 하려고 다가가보니 사장님은 거울 앞에 앉아서 졸고 있었다. 나는 슬그머니 문을 열고 들어가 커피를 내려놓았다. 이내 잠이 깬 사장님이 거울에 이상이 있느냐고 물었다. 나는 거울이 아프다고 대답했다.

"벌써 깨졌어요?"

"그럼 사망이게요. 제가 춤을 못 춰서요."

"거울한테 잘 이야기해봐요. 혹시 들어줄지 알아요?"

사장님은 텅 빈 거리를 보며 얼마 전 근처 식당에서 코로나 확진자가 나와 아예 사람들 발길이 끊겼다고 했다. 그때 휴대폰에 오디션 결과 발표 문자가 떴다. 이번에도 내 이름은 보이지 않았다. 이제 오디션에서 정한 청년의 범주를 벗어나버린 것 같았다.

거울집 옆으로 난 좁은 골목에는 마스크를 한 아이들 서너 명이 아스팔트 바닥에 분필을 그어가며 놀고 있었다. 나도 모르게 아이들에게 다가간 게 시작이었다. 아이들이 내가 건너갈 수 있도록 사다리를 그려주었고 내가 손을 내밀자 폴짝거리며 칸을 넘어왔다. 늦은 오후 햇살이 아스팔트 위에 떨어져 내렸다. 보조 가방을 든 아이들은 슬리퍼를 벗어 가방에 쑤셔 넣고 깨금발로 칸을 건너기 시작했다. 나도 운동화와 양말을 벗었다. 아직 바닥이 차가웠지만 아이들은 아랑곳하지 않았다. 어느 순간 아이들이 팔을 자유롭게 흔들며 선을 벗어났고 이후 아이들 손을 잡고 골목 끝까지 어떻게 갔는지 기억이 잘 나지 않았다. 아이들은 얼굴이 상기된 채 손을 흔들고 집으로 돌아갔다. 다음 날 즉석밥을 사러 가다 골목 끝까지 그어놓은 사다리를 보았다. 아이들 중 누군가 바닥에 선 긋는 일을 계속했던 모양이었다.

일요일 오후, 띠엔이 먼저 동영상과 함께 소식을 알려왔다.

"정윤, 안드레이, 나는 양의 시간을 보내고 있어."

띠엔이 망고나무 아래 누웠다. 그때 하필 망고 하나가 그녀의 배 위로 떨어져 내렸고 나는 망고 동산에 사슴이 뛰어든 때처럼 잠시 숨을 멈추었다. 띠엔은 떨어진 망고를 배에 품은 채 아무렇지도 않게 동작을 이어나갔다. 바람 소리와 새소리가 나지막하게 배경음악처럼 들려왔다. 망고가 그녀의 몸에서 풀밭으로 떨어져 내린 것은 엔딩 장면에 이르렀을 때였다. 이상하게 양이 떨어져 내린 것 같은 안타까움에 짧은 탄식이 튀어나왔다. 그때 안드레이가 친구가 떠났다는 글을 자신의 계정에 올렸다.

'알런 할아버지가 돌아가셨어.'

안드레이의 짧은 글에 슬픔이 깊게 배여 있었다. 갑자기 일어난 일이라 동네 전체가 슬픔에 잠겨 있다고 했다. 알런은 병원이 아닌 자신의 방에서 조용히 숨을 거두었다고 했다. 코로나 바이러스의 역학 검사를 하기 위해 알런을 실어 가려는 보건소 직원들을 이웃들이 막아내고 있다고 했다. 양젖을 나누어 주러 식당에 들렀을 때 알런을 만난 게 마지막이었다고 했다. 그날 알런은 양젖을 맛있게 마신 뒤 안드레이와 가장 많은 이야기를 나누었다고 한다.

'자네 가족은 석양이 질 무렵 들판을 걸어오고 있었네. 양 몇 마리를 이끌고 말일세. 그날 나에게는 아무 일도 일어나지 않았고 그저 들판을 지나가는 자네 가족을 무심히 보았을 뿐이었네. 자네 가족은 마을을 향해 걷고 있었고 매우 지쳐 보였지. 그런데도 해맑게, 마치 친구에게 하듯 나를 향해 손을 흔들더군. 마을에서는 이미 이방인들을 추방하기 시작했는데…… 처음엔 양의 무리에 섞여 있는 어린 자네를 발견하지 못했네. 오래도록 아이들을 보아왔는데도 이상한 일이었지. 그게 뒤섞여 보이다니. 방화 사건 이후 자네 가족이 떠났다가 다시 돌아왔을 때, 많이 설레었네. 여전히 들판을 지나 마을 쪽으로 걸어오는데, 자네도 알지 않나? 식당에서 들판이 한눈에 보인다는 것을. 할아버지까지 잃고, 양 한 마리 없이 빈 털터리로 돌아왔지. 세월이 흘렀어도 자네 가족을 한눈에 알아보았지. 그때 알았네. 나의 신은 땅에 계셨다는 것을.'

그날 알런은 저무는 들녘을 보며 소년처럼 얼굴을 붉히고는 마음이 설렌다는 말을 했다고 한다. 그게 알런과 안드레이의 마지막 인사가 되고 만 것이다. 나는 안드레이가 보내준 알런의 피아노 연주곡을 다시 들었다. 띠엔은 망고나무 아래 하염없이 앉아 있었다.

명경 씨가 결근을 했다. 그 자리에 다른 사람이 앉아 있었다. 봉제 라인에서 단추 다는 일을 하는데 그 일을 다른 사람에게 맡기고 왔다고 했다. 명경 씨가 초크 자국을 가장 많이 찾아내는 데가 단춧구멍 자리였다. 이 공정을 거치지 않고 와이셔츠를 출고할 수 없었다. 명경 씨가 결근을 한 이유를 그 사람도 몰랐다. 지금껏 그런 일은 없었다며 고개를 갸웃거렸다. 이상한 것은 명경 씨에 대해 잘 아는 사람이 없다는 거였다. 다들 시다 과정을 거쳐 다른 공정으로 옮겨가는데 명경 씨처럼 계속 시다 과정의 일만 하는 사람은 없다고 했다.

그녀가 사흘째 출근을 하지 않아서 사무실에 찾아가 명경 씨에 대해 물었다. 직원은 모른다는 말 이외에 어떤 대답도 하지 않았다. 전화번호를 묻자 전화번호를 적어주었다. 이름 대신 '시다, 기타부'라고 적혀 있었다. 휴대폰에 저장을 하고 퇴근길에 전화를 걸었다. 신호가 가도 전화를 받지 않았다. 안부를 묻는 문자를 남겼지만 답이 오지 않았다. 명경 씨가 나오지 않는데도 라인은 돌아갔고 애초 명경 씨가 없었던 것처럼 아무도 관심을 갖지 않았다. 그 자리에 앉은 사람은 자신을 김 실장이라고 밝혔다.

가끔 봄소식이 들려와도 체감 온도는 낮았다. 퇴근길에 나도 모르게 발걸음이 운동장으로 향했다. 운동장은 오늘도 비어 있었다. 집에 전화를 해도 어느 순간부터 탄이의 소식을 묻지 않게 되었다. 숲에서 잘 살고 있을지…… 아버지에게 전화를 했다. 그래도 고등학교 운동장을 돌던 놈이니 어디 가도 기는 죽지 않을 거라며, 아버지는 묻지도 않은 답을 하고는 이내 전화를 끊었다. 명경 씨한테서는 아직 답이 없었다. 휴대폰을 물끄러미 보고 있는데, 포털 창에 기사 하나가 올라왔다.

2021년 3월 23일 지중해와 홍해를 잇는 수에즈 운하에서 20만 톤급의 거대한 화물선이 방향을 틀면서 운하를 가로막아 선박 운항이 전면 중단되었다. 200척이 넘는 선박이 발이 묶여 글로벌 물류 공급망이 마비될 위기에 처했다. 수로가 열리지 않으면 코로나19로 침체된 세계 경제에 막대한 영향을 미칠 것으로 예상된다. 수출입 품목으로는 유류, 일용품, 산업기계, 커피, 양 등이 있으며……

나는 수출입 품목 마지막에 적혀 있는 양을 발견하고 SNS를 열었다. 띠엔은 감시용 드론에 걸린 이웃 이야기를 전해주었고, 안드레이는 새벽 일찍 양젖을 짜고 시위 현장에서 잡혀간 친구의 면회를 가고 있다고 했다. 국제우주정거장에서 촬영한 수에즈 운하의 사진은 마치 거대한 한 척의 배 같아 보였다. 나는 답이 없는 명경 씨에게 다시 문자를 넣었다.

'명경 씨, 로마니라는 나라에 같이 가요.'

나는 어느새 신발과 양말을 벗고 둥글게 펼쳐진 3월의 초원을 향해 걸어 들어가고 있었다.

하루의 성자

비가 오지 않았다면 나는 고양이 가죽을 뒤집어쓴 것 같은 줄무늬 남자와 마주치지 않았을 것이다. 헤어 드라이기 수리를 마치고 슈퍼에서 모기향을 사서 나오던 길이었다. 갑자기 비가 쏟아져 어릴 때 버릇처럼 골목으로 뛰어들었다. 골목 입구에는 오래된 우물이 하나 있는데 도시의 중심을 알리는 표지석이 서 있었다. 봉쇄한 우물 주변은 동네 사람들이 유기한 식물들이 저절로 자라 작은 동산처럼 보였다. 그중에 수국은 어머니가 내다 버렸다. 아버지가 사거리 꽃집 주인과 오누이처럼 지내며 받아온 거였다. 어린 수국은 쌀집 할머니 덕에 아름드리나무처럼 자랐다. 뒷물까지 온갖 구정물을 그곳에 가져다 부었던 것이다. 언제부터인가 씨앗을 퍼뜨려 우물 주변은 수국 천지가 되었다. 쌀집 할머니가 요양병원에 입원하고 이혼한 수자 누나가 돌아오면서 수국에 물을 대는 사람은 더 이상 없었다. 그게 지난봄이었는데, 그때 나는 이제 수국이 죽을 거라고 생각했다. 올해 활짝 핀 꽃을 보며 내가 식물에 대해 몰라도 너무 모른다는 생각이 들었다.

비는 그치지 않았고 줄무늬 남자는 확연히 눈에 띌 정도로 기이한 모습으로 우물 곁을 서성거렸다. 후드점퍼의 모자를 조여 묶은 남자의 얼굴은 나이를 알아보기 힘들었다. 점퍼의 무늬는 고양이 쪽이 아니라 표범 쪽에 가까웠지만 몸은 참으로 안타까운 마음이 들 만큼 왜소했다. 사람의 얼굴이 아닌 배꼽쯤으로 시선을 떨구고 누군가 곁을 지나간다는 것도 알아채지 못한 채 천천히 우물을 돌아 수국나무 아래 앉아서 수국 잎을 뜯어 입으로 가져갔다. 나는 홀리듯 그 모습을 지켜보다가 전파상으로 돌아왔다. 어디서 본 사람이라는 생각이 들어 다시 수국나무 쪽을 내다보았다. 말이 사람이지 새끼 고양이 한 마리가 애처롭게 웅크리고 있는 것처럼 보였다. 안채에 들어가 젖은 옷을 갈아입고 다시 내다보았다. 어느새 비는 그쳤고 남자는 사라지고 없었다.

이곳이 도시의 중심이라고 하니 유별나게 생각하는 사람들이 종종 찾아들었다. 무언가의 중심을 찾아다니는 사람도 있었고 소원을 빌기 위한 젊은이들이나 풍수 연구를 한다며 수맥봉을 들고 드나드는 사람도 있었다. 남자는 그런 유의 사람은 아닌 것 같았다. 나는 도시의 중심을 측량하는 과정을 과학 숙제를 하다가 지켜보았다. 사물의 소리를 듣고 느낌을 적어 가는 숙제였다. 나는 우물에 고개를 박고 아, 아, 아, 아, 별별별, 별 하고 소리를 질렀다. 그때 측량사 한 명이 나에게 큰 소리로 한마디 했다.

"야 인마, 중심 흔들린다!"

지금 생각하면 측량사의 농담이었을지 몰라도 그게 기억에 남았다.

그들은 우물을 기준점으로 삼아 도시의 중심을 측량했다. 우물에서 전파상 방향으로 아홉 걸음을 나아간 지점에 좌표를 찍고, 거기에 작은 깃발을 꽂았다. 하지만 얼마 뒤 파견 나온 공무원이 인부들과 함께 나타나, 전파상 앞에서 다시 우물 쪽으로 아홉 걸음을 되짚은 자리에 표지석을 세웠다. 처음과는 반대 방향이었다. 아버지는 그 공무원 옆에서 찍은 사진을 가게 벽에 걸어두었다. 내가 본 바로는 도시의 중심은 결국, 우물에서 전파상 방향으로 아홉 걸음을 간 그 지점, 수국나무 아래였다.

잠시 내린 비에 물 아지랑이가 올라왔다. 이런 날에는 모기가 유난히 더 많았다. 모기향을 피워 가게 입구에 내놓는데 누군가 말을 걸어왔다.

"혹시나 했는데, 오빠…… 맞죠?"

한 여자가 마스크를 끼고 가게 앞에 서 있었다. 나도 턱밑의 마스크를 올려 끼고 그녀를 쳐다보았다. 하얀 원피스를 입고 있었는데 왠지 모르게 병약한 느낌이 들었다. 눈만 보아서는 누구인지 알 수 없었다.

"몇 번 지나다니다 봤어요. 아직 전파상을 하고 있네."

나를 오빠라고 부를 사람이 달리 떠오르지 않아 해맑게 퍼진 그녀의 미간 사이만 멀뚱히 쳐다보았다.

"저예요, 미림이. 큰길가 사거리 꽃집……"

긴 머리를 틀어 올린 그녀를 보다가 그제야 어딘가 낯이 익다는 생각이 들었다. 아버지와 오빠 동생 하며 지냈던 꽃집 여자의 딸이었다. 지금껏 서울에 살다가 얼마 전에 내려왔다고 했다. 집주인이 바뀌지 않았다고는 해도 모녀가 일찍 동네를 떠나 그들의 소식을 들은 적이 거의 없었다. 나는 그녀에게 몰라보았다고 뒤늦게 인사를 건넸다. 각별히 어울린 적은 없었지만 어렸을 때 몸이 바싹 야위어 늘 병을 달고 살았던 기억이 떠올랐다.

"몰라볼 만도 하지, 세월이 많이 흘렀잖아요."

그녀의 집은 우리 집처럼 아래층이 가게이고 이층이 가정집이었다. 얼마 안 되는 거리에 우리 집 쪽은 우물을 끼고 있는 오래된 주택가였고 그녀의 집은 도로를 끼고 있는 상업 지역이었다. 그들 모녀가 표지석 만들 때 파견 나왔던 젊은 공무원과 동네를 떠난 뒤 꽃집 일층 가게는 수없이 업종을 달리하다가 지금은 커피 체인점이 들어서 있다. 이층에 세 든 사람이 나가고 얼마 전, 게스트하우스 용도로 수리를 했다고 들었다. 지금은 거기에 묵고 있다고 했다.

아버지는 그 집에 전기를 봐준다, 전축을 봐준다 하며 수시로 드나들었다. 어머니의 잦은 투정 때문에 꽃집에 대해서는 나도 일종의 적개심을 갖고 있었다. 학교에서 그녀를 보면 이유도 없이 화가 난 얼굴로 쏘아보곤 했다. 그녀가 이사 가기 전, 우물 앞에서 마주쳤는데 나도 모르게 엄청난 욕설을 퍼붓고 말았다. 그녀는 그때 일을 아직 기억하고 있었다. 여태 살면서 그런 욕은 처음 들어보았다고 했다.

"좀 일찍 오지."

무안해진 나는 수국이 한창이었는데, 라고 말을 흐렸다. 보름 전만 해도 지나가는 사람들이 걸음을 멈출 정도로 수국이 만개했었다. 그녀가 수국 주변을 돌며 식물들을 찬찬히 살폈다. 일본 유학을 다녀와 지금은 플로리스트가 되었다고 했다.

그때 수자 누나가 함바집 일을 마치고 집으로 돌아오고 있었다. 수자 누나는 새벽에 일을 나가 늘 오후 무렵에 집으로 돌아왔다. 구구절절 이야기는 하지 않지만 이혼하고 몸만 겨우 빠져나와 쌀집 할머니 병원비를 혼자 벌어서 대고 있었다. 수자 누나에게 사거리 옛날 꽃집 아주머니 딸이라고 그녀를 소개했다. 수자 누나가 그녀를 빤히 보다가 기억이 나지 않는다고 했다. 그녀가 눈인사를 하자 고개를 돌리고 쌀가게 옆 쪽문으로 쏙 들어가 버렸다. 나는 그녀에게 수자 누나를 모르냐고 물었다.

"글쎄…… 시간이 많이 흘렀잖아요."

모기향 연기가 바람을 타고 그녀 쪽으로 날아들었다.

"이 냄새도 까마득히 잊고 있었네. 어렸을 때 모기향 없으면 잠도 못 잤는데. 다들 옷에 탄내 풍기며 학교에 가고 그랬잖아요, 우리."

그녀가 소중한 추억이라도 발견한 듯 우리라는 말을 써가며 중심을 향해 타들어가는 모기향을 쳐다보았다. 적어도 그녀의 집만은 모기향을 피우지 않았을 것이다. 늘 샤프란 향기를 풍기며 나를 주눅 들게 했었다.

"어쩜 이렇게 동네가 그대로인지, 우물은 언제 저렇게 됐어요?"

나무로 뚜껑을 덮고 열쇠까지 채워진 우물을 보며 그녀가 물었다. 표지석을 다시 우물 쪽으로 옮기고 얼마 뒤 파견 나온 그 공무원이 인부를 데려와 우물을 뚜껑으로 봉했던 기억이 났다.

쌀집 할머니 말에 의하면 내가 우물에 빠졌을 때 삿갓을 쓰고 지나가던 젊은이가 작대기 하나로 신통력을 부려 나를 건져냈다고 한다. 아버지는 꽃집에 들러 전기를 봐주느라, 어머니는 안채에서 저녁 준비를 하느라 내가 우물에 빠진 것을 몰랐다고 했다. 내가 눈을 떴을 때 삿갓을 썼다는 젊은 남자는 사라지고 아버지와 엄마만 나를 내려다보고 있었다. 그때는 동네에 그런 사람이 종종 지나다니곤 했다니 부모님도 믿는 눈치였다.

"등치도 쪼매난데 우찌 그리 힘이 좋은지."

"어디 도술을 힘으로 쓰겠어요?"

쌀집 할머니와 어머니가 가게 앞에 앉아 멸치 똥을 떼어내며 세상에 약처럼 돌아다닌다는 사람들 이야기를 주고받곤 했다. 그 할머니의 할머니, 또 그 할머니의 할머니를 통해 전해 들었다면서도 직접 본 것처럼 이야기가 생생하게 오갔다. 어떤 힘에서이건 그날 나는 우물에 떠 있었고 하늘에서 별처럼 내려온 작대기 끝을 잡은 기억만은 어렴풋이 났다. 그 뒤로 나는 젖니가 빠지면 소원을 빌고 우물에 던져 넣었다. 우물에 떠 있는 별을 향해 소리를 지르면 잔물결이 일며 별이 움직였다. 아아아아. 별별별별. 아아아아. 그러면 아래에서도 아아아아, 별별별별, 아아아아 하고 창기 형이 대답을 해왔다. 나를 끌어들일 것 같은 물기 머금은 그 안의 소리에 끌려 우물이 봉쇄될 때까지 그 짓을 계속했던 것이다.

그녀가 향수에 젖은 듯 주변을 둘러보면서도 마스크를 더 끌어올려 쓰는 바람에 나도 마스크를 끌어올렸다. 가족이 여름 휴가를 왔느냐고 내가 물었다.

"그냥 좀 쉬려고 내려왔어요."

추억도 별반 없이 살갑게 찾아올 동네는 아니었다. 그녀와 유별나게 어울리지도 않았는데 어렸을 때 기억이 자꾸 끌려나왔다. 그녀의 가족은 고향도 아니고 친척 한 명 없는 동네를 떠들썩하게 해놓고 떠났었다. 도시의 중심을 측량하는 동안 파견 나와 있던 젊은 공무원과 그녀의 어머니가 눈이 맞았다는 소문이 돌고 얼마 뒤 모녀는 서울로 가버렸다. 긴 파마머리를 틀어 올려 핀을 꽂고 낭창하게 원피스에 앞치마까지 한 그녀의 엄마는 동네에서 가장 교양 있는 사람이었다. 꽃을 가꾸고 틈틈이 책을 읽으며 피아노를 쳤는데 무엇보다 서울 말씨가 더 그렇게 만들었다. 씀씀이가 헤퍼 주변에 늘 빚을 졌는데 무슨 돈으로 집을 샀는지 아는 사람은 없었다. 친정이 부자이거나 남편이 돈을 많이 남기고 죽은 모양이라고 했다.

그녀는 동네가 변하지 않고 그대로 있어서 참 다행이라고 했다.

"여기 삼촌은 어디 가셨나 봐요?"

뒤늦게 그녀가 아버지의 안부를 물었다. 아버지는 지난해

봄, 쌀집 할머니가 입원해 있는 요양병원에 병문안을 갔다가 코로나 확진자가 되었다. 나는 음향 관련 회사 엔지니어로 출장 중이었고, 어머니는 다행히 음성이었다. 아버지는 완치가 되었어도 건강이 좋지 않아 전파상 문을 닫고 어머니의 고향인 창녕으로 옮겨갔다.

지난해 여름, 나는 휴가를 받아 늘 닫아놓았던 가게 문을 잠시 열어놓고 있었다. 여름에는 그쪽으로 바람이 시원하게 들었던 것이다. 그날 어려서부터 보아왔던 손님이 선풍기 한 대를 들고 찾아왔다. 어느새 손님도 노인이 되어 있었고 눈에 익은 선풍기는 이십 년도 더 된, 파란색 날개가 달린 선풍기였다. 전파상 문이 내내 닫혀 있어 서비스센터까지 선풍기를 들고 갔다가 헛걸음만 했다고 걱정을 했다. 서비스센터 직원이 전국 어디를 가도 수리가 안 된다고 장담을 했다는 것이다. 아버지가 문을 닫아 고칠 사람이 없다고 하자 노인이 난감한 표정을 지었다. 그날은 여름 들어 가장 더운 날이었다. 선풍기를 들고 되돌아가는 노인을 나도 모르게 잡고 말았다.

뜯어보니 모터가 문제였다. 부속 상자를 뒤져 낡고 삭은 부품을 대체할 것을 찾았다. 아버지는 짬짬이 고물상을 돌며 부품을 수집해 녹이 슨 부속들을 사포로 문지르고 줄로 깎아내 쓸 수 있는 물건으로 만들었다. 어려서부터 아버지가 막노동판을 다니며 배운 기술은 전기뿐만이 아니었다. 도장, 타일,

수도까지 기본은 다 해냈다. 전국에 대형 서비스센터가 생기고 난 뒤부터 아버지는 동네에서 소소하게 전기를 고쳐주며 가게를 꾸리는 쪽으로 옮겨갔다. 나는 어깨너머로 아버지의 기술을 웬만큼 익히며 자랐다.

"잘 고치네."

다섯 개의 푸른 날개가 쌩쌩 돌아가는 것을 신기하게 보고 있던 노인이 마지막 의지처를 만난 모습으로 이제 다시 오겠나, 라고 했다. 그 한마디 때문에 다니던 회사를 그만둔 것은 아니었다. 원래 무대 음향과 공연 설비를 하는 곳이었다. 코로나로 공연이 줄줄이 취소되면서 장비 임대와 출장 설치도 모두 끊겼다. 회사는 그 여파로 일 년 사이 급격히 어려워졌다. 술자리에서 부장님이 처자식이 없는 사람이 용기를 내달라고 했다.

그녀가 봉쇄한 우물과 낡은 표지석을 휴대폰으로 찍은 뒤 전파상 안으로 들어왔다.

"엄마가 그러는데 여기 삼촌이 일은 꼼꼼하게 제일 잘하셨대요."

모녀가 떠난 뒤 아버지는 그 집에서 수리 요청 전화가 와도 한동안 이런저런 핑계를 대며 가지 않았다. 꽃집 자리를 보는 게 불편한지 사거리를 지나야 할 때도 뒷길로만 다녔다. 그녀는 수십 년간 때를 묻혀온 도구와 부속품들을 휴대폰에 담으며 이런 빈티지 느낌이 나는 꽃가게를 열고 싶다고 했다. 부속품은 낡은 것부터 근래 것까지 세월의 변천사처럼 아버지가 정리를 해놓았다. 나는 꽃가게와 오래된 것 천지인 전파상의 분위기가 어떻게 어울릴지 그림이 그려지지 않았다. 그녀에게 이 동네에 꽃가게를 차릴 거냐고 묻자 '봐서'라는 답이 돌아왔다.

어디선가 백숙 냄새가 진하게 흘러나오고 있었다. 나는 슬쩍 마스크를 끌어내렸다. 수자 누나가 쟁반에 백숙을 들고 우물 쪽으로 다가왔다. 우물에서 어린 동생을 잃었는데도 늘 그 자리로 먹을 것을 들고 왔다. 수자 누나가 그녀를 발견하고 고개를 반쯤 틀었다.

"누나, 미림이 알지요? 옛날 사거리 꽃집."

내가 다시 소개를 하자 수자 누나는 대답도 없이 우물 위에 쟁반을 내려놓았다. 인삼에 대추가 보기 좋게 올라가 있었다. 함바집에서 챙겨 왔다고 했다. 숟가락으로 백숙을 가르는 수자 누나의 표정이 편치 않아 보였다. 어쩔 수 없이 우물가에 셋이 둘러앉았다. 나는 안채에 가서 그릇과 수저를 하나씩 더 가져왔다.

"오빠, 나는 괜찮은데……"

그녀가 몸을 슬쩍 빼며 마스크 쪽으로 손을 가져다 댔다.

"누나도 알 텐데, 옛날에 미림이 예쁘다고 잘 데리고 다니고. 창기 형한테 노래도 불러줬잖아요."

자리가 어색할 것 같아 기억이 떠오르는 대로 옛날 일을 끄집어냈다. 수자 누나를 따라 서너 번 왔을 뿐인데도 그녀가 마른 얼굴에 미간을 모으고 창기 형에게 노래를 불러주던 모습은 지금도 어렴풋이 기억이 났다. 바닥에 주저앉아 사지를 비틀던 창기 형이 그녀의 노래를 듣다가 그 자리에서 오줌을 싸고 말았다. 창기 형이 오줌이 흥건한 바닥을 짓이기며 미림이를 향해 다가가자 그녀의 얼굴이 새빨개지며 이마와 미간에 주름이 심하게 졌다. 노래는 끝까지 불렀지만 그날 이후 아마 그녀는 우물가에 다시 오지 않았을 것이다.

한쪽 닭다리를 뜯어내던 수자 누나가 팽개치듯 닭다리를 내려놓았다.

"안 먹을람 앉지를 말든가. 먹을라 카면 마스크를 벗든가. 어중간하게 걸터앉아가."

내가 민망할 정도로 소리가 높았다. 그러고는 작정한 듯 말을 내뱉기 시작했다.

"내가 쌀 됫박 심부름 가면 전축에 뭐에 음악 틀어놓고, 여삼촌은 전기 봐준다고 땀 삐질삐질 흘리며 난리고. 쌀값 떼먹고 간 집은 느그 집뿐이다."

됫박 심부름을 다녔다면 누구보다 그녀의 집에 자주 드나든 사람은 수자 누나였을 것이다.

"쟈는 피아노 치고 있고, 쟈 엄마는 젊은 공무원한테 삼촌, 삼촌 콧소리 내싸코. 그라고 거 삼촌이 머라 캤노? 누님, 미림이 재들이랑 못 어울리게 해요. 병신 애 우물에 빠져 죽고, 위험한 동네예요."

"아우, 어쩜 좋아, 그럼 우물을 막아야 하지 않을까?"

그 일이 기억나는지 안 나는지, 그녀의 눈꺼풀이 마스크 쪽으로 슬그머니 내려가고 있었다. 나는 말리지도 못하고 닭다리만 들었다 놓았다. 수자 누나가 맥주 캔을 단숨에 들이켰다.

"가시나 어데 와서 오빠고 오빠가!"

그녀는 세월이 지났어도 수자 누나의 억센 말을 알아듣고는 있는 것 같았다. 그녀가 급격히 풀이 죽자 엉뚱한데 화풀이를 했다고 생각했는지 수자 누나의 화도 한풀 꺾였다. 몸을 좀 틀고 새침하게 앉아 있는 그녀의 빈 접시 위에 수자 누나가 닭다리 하나를 투박하게 올려놓았다. 그녀는 백숙을 좋아하지 않는다고 했다. 마스크 위로 손을 가져다 대자 수자 누나가 불쾌한 얼굴로 닭다리를 도로 가져갔다. 그때 그녀에게 전화가 걸려왔고 가구가 배달되어 온다며 집으로 돌아갔다. 이곳에 눌러앉을 생각이 아니라면 가구를 사들이지 않을 거였다.

"가시나, 인사도 안 하고 가뿌네. 근데 니 드라이기 고칠 줄 아나?"

어려서부터 연필깎이도 고쳐주고 고데기도 고쳐주었는데 수자 누나는 늘 너 이거 고칠 줄 아나, 라고 물었다. 우물에서 잃은 어린 동생 창기한테도, 니 이거 아나, 저거 아나, 하며 빗자루를 들어 보였다가 운동화를 들어 보였다가 했다. 창기 형은 뇌성마비를 앓아 학교에 가지 않았다. 늘 바닥에 주저앉아 놀았는데 유난히 작은 몸을 이끌고 우물가로 기어가 우물 안에 돌을 던지곤 했다. 어린 수자 누나가 동생의 방에서 요강을 들고 나오면 밤하늘에 별이 총총하게 떠 있었다. 창기가 보면 좋아라 할 낀데. 고개를 잘 들지 못하는 창기 형에게 우물 안에도 별이 떠 있다고 알려준 것은 나였다.

창기 형은 유독 소리를 잘 들었다. 우물에서 퐁당 하고 길고 부드러운 소리가 올라오면 이를 드러내며 나를 보고 환하게 웃어 보였다. 별별별별, 하늘의 소리가 들려오는 거라고 생각하는 것 같았다. 나는 학교에서 돌아오면 창기 형처럼 바닥을 기어 다니며 우물에 던질 돌멩이를 주워 날랐다. 어느 날 밤, 이상한 소리가 들려 밖을 내다보니 창기 형이 우물 쪽으로 기어가고 있었다. 우물 기둥을 잡고 몸을 겨우 일으키더니 하늘을 올려다보려고 기를 쓰고 있었다. 창기 형이 하늘을 올려다보려면 기어가는 것보다 몇 배 더 힘을 써야 했다. 하늘 한번 올려다보고, 우물 한번 내려다보고 하다가 별별별별, 하고는 특유의 웃음을 기괴하게 터트렸다. 나는 그게 하늘의 별이 내는 소리일 거라고 생각했다.

우물을 덮고 있는 나무판도 세월만큼 많이 삭아 있었다.

"그런데 수국은 물을 안 줘도 살까요?" 올해 활짝 핀 수국이 문득 떠올라 수자 누나에게 물었다.

"니는, 다 큰 알라 젖 주는 거 봤나?"

어찌 되었든 우물을 끼고 있으니 수국도 그쪽으로 살길을 찾지 않았겠냐고 했다.

"누나, 혹시 이 주변에서 이상한 사람 못 봤어요?"

어떤 남자가 수국 잎을 뜯어 먹고 있었다는 말을 하자 수자 누나 얼굴에 평소와 다른 기류가 잠시 스쳐 지나갔다.

"참 별난 사람이네."

"어디서 본 사람 같기도 하고……"

"니도 몸이 허한갑다. 자꾸 헛게 보이구로."

수자 누나가 인삼을 얹은 죽을 듬뿍 퍼 내 그릇에 덜어주었다.

나는 목장갑을 끼고 부속품들을 꺼내 점검을 한 뒤 이층으로 올라와 컴퓨터 앞에 앉았다. 그곳에서는 우물 쪽이 훤히 내려다보였다. 학교 다닐 때 밖이나 보며 해찰을 해서 성적이 안 나온다면서도 어머니는 책상의 위치를 한 번도 바꾸지 않았다. 나는 가전제품의 회로도를 검색했다. 수리를 하려면 전기를 알아야 되고 보이지 않는 전기를 알려면 회로도를 볼 줄 알아야 했다. 음향회사를 나오기 전까지도 꾸준히 해왔던 일이었다. 최근에 나온 가전제품까지 검색을 하다 보면 시간이 훌쩍 갔다. 불을 끄려고 일어서다가 밖을 내다보았다. 이상하게 어렴풋한 불빛 아래에서 사물의 풍경이 눈에 더 잘 들어왔다. 수국나무 근처에 흰 물체 하나가 아른거렸다. 나는 창가 쪽으로 바싹 다가갔다.

흰 물체는 느린 움직임으로 우물 쪽으로 천천히 이동하고 있었다. 처음에는 누가 흰 비옷을 입고 운동을 하는가 싶었다. 그러나 그러기에는 사람의 형체가 잡히지 않았다. 사방으로 뚫린 골목을 오르내리는 사람들을 오래 봐왔지만 그런 기이한 자세는 처음이었다. 순간 동네 사람들이 오래도록 말해온 그 존재, 우물귀신인가 싶었다. 아래층 쪽을 눈으로 훑으며 가게 문을 잠갔는지 되짚다가 다시 밖을 내다보았다. 형체는 오간 데 없었다. 한순간에 사라졌다고 해야 하나, 계단 쪽을 살피다가 헛웃음을 웃고 말았다. 수자 누나가 지금 내 행동을 보았다면 우물귀신이 계단 밟고 올라오는 것 봤냐고 코웃음을 쳤을 것이다.

그때 누군가 전파상 문을 두드렸다. 지레 놀라 시계를 보았다. 새벽 두시였다. 이층에서 내려다보니 모자를 눌러 쓴 여자 한 명이 가게 앞에 서 있었다. 위에서 보아도 무언가 불안해 보였다. 내려가 보니 미림이었다. 마스크를 끼고 있는데도 긴장한 표정이 역력했다. 한밤에 여자 혼자 다닐 길은 아니었다. 코로나 이후 오가는 사람이 부쩍 줄어 저녁 무렵부터 지나다니는 사람들이 거의 없었다.

"미안해요, 오빠."

대뜸 그녀가 울먹이며 말했다. 나는 무슨 일이 있느냐고 물었다.

"집에…… 전기가 안 들어와요."

휴대폰도 꺼지고 전화도 할 수 없어서 하는 수 없이 걸어서 왔다는 것이다. 자다가 잠에서 깬 것이 문제였다고 했다. 아마 자는 동안 차단기가 내려간 모양이었다.

"깨지 않았더라면…… 전기가 나간 것도 몰랐을 텐데요. 그랬다면 이 시간에 여기까지 오지도 않았겠죠."

마치 잠에서 깨어나는 바람에 불행을 맞닥트린 것처럼 말했다.

"조금 기다렸다가 날이 밝으면 사람을 부르지. 나는 아직……"

"너무 무서웠어요. 이 새벽에 달리 연락할 만한 사람도 없고요."

문단속을 다시 하고 깜깜한 천장을 보며 한 시간을 견디는데 문득 내 생각이 났다고 했다. 큰길 가로등을 따라 겨우 왔다고 했다. 나는 손전등과 테스터 등 몇 가지 도구를 챙겼다. 그녀와 함께 사거리 쪽으로 걸음을 옮기다가, 혹시 누군가 마주치지 않았냐고 물었다. 그녀는 내 곁에 붙으며 겁먹은 목소리로 이 한밤중에 누가 또 왔느냐고 물었다. 나는 설명할 길이 없어 뒤만 자꾸 돌아보았다. 그럴 때마다 그녀가 내 곁으로 바싹 붙어섰다.

지금은 카페와 게스트하우스로 바뀐 건물 앞에 도착하자 그녀가 먼저 앞장섰다. 고등학교 때부터 아버지를 따라다니며 웬만한 집은 다 가봤지만, 그녀의 집은 이번이 처음이었다. 나는 그녀를 따라 카페 오른쪽에 난 좁은 계단으로 향했다. 바깥 조명이 희미하게 비추긴 했지만, 계단은 어두웠다. 전기가 나간 탓인지, 평소에도 그랬는지는 알 수 없었다. 계단을 올라 그녀가 문 앞에 멈춰 섰다. 내가 손전등을 비추자 그녀는 몸을 비스듬히 돌려 비밀번호를 눌렀다. 현관문이 열리자 안은 그야말로 칠흑 같았다. 도로변 건물임에도 불구하고 바깥 불빛 하나 들어오지 않았다. 거실로 들어서고 나서야 이유를 알 수 있었다. 창문마다 암막 커튼이 단단히 쳐져 있었던 것이다.

"밖이 너무 밝아서요."

아마 실내등 밝기에만 의존하며 사는 듯했다. 커튼만 걷었어도 한밤중에 나를 찾아오지 않아도 될 거였다. 나는 커튼

쪽으로 손을 뻗으려다 그만두었다. 대신 차단기가 어디 있느냐고 묻자 그녀는 오히려 내게 되물었다.

"차단기가 뭐예요?"

나는 현관 쪽 벽면에 손전등을 비추었다. 차단기는 왼쪽 벽면에 붙어 있었다. 사거리 쪽 건물들은 겉은 멀쩡해 보여도 외관만 리모델링을 해서 내부는 수십 년째 그대로인 경우가 많았다. 그로 인해 전기 누전 사고가 자주 발생하곤 했다. 집의 구조를 꾸준히 살펴본 전문가가 아니라면 문제를 쉽게 발견하기 어려웠다.

나는 차단기를 확인했다. 스위치는 모두 내려가 있었다. 하나씩 조심스럽게 올려봤지만, 금세 다시 떨어졌다. 몇 번을 반복해도 결과는 같았다. 차단기에 누전 테스터를 가져다 대도 별다른 이상 지점이 잡히지 않았다. 나는 손전등을 들어 거실에 있는 콘센트에 테스트기를 대며 원인의 지점을 찾아 나갔다. 거실을 지나 안쪽으로 들어가니 방이 하나 있었다. 문이 반쯤 열려 있어 조심스레 안으로 들어갔다.

그 방은 단순히 쉬어 가기 위해 잠시 들른 사람의 공간처럼 보이지 않았다. 방 한쪽에 놓인 노트북 옆으로 식물 관련 책들이 몇 권 쌓여 있었고, 그 위에는 작은 수첩이 펼쳐져 있었다. 무심코 손전등을 가까이 가져다 댔다. 그녀의 이름이 적힌 산모수첩이었다. 나는 다시 한번 이름을 확인했다. 산모양미림. 어쩌면 그녀 혼자 이곳으로 돌아온 이유가 그 때문일지도 모를 일이었다. 그때, 밖에서 인기척이 들렸다. 나는 손전등의 불빛을 얼른 다른 방향으로 돌렸다.

꼼꼼하게 살펴보아도 물이 샌 흔적도 없었고, 특별하게 탈이 날 만큼 가전제품의 전기 용량이 큰 것도 없었다. 테스터로 전류가 흐르는 선의 문제점을 잡아낼 수 있기에 대부분 차단기가 내려가는 이유가 나왔다. 다음 단계는 아버지에게 말로 들었던 변수의 세계였다. 실내가 습하면 콘센트나 조명기구로 수분이 침투하여 누전이 될 수 있는데 이 경우 웬만해서 원인을 찾기 힘들다고 했다. 습도라는 게 흐르는 선이 분명히 있는 게 아닌데다가 실내의 습도를 확인하기도 어려웠다. 전 단계에서 대부분 원인이 드러나기 때문에 이런 변수 상황을 실제로 맞닥트리는 경우는 드물다고 했다. 나도 별다른 방법이 없었다.

나는 땀이 뒤범벅이 된 채 현관 입구에 걸터앉아 있었다.

"안 되겠다."

공구를 내려놓고 날이 밝으면 다른 전기기사를 부르는 게 좋겠다고 했다.

"일요일인데 와줄까요?"

그녀도 지친 것 같았다. 하는 수 없이 집에 갔다가 다시 오겠다고 하고 일어서려는데 그녀가 나를 잡았다.

"오빠, 그냥 가면 어떡해요? 불이라도 나면 나 혼자 어쩌라구?"

그녀가 아이처럼 울먹거렸다. 그 속엔 당황스러움과 두려움이 뒤섞여 있었다. 무언가 고장 난 집에 혼자 남으려니 극단의 상황이 먼저 떠오른 모양이었다. 차단기가 내려간 이상 별문제 없을 거라고 이야기를 해도 그녀는 그 간단한 이치를 알아듣지 못했다. 나는 어둠 속에서 혼자 그러고 있는 그녀를 보다가 산모수첩을 떠올렸다. 그때 그녀가 오빠 집으로 가면 안 되느냐고 물었다. 그녀가 어둠 속에서 손전등을 비추어 충전기를 찾아냈다.

공구함을 챙겨 그녀와 함께 집을 나서는데 마음이 괜히 무거웠다. 내심 그녀를 따라올 때에는 문제가 되는 지점을 찾을 줄 알았다. 대충이라도 고쳐두고 오고 싶었는데 이도 저도 안 된 셈이었다. 새벽 공기를 가르며 천천히 전파상 쪽으로 향했다. 어느새 새벽 다섯시가 다 되어가고 있었다.

참으로 난감했다. 그녀와 나는 전파상 입구에 모기향을 피워놓고 우물 쪽을 바라보고 앉았다. 가게에 충전기를 꽂아 배터리가 충전될 때까지 기다리기로 한 것이다. 그때 수자 누나가 우물 쪽으로 걸어왔다. 다른 날보다 이른 시간이었다.

"일하러 가나 봐요."

내가 먼저 알은척을 했다. 새벽 기도를 간다고 했다. 그런 뒤 수자 누나는 그녀와 나를 번갈아 쳐다보며 이 시간에 뭐 하느냐고 물었다. 나는 전후 사정을 이야기했다.

"니는 인사도 할 줄도 모르나?"

수자 누나가 또 한마디 했다. 그녀가 들릴 듯 말 듯한 목소리로 안녕하세요, 라고 했다.

"여는 다시 안 올 줄 알았더만."

전날 쏘아붙인 일이 걸렸던 모양이었다. 그녀의 눈꺼풀이 힘없이 내려앉았다. 내가 쌀집 할머니 안부를 묻자 수자 누나가 한숨을 크게 내쉬었다.

"야, 이년아 했다가, 제가요, 했다가, 새색시처럼 웃었다가 애처럼 울었다가, 내 손을 잡고 창기야, 하는데, 내도 미치뿌겠다."

쌀을 자꾸 찾아서 봉지에 담아 갔는데, 침대 위에서 눈가루처럼 뿌리는 바람에 쌀만 줍다가 온 이야기를 했다.

"손가락이 구버가 잘 주와지지도 않더구만. 할매 그날 밤새도 일 몬 끝냈을 끼다. 쓸어 담지도 몬하게 하고. 내도 손이 커가 한 되만 가가도 될 낀데 세 되나 퍼 가쓰이."

쌀장사를 하면서 바닥에 떨어진 쌀을 줍던 버릇이 있어서라고 했다. 됫박으로 팔다 보니 흘러내리는 쌀이 많았다고 했다. 당분간 코로나가 심해 면회는 못 간다고 했다.

"누나, 새벽에 혹시 우물 근처에서 이상한 사람 못 봤어요?"

나는 흰 비옷 같은 것을 입고 기어다니는 이상한 형체에 대해 물었다.

"우물귀신이겠지."

수자 누나가 능청스럽게 한마디 툭 내뱉고는 기도 시간에 늦겠다며 뒤돌아설 때였다. 그때까지 아무 말이 없던 미림이 입을 열었다.

"어렸을 때 이 동네에 그런 이상한 사람들 많았잖아요. 오빠도 아시죠, 엄마가 그런 거 못 견뎌 한 거. 내가 동네 이야기를 하면 세상이 꽃처럼 아름다웠으면 좋겠다고 늘 그러셨는데……"

수자 누나가 기어이 몸을 다시 돌렸다.

"미림이 니는 참 좋겠다. 그런 엄마랑 살아서. 근데 우짜노. 미친 사람도 있고 우물귀신도 있고, 풀 뜯어 먹는 사람도 있으이. 이 동네는 그래 아름다운 동네가 아인데."

나는 수자 누나 입에서 아름다운, 이라는 말이 나오는 것을 처음 들었다. 비꼬듯 툭 내뱉은 그 말이 우물가를 타고 천천히 퍼져나가는 걸 보며, 나는 괜히 웃음이 났다.

"두 분은 잘 사시지?"

눈치 없이 젊은 공무원을 묶어 안부를 묻고 말았다. 예전일을 생각하다 보니 중심 표지석을 우물 쪽으로 옮기고 뚜껑을 덮은 일이 덩달아 떠올랐다. 그녀가 어두운 표정으로 우물가로 갔다. 우물 주변을 천천히 돌다가 한 번도 우물 안을 들여다본 적이 없다고 말길을 돌렸다.

"우물이 깊어요?"

그녀가 물었다.

"어려서 빠졌을 때는 그랬는데…… 깊은지 어쩐지 지금은 잘 모르겠네."

"물을 주지 않아도 저런 걸 보니."

깊다는 말인지 그렇지 않다는 말인지, 수자 누나가 우물 주변에 자라고 있는 식물들을 가리켰다. 수자 누나의 심경을 거슬리지 않으려는 듯 그녀는 식물들을 바라보며 조심스럽게 말을 보탰다.

"잘 가꾼 것 같아요."

"누 집처럼 할랑하게 가지치기하고 다듬고 할 사람이 이 동네 누가 있노. 저절로 퍼진 거지."

집에서 키우기엔 그렇고 생명이 붙어 있어 버리기도 그런, 우여곡절이 있는 식물들을 은근슬쩍 우물가에 내다 놓는 모습을 이층에서 종종 지켜보았다. 나중에라도 사람들은 자신들이 내다 버린 식물 쪽으로 지나다녔다. 나는 미림에게 조금 일찍 왔더라면 꽃들이 흐드러진 풍경을 볼 수 있었을 것이라고 말했다. 그녀가 뭐라도 위안을 받았으면 해서 한 말은 아니었다. 그녀의 집을 다녀온 뒤 내 마음이 왜 편치 않은지 나도 몰라서였다.

"이상하네."

지고 있는 수국나무 아래에서 그녀가 걸음을 멈추고 혼잣말로 중얼거렸다.

"수국 말이에요."

그녀가 고개를 갸웃거리며 꽃과 잎을 살폈다. 수자 누나와 나도 그쪽으로 시선을 멈추었다.

"수국은 꽃이 화려하고 예뻐도 암술과 수술이 없는 헛꽃이에요."

산수국과 달리 씨가 없다고 했다.

"오랜 시간, 보기 좋은 꽃만 골라 배양하다 보니 결국 씨를 맺지 못하게 됐대요. 생명을 잇는 대신, 아름다움만 남은 꽃이 된 거죠. 너무 오랫동안 아름다움만을 선택한 대가랄까……"

수국을 바라보던 미림의 눈빛이 잠시 흔들렸다.

"미림이 너는 좋겠다. 아는 게 많아가."

수자 누나는 홀린 듯 미림이 말을 되받으며 자리를 뜨지 않고 있었다. 새벽기도 시간을 지날 것 같았다. 전날처럼 가시가 돋지는 않았지만 빈정거리는 투는 여전했다.

"모종을 옮겨 심은 게 아니라면 어떻게 이렇게 퍼질 수가 있을까요?"

그녀가 우리를 향해 물었다.

"내가 우째 아노?"

얼떨결에 대답을 한 사람은 수자 누나였다. 나도 해마다 피고 지기에 그러려니 하고 보아왔었다. 해맑게 펴져 있었던 그녀의 미간 주변으로 주름이 모아졌다. 무언가 새로운 상황에 맞닥뜨렸을 때 미간을 모으는 버릇은 여전했다. 창기 형 앞에서 노래를 부를 때도 그랬고, 내가 갖은 욕설을 퍼부었을 때도 그랬다. 내가 욕설을 멈춘 것은 그녀의 미간 사이에 잡힌 주름 때문이었다. 얼굴이 망가질 정도로 심하게 진 주름을 보니 쥐고 있던 주먹이 나도 모르게 풀려버렸다.

어느새 하늘 언저리에 붉은빛이 올라오고 있었다.

"이제 어떻게 하지……"

그녀가 초조한 듯 혼잣말로 중얼거렸다. 그때 종소리가 은은하게 들려왔다. 수자 누나가 뒤늦게 어딘가를 향해 두 손을 모았다. 변수의 세계에 또 다른 변수가 생길 수 있다고 귀띔을 해준 것은 아버지였다. 벽 속으로 타고 들든, 저절로 사라지든, 습기가 제풀에 수그러지면 차단기를 올려도 내려가지 않는다고 했다.

어둠이 조금씩 물러가며 우물 주변이 서서히 밝아져 왔다. 그때 우물 곁에서 무언가가 움직였다. 그녀가 맴돌던 자리였다. 그녀가 보지 못했을 리가 없는데 이상한 노릇이었다. 거기 웅크리고 있었는지 애초 허리가 굽어 있는 것처럼 등을 말고 있었다. 그 물체가 천천히 허리를 펴기 시작했다. 새벽에 보았던 흰 형체 같기도 하고 비 오는 날 보았던 줄무늬 남자 같기도 했다. 분명 어디선가 본 적이 있는 모습인데 기억이 나지 않았다. 그는 수국나무 아래로 천천히 걸어가더니, 잡풀이 무성한 그 자리에 조용히 앉아 오래전부터 그곳이 자신의 자리인 듯 가부좌를 틀었다.

집요한 농담

박은 연필로 마분지 위에 시골 풍경을 그리고 있었다. 집 뒤편에 지그재그로 경계가 나뉜 부분은 숲처럼 보였다. 흰 공백으로 남아 있는 하늘 아래, 뼈대만 서 있는 박공지붕을 가리키며 박은 겨울이라고 했다. 집 앞에는 옥수수밭이 펼쳐지고, 높낮이가 다른 식물들도 함께 자랄 거라고 했다. 침엽수라면 몰라도 가을걷이를 끝낸 옥수수밭을 박이 어떻게 처리할 것인지, A4 정도 크기의 좁은 지면에서 나는 계절의 조짐을 찾아내지 못하고 있었다. 그림에 채색을 하지 않고 인물을 그려 넣지 않아 더 그랬다. 계절을 나타내는 상징적인 요소도 없이, 단순하게 그려진 그림을 바라보고 있으려니 머릿

속엔 쓸데없는 생각들만 산만하게 흩어졌다. 눈이 내리지 않는 도시에 언제부터 살았는지 생각하는 사이 박이 세모로 각을 세운 박공지붕 측면에 흐릿하게 그어놓은 선을 지우개로 지워냈다. 선 하나를 지우고 나자 한눈에 보아도 수북하게 눈이 쌓인 지붕이 되어버렸다. 마분지 위에서 지우개로 눈을 만들어내는 그 과정은, 언젠가 꾸었던 꿈속에 들어 있는 계절에 대한 환상을 불러내는 것 같았다. 부피를 키운 그 공간에 나도 모르게 손을 댔다.

“완연한 겨울입니다.”

박의 농담에 손을 거두고 걸어오면서부터 들고 있던 부채를 접어서 가방에 넣었다.

이곳은 한때 옛 타래 마을의 이장이 살던 집이었다. 폐허로 방치된 집을, 중앙에서 도보 시간을 재며 걷다가 우연히 발견했다. 도시가 ‘15분 도시’로 전환되는 과정에서 잠시 방앗간으로 쓰이다가, 인문위원회의 공유지로 지정되며 창고만 남긴 채 용도가 변경되었다. 박은 4구역에서 귀향한 후, 그 창고를 수리해 임시 거처로 삼고 있었다. 이곳은 저수지를 경계로 15분 도시에 편입될 수도 있고 인문위원회 쪽에 편입될 수도 있는 애매한 지점에 자리하고 있었다. 그 때문에 어느 행정구역에도 속하지 않은 채, 주소지 칸이 공란으로 남아 있었다. 15분 도시는 자가용 없이도 도보나 자전거만으로 직장,

학교, 병원, 도서관, 박물관 등 주요 생활 시설에 닿을 수 있도록 설계된 도시이다. 그러나 아무리 고향이라 하더라도 전입 절차가 까다로워 인문 마일리지를 쌓지 않으면 주거지 이동이 어려웠다. 입주민 정보에는 박의 기본 신상 이외 별다르게 기록된 게 없었다. 어느 단계에서 잘못되었는지 삼 년 동안 거주지 이동 기록이 비어 있었고 그림을 배우게 된 경로 정보도 들어 있지 않았다.

"제가 왔을 때 저게 다였습니다."

박이 턱짓으로 가리킨 저수지 쪽 벽면에는 오래된 앰프가 놓여 있었다. 지금은 고물상에 가더라도 좀처럼 구할 수 없는 물건이었다. 그 위 벽에 걸려 있는 낡은 확성기는 크기만 달랐지 옛날 주차금지 고깔모자 팻말과 별반 다르지 않아 보였다.

"그림을 인문센터에서 배우셨나 봅니다."

숲에 나무 기둥을 섬세하게 그려 넣고 있는 박에게 물었다. 박은 손을 멈추지 않은 채, 짧게 대답했다.

"살다 보니 어쩌다가 그리게 되었지요."

그 일이 있은 후, 인문위원회 조합원이 아니면 글을 쓰거나, 그림을 그리거나, 음악을 만드는 등 어떤 형태로든 창작을 하는 행위는 금지되었다. 1930년대와 1980년대 가정에서 몰래 밀주를 만들다 적발된 사례들을 근거 삼아, 인문 마일리지가 쌓이지 않은 사람들의 창작 활동을 '유흥'의 범주에 포함시키는 조항이 만들어진 것이다. 어느 예술 분야라도 인문위원회의 사상적 검증을 마친 1군 작가만이 공식적으로 표현해낼 수 있었다. 인문센터에서 배웠다면 굳이 숨길 이유가 없었다.

"다른 건 괜찮은데, 시야를 막아서 답답하군요."

저수지 한가운데 불쑥 솟아 있는 전광판을 보며 박이 말했다.

"삼라만상 말이군요."

관사가 들어서면서 설치한 전광판은 어느 작가의 소설 제목에서 따온 거였다. 관사 반대편에서 보니 삼라만상 뒷모습이 커다란 보드게임 판처럼 보였다. 내가 국장에게 관찰 보고를 할 때면 대형 스크린에는 버드나무 가지가 길게 늘어진 저수지 수면이 영화 속 한 장면처럼 시원하게 펼쳐지곤 했다.

인문위원회 종탑에서 종이 울렸다. 박은 그림을 그리다 말고 마분지 위에 연필을 내려놓았다. 경계만 있었던 숲은 박이 그려 넣은 나무 기둥 탓에 어느새 낙엽송 군락지가 되어버렸다. 집 앞에 자랄 거라는 옥수수와 온갖 식물들은 흰 여백으로 남겼다. 그 위로 펼쳐진 텅 빈 하늘은 새 한 마리가 나는 것으로 드러낼 범위가 아닌 듯 보였다. 나는 박을 따라 자리를 옮기다가 발치에서 개 한 마리를 뒤늦게 발견했다. 언제부터 있었는지 창고 바닥에 너무 낮은 자세로 있어서 그 존재를 눈치채지 못했던 것이다.

나는 스마트워치에 내재된 녹음 기능을 켰다. 일 분일지라도 방송을 하려면 허가증을 발급받아야 하는데 현장에 나가 그 과정을 살피는 일을 하고 있었다. 박이 제출한 서류에는 어렸을 때 듣고 자란 이장의 아침 방송 패턴을 그대로 따라 한다고 적혀 있었다. 나는 앰프 주변의 전기선을 눈으로 살폈다. 어느 망을 타고 방송이 흘러나가는지를 파악하기 위해서였다. 벽면 콘센트에 코드가 꽂혀 있었지만 올라오면서 살펴보아도 외부 스피커가 눈에 띄지 않았다. 보잘것없는 앰프라도 선이 살아 있다면 어딘가로 방송이 흘러나갈 거였다.

나는 인문위원회 산업협동조합 기계전기부에 소속되어 있다가 관사로 왔다. 15분 도시에 박처럼 자발적으로 수리나 보수를 시도하는 이들이 종종 나타났다. 그 과정에서 생겨난 한 줄의 전선이 기존 인문망을 교란시킨 일이 있었다. 수리 과정을 관찰하고 기록하는 일은 기계전기부의 업무 성격과도 맞았기 때문에 나는 현장 파견을 통해 경험을 쌓아갔다. 인문 마일리지가 어느 정도 누적되면, 인문망 관찰인으로 활동할 수 있는 자격이 주어졌다. 인문망은, 입주민들의 인문학적 소양을 기르는 경로를 말하는데 마일리지로 수행 여부를 확인할 수 있었다. 950점 만점에 나는 번번이 500점을 넘지 못했다. 이 표준 점수 체계는, 본국에서 들여온 인문망 프랜차이즈의 규정을 그대로 따른 것이었다. 미달 점수에도 불구하고 내가 관찰원으로 일을 할 수 있었던 것은 걸어 다니면서 하는 일이라 지원자가 거의 없어서였다. 주민들과 달리 인문 조합원들은 마일리지가 700점이 넘으면 자동차 소유가 가능했는데 업무용에는 주행거리 제한이 없었다. 마일리지가 낮으면 가족과 친구 그리고 나와 관련된 모든 이의 점수도 낮아졌다. 인문망과 연결된 강의를 듣거나 도서관 출입을 하며 책을 읽으면 마일리지가 쌓였고 1군 작가의 책을 접촉하면 가산점이 더 붙었다. 내가 삼라만상 전광판에 오르는 작가들의 책을 구입해 읽는 이유도 거기에 있었다.

박이 앰프의 전원 버튼을 올렸다. 십수 년 동안 쌓여 있던 먼지와 손때 탓에 작동이 되는지 육안으로 확인이 되지 않았다. 시그널 송은 박이 직접 구음으로 시작한다는데, 그게 어디까지 흘러나갈지는 외부에서 듣는 사람만 알 수 있었다. 박은 못에 걸어둔 확성기를 떼어내 입바람을 후후 불어넣었다. 잡음과 함께 울린 소리가 창고 안에 둔하게 퍼졌다. 이어 박이 아무런 기교도 없이 시그널 송을 내뱉었다.

“아, 아. 아. 아아아.”

태초의 소리를 흉내 내듯 투박하게 뱉어낸 음이 창고 벽면에 부딪혀 메아리로 돌아왔다. 삽화를 그리며 차분하게 말하던 박의 목소리와 달리, 나이에 어울리지 않는 걸쭉한 소리였다. 그게 박의 목소리인지, 이장의 목소리인지는 분간하기 어려웠다. 인문위원회 소유지로 바뀌기 전 등기부에 표시된 생몰 연도로 보아 살아 있다면 여든이 훨씬 넘었을 거였다.

"마이크 테스트, 마이크 테스트. 주민 여러분! 잘 들리십니까?"

박은 빛바랜 주황색 확성기 끝을 입술 가까이 가져다 대고 잘 들리느냐고, 다시 물었다.

"주민 여러분! 아침은 드셨습니까?"

아침 안부를 묻는 박의 얼굴에 익살스러운 표정이 번지더니 이내 부끄러운 듯 머리를 긁적거렸다.

"아랫마을 병철이가 돌아왔습니다. 오가다 만나면 등 한번 두드려주세요."

박이 천연덕스레 자신의 이름을 끼워넣기에 나도 모르게 헛웃음이 나왔다.

"아아…… 아. 마이크 테스트, 마이크 테스트, 주민 여러분 잘 들리십니까? 오늘도 댁네 별고 없으시기 바랍니다. 이만 방송을 마치겠습니다."

별다른 공지 사항 없이 방송은 거기서 끝이 났다. 나는 시계의 녹음 기능을 껐다. 박은 그림의 남겨진 부분을 그리는 대신 마당에 무성하게 자라 오른 풀을 낫으로 베어냈다. 다음 관찰지를 가려면 아직 시간이 남아 있었다.

"자전거를 타고 오지 않으셨네요."

그제야 마당에 자전거가 없는 것을 발견했는지 박이 물었다. 내가 이곳까지 자전거를 타고 오지 않은 이유는 경사면 때문이기도 했지만, 누군가 자전거 바퀴의 바람을 빼서였다.

"특별하게 재미있는 내용도 없을 텐데 걸어서 여기까지 오시니…… 걸어서 이렇게 말입니다. 대접할 것도 없지만 마당에 옹달샘 물이 있으니 한잔하고 가세요. 아주 차갑습니다."

"한 잔 주시면 달게 마시고 내려가겠습니다."

박이 샘물을 한 컵 떠 왔다.

"잘못하면 베이겠습니다. 손 조심하세요."

목장갑도 끼지 않고 풀을 베는데 손에 풀물이 들지 않은 것을 보면 박은 그런 일을 능숙하게 해내는 사람 같았다. 나는 컵을 받아 물을 한 모금 마신 뒤 마당을 나왔다. 세상을 어떻게 살았기에 고작 저런 방송을 하려고 돌아왔다는 말인가. 다른 관찰지에서 등에 식은땀을 흘렸던 것에 비하면 그야말로 실없기 그지없는 참관이었다. 무엇보다 관찰자는 대상이 누구라도 통제한다는 느낌이 들지 않도록 느슨하게 이야기를 듣는 자세가 중요했다.

관사 벽면에는 자목련이 흐드러져 있는 벽화가 그려져 있었다. 국장은 저수지 앞 휴대용 의자에 앉아 책 한 권을 손에 든 채 조용히 앉아 있었다. 귀에 꽂힌 이어폰에는 쇼스타코비

치의 음악이 흘러나오고 있을 거였다. 여름 무더위에도 국장을 배경으로 한 풍경은 늘 을씨년스러워 보였다. 저수지 한가운데 설치한 삼라만상 전광판에는 수질 상태는 물론 15분 도시의 인문망 자료들이 접속되어 있었다. 이곳이 인문망의 시작 지점이었다. 국장은 저수지에 낚싯대를 던져놓고 종종 자신의 이야기를 했다. 나뿐만이 아니라 전임자도 그렇게 이야기를 들어왔다고 했다. 전임자는 후임과 접촉할 수 없었다. 접촉 시 메일과 SNS는 인문망에 잡히게 되어 있었고 전화도 마찬가지였다. 대신 그는 관사 지하에 있는 전기시설 단자 안에 쪽지를 남겼다. 단자를 열어볼 사람이 후임자밖에 없을 거라고 확신한 것 같았다.

"집에는 늘 유모가 있었네. 그 밑으로, 지금은 돌아가신 큰형님이나 작은형님의 기저귀를 갈아주며 허드렛일을 하는 식모 누나가 있었지. 유모가 잠시 자리를 비울 때 내가 울면 가끔 그녀의 젖가슴을 입에 물렸어. 내가 늦도록 젖을 떼지 못했거든. 어쩌다 배웠는지, 마치 그녀의 자식을 품은 것처럼 몸을 좌우로 흔드며 노래를 불렀다네. 자네도…… 어릴 땐 있었을 테지. 잠이라는 게 언제 쏟아지는 건지, 그땐 잘 모르잖나. 그날따라 어머니가 저고리에 노리개 다는 것을 잊고 나가는 바람에 다시 집에 돌아오게 되었지. 내가 젖을 문 채 식모의 품에서 자고 있는 것을 본 모양이야."

근무한 지 오래되지 않았어도 반복되는 국장의 이야기를 듣다 보니 나도 모르게 외우게 되었다. 집안 군식구들이 다리를 저는 일이 흔했지만 아버지나 어머니는 아무 말도 하지 않았다. 매질을 집행하는 하인이 따로 있었기 때문이다.

내가 식모 등에 업혀서 눈을 맞은 적이 있었다. 그녀가 젖을 물렸을 때처럼 몸을 흔들며 노래를 부르지 않았는데도 이상한 리듬이 느껴졌다. 쩔뚝쩔뚝. 쩔뚝쩔뚝. 자꾸 왼쪽으로 기울었는데 눈이 그렇게 내리는 것인지, 눈은 오른쪽 세상으로만 내리는 것 같았다. 동생이 태어났을 때 그녀는 같은 짓을 하다가 가슴이 잘린 채 집안에서 쫓겨났다. 후에 젖을 입에 물어본 형이 그럼 그 식모 누나는 남자가 되었느냐고 물었다. 어머니는 어떻게 여자가 남자가 되겠느냐고 형을 나무랐다.

되짚어보면 국장의 말은 각색이 없었다. 예전보다 속도를 줄이며 뜸을 들이는 부분이 좀 늘어났을 뿐 내가 속으로 읊조리는 것과 토씨 하나 틀리지 않았다. 국장은 들고 있던 책을 무릎 위에 내려놓았다.

"그 이야기를 지난해 인문 강의 뒷자리에서 했지. 강의를 맡은 교수가 다리를 저는 바람에 그때 그 일이 무의식중에 떠올랐지 뭔가."

나는 국장이 잠시 덮어놓은 잡지의 표지를 살폈다. 그 자리에 참석했다는 1군 작가들이 그 이야기를 듣고 만든 소설이 실려 있었다.

'읽어두세요.'

전임은 쪽지에 국장이 손에 들고 있는 것을 읽어두면 인문 마일리지에 도움이 될 거라고 적어놓았다. 작가들이 세상을 명확하게 나누어놓았다는 것이다. 표지에는 여성의 가슴처럼 보이는 듯한 둔덕이 여러 갈래로 갈라져 있었다. 그 사이로 흰 액체가 샘물처럼 새어 나오고 있었다. 그런 유의 이야기를 할 때 국장은 내 표정을 넌지시 살폈다. 내가 아무 생각 없이 저수지 위 삼라만상 화면을 보고 있으면 차분하고 안정된 목소리로 다음 말을 이어갔다.

"그분을 뵙고 왔네. 1950년도, 한참 어린 나이에 유학 갔으니. 그때는 만만한 친구였는데, 유독 겨울을 싫어했네. 증오에 가까웠지. 부족할 게 없는 집안인데 친모한테 학대를 당하며 큰 모양이야. 세계의 알파가 되고 얼마 뒤 그 단어를 금지시켰지. 반발이 심했네. 전쟁도 불사했으니. 그 사정을 아는데 말일세. 물론 승리했지. 인류의 반이 죽어 나갔고, 그 단어가 튀어나온 도시의 인문 마일리지를 모두 없애버렸네. 그 사이 우리 인문망에서는 쉽게 그 단어가 사라져버렸지. 한때 그분은 내 친구였으니까. 아프리카에 겨울을 없애는 일이 생각보다 쉽지 않다며 도움을 청하더군. 겨울이 없으니 겨울을 인식시킨 뒤 없애는 작업을 우리 망으로 하고 있지. 그건 알파의 세상이라…… 그런데 뵙고 보니 가엾게도 손을 떨고 있더군. 나도 모르게 그분 앞에서 새끼손가락을 버젓이 펴 올려서 귀를 후비고 말았지 뭔가. 천박스럽게 말일세."

삼라만상 화면이 바뀌며 다시 버드나무가 늘어진 저수지 수면이 떠올랐다.

박의 관찰 자료를 삼라만상 화면에 접속시키면 CCTV에 잡히지 않았던 창고 안에서의 박의 행동들이 영상으로 올라올 것이다. 박의 목소리가 흘러나올 것이고 오래전 이장이 했던 멘트는 국장을 긴장시키지 않을 것이다. 나의 판단은 그런데, 국장은 관찰 자료를 각색하지 말고 있는 그대로 보고하라며 규정을 들먹였다. 그 하나가 인문망 전체를 흔들기라도 하는 양, 토씨 하나 바꾸지 말라는 말에 아랫사람을 집요하게 단속하는가 싶어 섭섭함이 올라왔다. 자료에는 여전히 행정구역란이 비어 있었다.

화면은 이내 버드나무가 늘어진 저수지 수면으로 돌아왔다. 사실 박의 자료는 인문위원회에 보고할 내용도 아니었다.

"자료를 중앙위원회에 발송할까요?"

국장이 덮어놓은 책 등을 손가락으로 톡톡 두드렸다.

"사람을 잘못 알고 있으면, 결례이지 않겠나."

전임자가 남긴 쪽지에는 몇 가지 주의 사항이 적혀 있었다. 비유나 농담이라도 국장이 사람에 대한 평가를 할 때 집중을 해야 한다는 것이다. 인문망에서 관찰자가 눈치채지 못한 부분을 국장이 발견했을 경우, 관찰자가 여태 쌓은 마일리지를 없애는데, 마일리지 전체 삭제는 국장만이 할 수 있는 일이라고 했다. 관사에 지원자가 없는 이유는 걸어 다니는 문제 때문이 아니라는 거였다. 인문 마일리지가 사라지면 존재 자체가 삭제된다는 의미였다. 처음 그 쪽지를 발견했을 때 전임자가 근무하면서 개인적으로 불만이 많은 모양이라고 흘려 읽었던 터였다.

나는 국장이 알파를 만나고 올 때 사 왔다는 어느 성당의 열쇠고리를 선물로 받아 늘 지니고 다녔다. 국장은 너그러운 편이었고 무례하지 않았다. 말에 비유가 많은 것은 시적 표현을 즐겼기 때문인 걸로 알고 있었다. 국장이 조용히 가슴 아래 두 손을 모아 깍지를 꼈다.

"시로 읊어대던 시대가 도래했으니, 나는 이제 그들 앞에서 이야기하는 게 피곤해졌어. 손 떠는 것도 들키고 싶지 않고. 왜 활자에서 피비린내가 나는지. 그게 싫어. 어떨 때는 욕지기가 올라와 하루 종일 물 한 모금 삼키기도 힘드네."

자기 고백적인 그 말을 내가 알아듣지 못할 거라고 생각하는 것 같았다. 지난번보다 서너 문장을 더 덧붙였다. 국장이 손을 떠는 모습을 본 적이 없는데도 자신이 손을 떤다는 것을 스스로 발설해버렸다. 그때 1군 작가들이 찾아왔다. 다음 해

잡지 발행 방향을 논의하기 위해서였는데 눈에 익은 몇 명은 늘 부채를 들고 있었다.

처음 15분 도시를 기획할 때는 저항이 많았다. 입주하는 과정에서 어려움이 없었던 이유는 망에서 감지된 악성 코드를 모두 차단하고 제거해서였다. 문학분과의 1군 작가들이 꾸준하게 시범을 보인 덕이었다. 단지 마일리지가 낮은 사람들이 마치 자신이 사라지기라도 하는 양 소문을 듣고 타래 마을로 모여들었는데, 계절이 사라지기 전 자정에 울리는 사이렌 소리에 모두 휴거되듯 마을에서 사라졌다. 누구는 저수지로 홀린 듯 들어갔다고도 하고 누구는 기화하듯 하늘로 올라갔다고도 했다. 누구의 입에서라도 그날의 일을 발설하게 되면 마일리지는 삭제될 거였다. 주술이나 최면에 걸리기라도 한 양 아무도 그날의 일을 입에 담지 않았다. 국장은 늘 인문망은 문학분과가 없었으면 존재할 수 없었을 거라고 말했다. 과학분과를 제치고 인문망 최고의 분과로 승격시킨 이유도 계절을 없앤 그 공을 인정해서였다.

삼라만상의 화면이 버드나무 가지가 늘어진 수면에서 망 시점으로 바뀌며 작가들의 얼굴이 떠올랐다. 국장이 알파에게 받아온 미래를 주도할 키워드들이 얼굴 위로 선명하게 적히고 있었다.

"이 훌륭한 작가들 강좌도 한번쯤 들어야지."

관사를 나오는데 마치 소양이 부족한 사람을 채근하듯 국장이 말했다.

나는 종탑 아래로 걸음을 옮겼다. 전광판에 타래 마을 사람들이 배출한 십여 종류의 유해 물질 수치가 실시간으로 올라오고 있었다. 유해 수치가 일정 기준을 넘어서면 주민의 마일리지가 일괄 감점되었고 단체 벌금이 부과되었다.

자전거 도로 옆에 일렬로 늘어선 자전거 거치대들 사이로, 튜닝한 자전거 한 대가 먼저 시야에 들어왔다. 경사면도 아닌 평지였는데, 앞뒤 바퀴의 기울기가 달랐다. 그때 종탑 아래 전광판에 새로운 공지 화면이 떴다. 누군가 자전거 바퀴에 못을 찔러 넣는 장면이 생생하게 재생되었다. 전광판에는 얼굴도 모르는 그 사람의 인적 사항과 부모의 정보가 같이 올라왔고 이내 가족 단위로 깎여나간 마일리지가 공개되었다. 집 근처에 있는 자전거조합에 들렀을 때 주인은 나에게 조용히 주의를 주었다.

"앞으로 한 번만 더 벌점을 받으면, 당신 마일리지가 500점 아래로 떨어질 겁니다."

피해를 본 사람에게도 벌점이 부과된다는 것을 그가 상기시켜주었다.

내가 다시 방문했을 때 박은 창고 앞마당에서 나무와 알루

미늄판을 자르고 있었다. 새벽부터 시작한 일인데 저수지 쪽으로 창을 더 낸다고 했다. 박은 자신이 확성기를 들고 앉는 자리 말고 내가 앉는 자리에서 저수지가 더 훤하게 보이도록 아래 벽을 잘라놓은 상태였다. 바닥에 낮게 앉아 있는 개는 여전히 무심한 듯 저수지 쪽을 보고 있었다.

"어려서부터 쇠를 좀 만졌습니다. 휘거나, 뚫을 일이 많았죠. 그럴 땐 마찰을 줄이기 위해 절삭유를 뿌리는데, 그 기름에 섞인 쇳가루 냄새를 맡으며 자랐어요."

타래 마을에서 용접과 주물 연마를 했다는 박은 손으로 만드는 모든 일에 관심이 많았다고 했다. 나는 박의 손을 다시 쳐다보았다. 마디가 굵긴 해도 거친 재료를 다루며 생긴 단련된 마디는 아닌 것 같았다. 나는 박의 작업을 지켜보다가 슬그머니 창고 뒤로 발걸음을 옮겼다. 전봇대는 없어진 지 오래였다. 창고에서 나무 위로, 나무에서 나무 사이로 옮겨가고 있는 실선 하나는 저수지 쪽으로 흘러내리고 있는 것 같았는데 나뭇가지 같기도 했고 바람에 날리다 끊긴 연줄 같기도 했다. 어느 기둥이라도 스피커가 달려 있어야 소리가 퍼져나갈 수 있을 텐데, 선을 찾지 못한다면 박은 결국 확성기를 들고 혼자 떠드는 우스꽝스러운 사람이 되고 말 것이다. 그렇게 판단이 되면 인문 마일리지와 상관없이 정신질환을 앓는 위험군으로 옮겨갈 거였다.

작업을 마친 박이 창고 안으로 들어가더니 지난번처럼 마분지를 펼쳤다. 그 뒤로 아무것도 그리지 않았음에도 불구하고 박공지붕 위에 눈이 소복하게 쌓여 있는 것처럼 보였다. 박은 연필을 쥐고 구름도 없이 맑게 열린 하늘에 새를 그리는 대신, 촘촘하게 사선을 긋기 시작했다. 연필이 거친 마분지를 긁으며 내는 사각거리는 소리가 이상하게 긴장감을 불러일으켰다. 무엇보다 선과 선 사이의 간격이 너무 촘촘해 텅 빈 하늘을 반이나 채우고 있는 사선이 계절과 상관없이 빗줄기 같기도 했고 바람줄기 같기도 했다. 그 선이 눈 쌓인 지붕과 숲의 테두리에 자연스레 겹쳐지면서 하늘에 깊고 짙은 농담이 생겼다. 하늘이 검은 선으로 뒤덮이자 박은 그제야 고개를 들었다.

"맑은 하늘을 그리기가 가장 어렵습니다."

박이 연필로 촘촘하게 선을 쳐놓은 하늘이 맑은 하늘이라는 뜻이었다. 옥수수와 크고 작은 식물들이 자랄 거라는 곳은 여전히 비어 있었다.

"먼지 한 톨 빠져나가지 못하겠어요."

연필 등에 박의 가운뎃손가락 마디 위쪽이 깊게 눌려진 것을 보고 한마디 했다. 기계전기부에 있을 때 손가락으로 인문줄을 감던 버릇 때문에 나에게도 그런 자국이 자주 생겼었다. 15분 도시가 되면서 실 같던 그 줄은 스스로 하늘과 땅과 바다에 펼쳐져 이제 손에 감기지 않았다.

"올여름은 유난히 길군요.

지난 방문 때 지붕 위에 눈이라도 쌓인 양 손을 댄 것이 민망해 꺼낸 말이었다.

"완연한 겨울입니다."

박이 편안한 말투로 다시 농담을 했다. 그리는 과정을 지켜보고 있지 않았더라면 그저 평범한 그림에 지나지 않을 솜씨였다.

나는 들고 온 공문을 창고 벽면에 붙였다. 주거지에서 자전거나 도보로 중앙인문위원회에 도착하는 데 걸리는 표준 시간을 수정한 그래프였다. 입주민들의 평균 걸음이 점점 느려지면서 바뀐 거였다.

"걸어 다니다 보니 보이는 게 많더라고요."

박이 산책하듯 저수지 주변을 어슬렁거리는 모습을 본 적이 있었다. 박의 도보 패턴은 어느 날은 경로 이탈로 떴다가 또 어느 날은 전혀 망에 잡히지 않았다. 저수지에 가까이 다가오면 오히려 도보 시간이 단축되었고 창고 쪽에서 타래 마을 쪽으로 가게 되면 도보 시간이 늘어났다.

"저수지에서 어렸을 때 수영도 하고 붕어도 잡고 했었죠."

그 일이 일어난 이후에 철망을 걷어내도 저수지에 뛰어드는 사람이 없다고 했다.

"박 선생님도 그때 그 일을 알고 계실 텐데 이야기를 좀 해주시죠."

"도시에, 아니 세상에 겨울을 금지시킨 날은 무엇 하나 제대로 돌아가는 게 없었어요. 전기도 끊기고, 물이라고는 저수지 물밖에 없었고요. 그 물도 얼어 있었어요. 땅에도 하늘에도 바이러스가 돌아 아무것도 자라지 않았어요. 새도 날지 않았죠. 나뭇가지에 달린 얼음 타래를 먹고 견뎠어요. 실타래처럼 오래 살라는 기원도 있지만, 하늘을 올려다보다가 마을 이름을 타래로 지었다고 들었습니다. 그때는 잠귀가 밝은 어르신들이 계셨으니까요."

"잠귀라면……?"

내가 귀신의 한 종류냐고 물었다.

그날은 봄이 들어오는 날이었다고 했다. 하늘과 땅과 바다로 바람이 드는 날이라 잠귀가 밝은 사람은 자정 넘어 들려오는 그 소리를 들을 수 있다는 것이다. 그날은 동짓날이었고 액막이 팥을 논과 밭두렁, 저수지에 뿌린 뒤였으니 편안하게 잠드시기를 기원했다는 게 박이 들은 이장의 마지막 방송이었다고 했다.

"눈귀가 밝고 코귀가 밝고 입귀가 밝으면 몸이 등불처럼 밝아진답니다. 귀눈이 밝고 코눈이 밝고 입눈이 밝고 눈코입귀가 밝으면 삼라만상이 다 보이고요."

그러면 하늘의 망이 다 들린다고 했다. 하늘에서 내려온 자는 누구든 될 수 있다는 말처럼 들렸다.

"그렇게 밝아진 사람 중에, 예전에 하늘에서 내려온 그를 본 이도 있었다고 해요. 전설처럼 전해지죠. 키가 크고, 온몸에서 빛이 났다는 이야기요."

그날 이후 마을이 없어졌으니 한 계절이 사라진 것을 끝까지 믿지 않은 타래 마을 사람들은 뿔뿔이 흩어져 어디론가 흘러 들어갔을 거라는 이야기였다. 꼼꼼한 손놀림과 달리 박의 말은 어눌하기도 하고 능청스럽기도 했다. 나는 부채를 다시 꺼내 아랫부분으로 바람을 일으켰다.

"어디서 그런 힘이 들어왔는지, 아무도 정체를 몰라요. 겨울이 사라졌으니까요."

"그런 점에서 타래 마을은 역사적으로 남다른 면이 있겠어요."

그 일 이후에 15분 도시가 만들어졌기에 나도 능청을 떨었다.

"할아버지가 딱 한 번 마주친 적이 있다는데, 키가 9척이고 긴 수염에, 흰 머리를 길게 묶었다고 했어요. 그의 몸 어디서든 빛이 나오고 칼이 나왔는데 심지어 눈썹에서도 빛과 칼이 동시에 나왔다고 하더군요."

"산과 산을 한걸음에 건너고 바다도 한걸음에 건넜다고 들었어요."

어느 관찰지에서 위험군으로 분류했던 무속인의 말이 떠올라 말을 거들었다.

"어디 그뿐이겠어요? 눈도 없애고 비도 만들고, 구름도 없애고, 지진도 일으키고요."

박의 이야기는 신화로 전해오는 신통력 이야기와 다를 바 없는 것이었다.

"제트엔진을 단 짚신을 신고 날아다녔으니 그럴 만해요. 겨울을 없앴다니 말이에요."

박은 그때 그 일을 직접 목격한 사람처럼 자신의 말에 스스로 맞장구를 쳤다. 각색된 만화라면 모를까 제트엔진과 짚신이라니.

"농담도 잘하십니다."

박이 허무맹랑한 생각을 집어넣는 바람에 긴장이 풀렸다.

"그 존재가 어떻게 사라졌을까요?"

"아무도 모르죠. 사라지기 전에 아버지와 이장님이 또 한 번 보았다던데, 이번에는 용으로 변해 저수지로 들어가버렸다니 말입니다."

나는 창밖 저수지를 넘겨다 보았다. 이른 새벽도 아닌데 삼라만상 주변으로 물안개가 피어오르고 있었다.

"그럼 저수지에서 다시 나올까요? 그 용이?"

내가 묻자 박이 저수지 쪽을 쳐다보았다. 나는 박의 대답을 기다리지 않고 혹시 용이 사라진 것에 대한 정보가 있으면 알려달라고 했다.

"도시별로 용과 관련된 인문 세미나를 열고 있는데 타래 마을 용은 박 선생님을 통해 처음 접합니다. 자료에 의하면 박물관에나 전시될 법한 거구의 사람으로 기록이 되어 있으니까요. 더군다나 제트엔진과 짚신은 연구해볼 부분입니다."

계절이 없어진 그날, 사람들은 용의 출몰보다 거구의 인간이 출몰해 그러한 일을 벌였다는 것을 더 믿지 않았다. 그날 이후 인문망에 걸린 몇몇 사람의 용에 대한 증언은 허구가 되어버렸다.

도심에서 별도로 구획된 종교 15분 도시에는 용과 관련된 설화가 많았다. 어떠한 이유로 하늘로 올라가지 못한 용들이 숨어 들어갔다는 장소는 연못, 우물, 저수지와 바다 등 대부분 물과 관련된 곳이었다. 나는 언제부터 눈이 내리지 않았는지 기억을 더듬다가 이곳은 눈이 내리는 지역이 아니라는 것을 잠시 잊었다는 것을 깨달았다. 어찌 되었든 모두가 잠든 사이에 눈이 내리지 않는 도시에 살게 된 것이다. 판타지 소설에서나 있을 법한 이야기를 끝낸 뒤 박은 공을 들인 필체로 마당 한 귀퉁이에 자신의 이름을 적어 넣었다. 나이나 성별, 어떠한 것도 느껴지지 않는 담담한 필체였다.

박은 마분지에 마당을 훤히 비워놓고 눈이 녹으면 싹이 돋아날 거라고 했다. 그러고는 수북한 눈을 견디고 있는 박공지붕에 선 하나를 덧대자 지붕 위의 눈이 눈 녹듯 사라져버렸다.

인문위원회 종탑에서 종이 울렸다. 박이 확성기를 들고 걸쭉한 목소리로 태초의 무엇인 양 아무렇지도 않게 시그널 송을 내뱉었다.

"아, 아…… 아."

내가 박의 짧은 방송에서 긴장을 놓는 지점은 구음이 튀어나오는 그 최초의 지점이었다. 마분지에 버젓이 적어넣은 박의 필체처럼 자기주장이 느껴지지 않았다.

"주민 여러분 잘 들리십니까?"

박이 빛바랜 주황색 확성기 끝을 잡아 입술 앞에 바짝 가져다 댔다.

"타래 마을 주민 여러분! 팥떡은 드셨습니까?"

저수지를 훤히 볼 수 있어서인지 개가 낮은 자세로 지난번과 별반 다를 거 없는 방송을 무심하게 듣고 있었다.

"오늘은 만물이 회생하는 아기동지입니다. 액땜 팥을 논과 밭두렁, 저수지에 잘 뿌리시고, 겨울이 지나야 봄이 오니, 편안하게 잠드시기를 바랍니다."

마치 그러한 일이 벌어지기라도 할 것처럼 이야기를 전하는 박의 얼굴에 이상한 감응이 이는 것 같았다. 이장이 마지막으로 했다는 방송 내용은 그것으로 끝이 났다.

'한여름에 아기동지라니.'

국장은 내가 무의식중에 전하는 참관 내용을 크게 거슬려 하지 않았다. 각성하거나 난동을 일으킬 개념어도 없고 발작을 일으킬 위험한 단어도 끼어 있지 않았다. 박의 목에서 나오는 최초의 구음과 이어지는 안부, 그 사이, 성능을 점검하는 짧은 구간에 간혹 잡음이 있을 뿐이었다. 오래된 앰프라 그렇겠지만 그 소리가 어디든 흘러 들어간다 해도 지난 시간을 추억하는 오래된 농담처럼 들릴 것이다.

관찰이 끝나고 긴장이 풀어지면서 나는 아침에 꾸었던 꿈 이야기를 무의식중에 박에게 하고 말았다. 창고에 드나들다 보니 나도 모르게 그런 꿈을 꾼 모양이었다.

"이야기만 들었지, 저 저수지 말입니다, 그 한가운데서 얼굴살이 좀 붙은 사람이 저에게 손짓을 하며 웃어 보였는데, 옷차림도 남루하지 않았고 운동화도 그렇고, 할아버지 같기도 하고 젊은 남자 같기도 하고, 물에 전혀 삭지를 않았어요. 햇빛에 말린 것처럼 말이에요. 나도 모르게 반갑게 손을 잡고 말았네요. 모르는 사람이라도, 꿈에서 깨니 기분이 좋더라구요."

마일리지를 다 잃었다는데, 전임자가 잘 살고 있는지 모르겠다고 하자 박은 저수지 쪽을 다시 흘깃 쳐다보았다. 박의 무심함 때문인지 개도 분잡하지 않았다. 그리고 박은 개를 부르지도 않았고 털을 쓰다듬어주지도 않았다. 박이 자리를 옮길 때에도 무관한 자세로 저수지를 보고 있거나 바닥을 너무 낮게 돌아다녀 나는 또 그 개를 잊었다.

주변이 어둑해지자 관사 벽면에 그려진 자목련은 애초 그랬던 것처럼 점점 흑색으로 변해가고 있었다. 저수지에 던져진 낚싯대는 두 개였다. 국장이 귀에 꽂고 있던 이어폰을 빼냈다. 그때 국장이 벗어놓았던 돋보기를 쓰며 저수지 쪽으로 몸을 기울였다. 아무런 변화도 없던 수면에 작은 파문이 일었다. 잠긴 낚싯대 두 개에 색이 바뀌며 삼라만상 전광판에 저수지 아래가 훤히 떠올랐다.

"저게 뭔가?"

국장의 말에 나는 눈을 치뜨며 수면 아래 거센 힘으로 낚싯줄을 잡아끌고 있는 물고기를 유심히 보았다. 붕어도 잉어도 가물치도 메기도 아닌 종이었다.

"배…… 배스인데요."

삼라만상에 배스에 대한 정보가 이내 올라왔다. 국장은 낚싯대를 낚아채는 대신 가운뎃손가락으로 자신의 무릎을 반복해서 토닥거렸다. 낚싯대가 심하게 흔들거리며 그 주변으로 물이 용솟음을 쳤다. 나도 화면을 바라보았다. 찌를 물고 있던 배스가 온몸을 비틀며 용틀임을 하더니 낚싯줄을 끊고 유유히 시야에서 사라졌다. 무엇보다 떠다니는 먼지도 보일 정도로 삼라만상의 화질이 좋았던 것이다.

전임자가 남긴 쪽지 마지막 장에는 국장이 꾸는 꿈에 대해 적어놓았다. 지속적으로 꿈속에서 한 청년이 나타나 자신의 목을 치는 장면이었다. 스스로 손톱으로 긁은 자국인지 국장의 목에 자국이 종종 난다고 했다. 의료협동조합이 관여할 일임에도 국장이 조용히 주치의를 불렀다. 주치의는 이제 구십이 넘어가는 백발의 노인인데 맥 하나로 모든 걸 진단해냈다. 먼저 국장의 안색을 살피고 눈두덩을 치켜올려 눈동자를 살펴본 뒤 맥을 짚었다.

"주치의는 세계지도 보듯 내 몸 안을 훤히 읽네. 내 속에 있어도 들여다볼 수 없는 그 핏줄들은 지금껏 얽히지도 않고 터지지도 않고, 흐르는 강물처럼 면면히 흐르고 있다고 하니, 늙은이의 몸이 뭐 그리 아름다울 수야 있겠냐만, 그 말이 싫지는 않지. 내가 살아온 세월을 말해주는 것 같으이. 주치의의 진맥을 들을 때면 내 안에 살아 있는 문장들을 다 읊어주는 것 같아 편히 잠을 잘 수 있지."

국장은 앉은 채 고개를 떨구고 잠이 들어 있었다. 한여름이라면서도 무릎 담요를 덮고 잠든 모습이 측은해 보였다. 삼라만상 화면에서 수면을 가로지르는 선 하나를 발견한 것은 내가 잔디에 앉았을 때였다. 지금껏 연결된 모든 망들이 수백 개 수천 개 수만 개로 쪼개지며 그 세밀한 조각들이 하나의 덩어리로 이어졌다 펼쳐지기를 반복했다. 전에 보지 못했던 화면이었다. 조각난 화면에는 박이 촘촘하게 선을 그어놓은 맑은 하늘과 지붕 위의 눈이 있었고, 박의 창고에서는 익숙한 목소리가 들려왔다. 창고에서는 눈치채지 못했지만 화면 속 박의 옷차림은 그가 그리고 있던 그림에서나 걸어 나왔을 법한 것이었다. 그게 왜 거슬리지 않았는지 모를 일이었다. 그 사이에 눈에 띄지 않게 국장을 보고 있는 것은 늘 낮은 자세로 앉아 있던 개였다. 박은 내가 앉은 자리가 아니라 개가 앉아 있는 자리에서 바라보게끔 창을 낸 거였다. 낮게 바닥에 앉아 박의 방송을 듣고 있는 그 무딘 개의 표정이 점점 변해가고 있었다. 내가 보고한 자료와는 다른 시선이었다.

저수지 수면 위로 삼라만상의 영상이 고스란히 쏟아져 내려 또 하나의 세상이 펼쳐졌다. 박의 창고 앞마당인지 박공지붕 앞에 펼쳐진 마당인지, 곧 싹이라도 틔울 모양으로 땅 아래에서 봄 씨앗이 꿈틀거리며 흙을 들어 올리고 있었다. 계절이 사라진 것을 아무도 발설하지 않았는데 어느 작가의 작품이라도 삼라만상에 접속이 되었더라면 그 망은 곧 추적이 되어 마일리지가 삭제될 거였다. 나는 발밑으로 떨어지는 담요를 다시 국장의 무릎 위로 올려주었다. 어쩌다 그렇게 잠이 들면 쉽게 깨지 않았다. 나는 경사면 위에 있는 박의 창고를 흘깃 쳐다보았다. 곧 자정이 다가오는데도 소등을 하고 있지 않았다.

누구의 사랑이라도

이 도시에 아직 도래하지 않은 색상, 밝은 청록색의 운동복은 잠수함에서 내린 수병들의 단체복이었다. 이곳에서 자란 사람들은 군복이나 운동복에 새겨진 휘장으로 그들을 알아보았다. 햄버거를 포장해서 들고 오는 그들은 서로 키가 달랐는데도 어깨높이와 보폭이 같아 보였다. 여군 한 명도 붉은색 인형을 들고 횡단보도를 건너 호텔 쪽으로 걸어오고 있었다. 여군이 손에 든 그 인형은 전날 편집숍에서 구입한 것이었다. 세계인형으로 지정된 후 인형이 입은 옷의 색상이 도시의 색상이 되고 옷에 적힌 세계어는 격려문이 되어 사람들의 마음을 이끌었다. 모란이 근무하는 호텔의 이층에서 사층까지는 서점과 세미나실, 편집숍 등이 있는 인문복합문화공간이었다. 투숙객들은 세계인형을 안고 인생네컷 사진관에서 인증사진을 찍은 뒤 메이드 카페에서 행복을 빌어주는 주문을 들으며 음료를 마시고 객실로 돌아갔다.

호텔 입구 화단에는 영산홍이 막 피어오르기 시작했다. 기호 오빠는 잠수복을 입은 채 무리들과 함께 돼지 석상 앞에서 담배를 피워 물고 있었다. 축구공만 없을 뿐 둥근 형태로 모여 뒷짐을 지고 있는 게 어릴 때 운동장에 모이던 버릇 그대로였다. 주방 벽에 붙어 까치발을 들고 키를 재다가 모란과 눈이 마주친 적이 있었다. 그 뒤부터 기호 오빠는 학교 가는 길에 석상 앞에서 키를 재곤 했다. 어른이 되면 석상의 솟아오른 귀까지 키가 자랄 거라고 했지만 여전히 거기에 못 미쳤다. 이 일대는 오래전 양계장과 돼지 축사가 있던 자리였다.

수병들에 섞여 인형을 안고 오던 여군이 석상 앞에서 걸음을 멈추었다. 기호 오빠에게 사진을 찍어도 되겠느냐고 묻는 것 같았다. 기호 오빠는 들고 있던 담배를 허리 뒤춤으로 돌리고 눈치껏 몸을 가다듬으며 석상 앞에서 자세를 잡았다. 이 도시에 아직 도래하지 않은 색상, 밝은 청록색의 운동복에 새겨진 휘장을 보았을 테고 자신도 바다 밑을 드나든다는 말을 어떻게든 전할 거였다. 여전히 바닷물이 흘러내리는 잠수복을 입고 있으면서도 돌핀이나 잠수복 같은 단어를 끼워 넣어

전하는 말을 여군은 알아듣는 것 같았다. 그들은 세계어를 쓰지 않고도 이야기를 길게 이어갔는데 서로에 대한 호감으로 쉽게 헤어지지 못한다는 것을 모란은 몸짓만으로도 알 수 있었다. 확장되는 여군의 동공과 어깨, 그것은 심해에서 부유해 본 사람들이 공유할 수 있는 동료 의식이라기보다, 무의식중에 움직이는 기호 오빠의 몸에 반응해서 나오는 몸짓이었다.

"왜 저러고들 있지?"

매니저가 며칠 뒤 있을 세미나 포스터를 모란에게 내밀며 고개를 갸웃거렸다. 포스터에는 인문위원회 문화총국 스탬프가 찍혀 있었다.

"그래도 사랑을 할 테니까요."

그녀는 삭발한 기호 오빠의 정수리를 내려다보며 중얼거렸다.

"특이한 시선을 가졌네. 거기서 사랑을 읽다니."

석상 앞에서는 종종 그런 일이 벌어지곤 했다. 그 자리에서 기호 오빠는 같이 자란 무리의 우두머리였다가 세상 사람들이 알아듣지 못할 이야기를 하는 이야기꾼이 되기도 했다. 그는 백씨 집안의 제사를 지내는 장손으로, 모란에게는 사촌 오빠가 되는 사람이다.

세미나 포스터에는 도시에 아직 도래하지 않은 밝은 청록색의 홍해파리가 일러스트로 그려져 있었다. 인문위원회에서 주관하는 세미나는 미래에 도래할 세계인형의 색상과 격려 문장을 정하는 자리였다.

“비축실에 재고 확인 부탁해요. 세미나 결과 공지가 나면 이곳이 성지가 될 테니까요. 여긴 만물이 있는 곳이잖아요.”

매니저의 말대로 긍휼지구 이주자들이 성지를 순례하듯 마일리지를 모아 이곳을 찾아올 거였다.

호텔 입구에서 이야기를 나누던 기호 오빠와 여군의 모습은 보이지 않았다. 매니저가 세미나실에 전시할 품목을 점검하고 해저 동굴을 돌아본 뒤 이른 퇴근을 했다. 문화총국에 세미나 준비 상황을 보고하기 위해서였다. 인문위원회에는 문화총국이 있어서 다섯 개 구역 15분 도시의 인문망을 관리하고 있었다. 삼 년 전 아빠가 위원회에 집과 자동차 소유를 넘기고 받은 마일리지로 이주한 곳은 시민복지청이 있는 긍휼지구였다. 세계어 분류가 마무리되면서 15분 도시 입주자도 자발적으로 주거지를 찾아 이동하게 되었다.

세미나를 앞두고 모란은 늘 퇴근 시간이 늦었다. 해저 동굴에서 자라는 습지식물과 홍해파리를 돌보기 위해서였다. 모란은 물조리개에 물을 담아 동굴 쪽으로 향했다. 그때 아직 도래하지 않은 밝은 청록색의 운동복을 입은 승조원들이 가게 안으로 들어섰다. 햄버거를 들고 오던 수병들이었다. 인형을 든 여군은 보이지 않았는데 기호 오빠와 함께 해안가로 갔을지도 몰랐다. 기호 오빠가 여군과 어깨를 나란히 하고 앉아 수평선을 바라보며 석상 앞에서 다 하지 못한 이야기를 이어갈 수도 있었다.

수병들이 세계인형 부스로 다가갔다. 복합문화공간에서는 굳이 인문노동자를 찾지 않았다. 세계어를 통해 정보를 실시간으로 확인할 수 있어서였다. 호텔 객실은 물론 복합문화공간까지 인문망이 지나간다. 사람들은 그 위치를 몰라 마치 눈치를 보는 사람처럼 하늘 쪽을 흘깃거렸다. 그들 중 한 명, 햄버거를 들고 있던 수병이 모란이 있는 쪽으로 다가왔다. 그는 들고 있던 햄버거 포장지를 입에 문 뒤 수조 바닥을 손가락 하나로 가리키며 익살맞게 두 손으로 눈을 뭉치는 시늉을 했다. 그곳에는 구체의 모스볼이 자라고 있었고 전날 태어난 홍해파리의 투명한 유충이 바닥에 붙어 있었다. 수조 앞으로 다가간 그가 허리를 굽히고 수조 안을 유심히 들여다보았다.

해저 케이블을 돌아보고 온 날, 기호 오빠가 손에 움켜쥐고 있던 수모를 모란에게 펼쳐 보였다.

"신기해서 떠 왔다."

수모 안에는 파래처럼 모양이 흐무러진 진녹색 수초 한 줌이 담겨 있었다.

"동글동글하니 어릴 때 네 머리에 달려 있던 방울 같았는데……"

오면서 망가진 것 같다며 머리를 긁적거렸다. 며칠 뒤 수초를 어항에 넣어서 편집숍으로 가져왔다. 삼층에 있는 일식집에서 바닷물을 얻을 수 있어서였다. 모란은 수초를 한참 뒤에야 알아보았다. 중학교 때 대형 마켓 수족관에서 정신을 빼앗겼던 모스볼이라는 둥근 이끼였다. 수조에 한 아이의 모습이 비추어졌는데 집요하게 무언가를 보고 있었다. 아이가 보고 있는 게 모스볼이었는지 모란이었는지 이상하게 고개를 돌릴 수가 없었다. 그때 기호 오빠가 라면을 들고 카트로 돌아왔고 그 아이는 어느새 사라지고 없었다.

기호 오빠가 가져온 모스볼이 수족관에서 서로 엉키며 구체가 되어갈 즈음이었다. 그 주변으로 무언가가 움직이고 있었다. 새끼손톱보다 작은 종 모양이었는데 투명한 그 생명체가 영생을 한다는 게 인문망에 스캔이 되었다. 메니저를 통해 인문위원회에 보고되면서 문화총국의 표현자들과 함께 이곳을 찾아왔다. 도래할 세계인형의 출현지를 찾고 있는 중이라서인지 신화를 탄생시킬 성지를 발견한 듯 관심이 높았다. 그들은 보색이 생기지 않는 불멸의 색채를 홍해파리의 투명한 단백질 외피에서 발견해냈다. 인형이 입을 옷의 색채와 격려문은 세미나가 끝나면 공지가 될 거였다.

수병은 해저 동굴을 찬찬히 살피며 걸어갔다. 이끼와 습지 식물이 자라고 있는 아치형 복도를 따라 산자락 하나를 옮겨놓은 듯한 능선을 숲을 걷듯 걷다가 중간 능선에서 걸음을 멈추어 섰다. 나무로 만든 돼지 가족 세 마리와 알을 품은 자세로 박제된 닭을 흥미롭게 쳐다보았다. 산자락 끝에서 자라고 있는 자라풀 옆에는 배꼽을 내놓은 못난이 인형이 아이를 업은 채 물동이를 이고 서 있었다. 이끼로 덮여 있는 능선 아래 흙은 돼지 축사와 양계장이 있던 자리가 사라지면서 애도의 마음으로 떠 온 흙이었다. 얼마 전, 홍해파리 수조 옆에 자라고 있던 양털 이끼를 제거했다. 물을 주지 않고 돌보아주지 않아도 스스로 잘 자라는 이끼는 습한 환경에 적합하지 않다는 수정 의견이 있었다.

동굴 끝까지 산책하듯 걸어갔다가 되돌아온 수병이 휴게실 의자에 앉더니 손에 들고 있던 햄버거를 꺼내 한입 베어 물었다. 해안가 햄버거 가게에서 스펀지밥 탄생 49주년을 기념하기 위해 팔고 있는 집게리아 게살 햄버거였다. 나머지 동료들은 세계인형이 인쇄된 스카프와 해안선의 일몰 풍경이 그려진 수첩을 들고 편집숍을 나갔다. 계산을 하지 않아도 어딘가에 있을 인문망이 스캔을 하면 마일리지에서 자동으로 계산이 될 거였다.

수병은 햄버거를 다 먹은 뒤 무심히 수조를 보다가 다른 한 손으로 귀를 두드렸다. 기호 오빠처럼 습도 때문에 무거워진 귀에 바람을 불어넣는 것이다. 입 밖으로 소리를 내지는 않았지만 모란은 그가 무언가를 말하려다 멈춘 걸 알아차렸다. 그가 모란 쪽으로 다가왔다. 아주 짧은 순간, 그의 눈빛이 흔들렸다.

"투명하고 푸른색 몸. 벨렐라 몸에는 푸른 돛이 달려 있어요. 잠수함 등에 붙은 벨렐라벨렐라-벨렐라처럼 생겼지요. 벨렐라벨렐라. 투명하고 푸른색 몸. 벨렐라 몸에는 푸른 닻이 달려 있어요. 잠수함 등에 붙은 돌고래처럼, 소리를 내지 않아."

마치 그가 수조를 향해 말을 거는 것 같았다. 인문 마일리지가 공백기였을 때 세계어를 쓰면 드물게 그런 일이 일어났다. 의미가 겹치고 매끄럽게 이어지지 않아 말이 어긋나는 거였다. 드문드문 문장과 문장 사이 공백이 생겼는데 그가 세계어를 쓰는 습관인 것 같았다. 모란은 그에게 세계어가 어떤 형태로 전달이 되는지 가늠해보았다. 대화를 하지 않아도 어느 지점에서 모란의 생각이 세계어로 전환되는지 알지 못해서였다. 수병은 모스볼 주변을 비상해 오르는 홍해파리 쪽 수조 벽면을 손으로 톡톡 쳤다.

"나의 생활과 같군요. 잠수함에서요. 기억할 수 없지만, 물론 국적을요, 그래서 이곳에 내리면,"

다음 문장은 들리지 않았다. 그가 자신이 입고 있는, 아직 이 도시에 도래하지 않은 밝은 청색의 운동복 가운데를 향해 손을 뻗었다. 그 안에 소리가 꽉 차 있다는 뜻일 거였다. 수병은 세계인형 앞을 지나 천천히 편집숍을 빠져나갔다.

문화총국의 표현자들은 인문망에서 폐기한 감정이 세계어에 섞이는 것을 오염으로 규정했다. 이곳에는 다른 구역과 달리 그것을 적출하는 과정이 있다. 원래 적출은 의료용 용어였지만 이 단어가 인문학 영역에서 사용되면서 감정과 사고를 지나치게 물리적으로 다룬다는 비판이 일었다. 결국 체제 오염을 유발하는 표현으로 간주되어 세계어에서 금기어로 지정되었다. 그럼에도 불구하고 이곳에서는 여전히 그 단어가 은어처럼 은밀하게 사용되고 있었다. 이층에서 내려다보면 세계어를 사용하는 사람들 머리 위로 세계인형의 색채가 감돌았다. 적출이 이루어진 이후에는 그 빛이 더 선명해졌다. 모란은 인문망이 몸 어딘가에 반응하는 것이라고 생각했다.

이곳은 인문위원회 당원증에 적힌 모란의 첫 근무지이다. 고등학교를 졸업하기도 전에 나온 당원증에는 청소년기 돌봄 지수가 낮아 식물에 물을 주는 봉사 명령을 받은 기록이 여전히 남아 있었다. 돌봄 봉사는 식물에서 동물로, 동물에서 인간으로 옮겨가며 인문 마일리지를 높이게 되어 있었다. 식물을 돌보는 봉사 기간이 길었던 모란은 그 때문에 편집숍과 해저 동굴을 돌보는 인문노동자로 일을 하게 되었다.

모란은 유치원에서부터, 아니 그 이전부터 친구를 배려하는 다양한 표현 방법을 교재를 통해 배웠다. 수조에 비친 그 애가 어떻게 모란의 짝이 되었는지, 자꾸 모란의 손을 만지작거렸다. 그러지 말라고 한 게 시작이었다. 화장실 앞에서 마주쳤을 때 그 애는 바지 지퍼를 내려 보이며 모란에게 다가왔다. 자신은 여자라고 했다. 단지 그 애를 밀쳤을 뿐이었다. 싫다는 감정을 표현한 것은 긍휼지수와 돌봄 점수를 조정하는 정신감정위원회의 감정분석 시간에서였다. 사람을 밀치면서까지 '싫다'는 표현을 하는 것은 위험한 행동이라고 했다. 싫다는, 극단적인 표현에 이르기까지 거쳐야 되는 배려의 단계를 다 거치지 않은 것으로 결론이 나 돌봄 인문 마일리지가 감점이 되었다. 고등학교를 졸업하기 전에 그 아이가 모란의 학교로 전학을 왔고, 같은 일이 벌어져 다시 벌점을 받았다. 그 뒤로 돌봄 감수성이 회복되지 않아 대학 진학을 할 수 없었다.

"그 애가 네 마음을 인증해주면 벌점이 삭제될 수 있다는데…… 한번 찾아가봐라. 뭐라도 도움을 주지 않겠니?"

아빠의 말에 모란은 마음이 그렇지 않다고 대답했다.

"이런저런 마음이 뭐가 필요하겠니. 그 집이 어떤 데인지는 너도 알잖아. 어떻게든 대학은 가야지."

모란은 싫다고 했다. 아빠가 긍휼지구로 이주를 하고 모란은 긍휼 이행 의지가 불분명한 감정비등급자로 구분되어 무색자로 이곳에 남았다. 모란은 기호 오빠와 함께 청년안식주

택을 나란히 배당받았다.

해저 동굴은 주황빛 조명만이 은은하게 실내를 비추고 있었다. 빛이 새어 들어오는 공간을 암막 커튼으로 막아서였다. 통로를 따라 주황색 보조조명을 설치해 홍해파리와 식물들이 광합성을 하게 만들어주었다. 해저 동굴은 바다를 끌어들이는 효과가 있었는데 매니저의 기획이었다. 바깥에서도 마찬가지겠지만 동굴에서는 특히 온도와 습도가 맞아야 잎이 시들지 않았다. 그늘에서 자라는 식물은 키우기가 더 까다로웠는데 속이 말라가도 눈으로는 알 수 없었다. 호텔 투숙객들은 청록색 습한 공간에 놓인 의자에 앉아 사진 찍기를 즐겼다. 모란은 능선을 이루고 있는 이끼의 머리에 손을 가져다 댔다. 공기청정기가 공기를 정화하고 있었지만 사실 이끼는 스스로 공기를 맑게 했다. 모란은 받아놓은 수돗물을 분무기에 담아서 소금 몇 알을 넣은 뒤 산 능선에 뿌렸다. 낙지다리풀과 자라풀에도 물을 주었다.

홍해파리와 모스볼은 눈치채기 어려울 만큼 느리게 자라났다. 다 자란 홍해파리는 겨우 5밀리미터 남짓했고, 모스볼이 자연 속에서 야구공 크기로 자라려면 백 년의 시간이 필요했다. 수조의 온도계는 25도를 가리키고 있었다. 모란은 염도계를 꺼내어 염도를 확인했다. 해수 기준으로 33. 기호 오빠가 길어 온 바닷물은 수치가 얼추 비슷했다. 그는 한 달에 두 번씩 바닷속으로 들어가, 케이블이 손상되지 않았는지 확인한 뒤 바닷물을 채집해 왔다.

오래전, 세계인형이 바뀌던 날 바닷속 케이블이 끊어졌다. 그 시기만 되면 세상이 마치 정지한 것처럼 멈춰 섰다. 전기와 인터넷, 인문망이 동시에 끊겼다. 폭염주의보가 내려졌던 한여름 밤, 농장에서 키우던 닭과 돼지들이 모두 폐사했다. 그런 일은 몇 차례 반복되었고, 세계는 그렇게 조금씩 안정을 되찾아간다고들 했다. 세계인형이 편집숍에 입고되면 긍휼지역 사람들이 인형을 사기 위해 길게 줄을 설 것이고, 인문망은 그 장면을 평화로운 일상으로 인식해버릴 것이다.

모란은 세계인형이 입은 티셔츠와 문구용품, 양말, 텀블러 등의 재고 조사를 마친 뒤 전시할 품목을 챙겨서 세미나실로 갔다. 홍해파리 영상 자료는 표현자들이 준비하고 있었다. 모란은 포스터를 게시판에 붙이고 세미나실 문을 열었다. 실내는 대낮처럼 밝았다. 바다 쪽에 걸려 있는 대형 화면에 홍해파리를 떠올리게 하는 미디어아트 영상이 파노라마로 지나가고 있었다.

풍력발전소가 있는 바다 밑에는 전기선과 세계의 모든 언어가 담긴 인문 파이프가 지나가고 있었다. 무지개 사탕을 부풀려놓은 것처럼 가라앉아 있는 파이프라인 주변에는 애니메이션 「스펀지밥」에 나올 법한 다양한 생명체가 형형색색의 옷을 입고 살고 있었다. 매니저는 작품을 만든 표현자들과 영상을 처음 본 날, 그곳에서라면 영생을 해도 좋을 것 같다고 넋을 놓았다. 기호 오빠가 모스볼을 떠 온 곳도 아마 그 일대 어딘가였을 것이다. 모란은 잠시 의자에 앉아 화면을 바라보았다. 잠수복을 입고 산소통을 등에 멘 채 풍력발전소 아래로 뛰어드는 사람은 기호 오빠였다. 마치 아기를 등에 업은 인어처럼 물살을 가르며 수면 아래로 흘러 내려가고 있었다. 처음과 달리, 기호 오빠가 해저 인문망을 돌아보고 수조에 넣을 바닷물을 긷는 장면은, 무지개 사탕 같은 인문 파이프 라인에서 지워지고 없었다. 영상 끝 무렵에 다시 등장하는 기호 오빠는 작업을 마치고 바다에서 걸어 나오는 해녀를 연상시켰다.

영상을 보는 사람들은 기호 오빠의 얼굴을 보지 못한다. 바다에서 해안가로 걸어 나와서도 수경을 벗지 않아서였다. 산소호흡기에 달린 마우스 호스에서 물방울이 떨어지는 모습만 선명하게 보였다. 그 이미지를 신화적 이미지로 편집해낸 매니저는 곧 표현자 계급으로 올라갈 것이다. 상선이 많이 드나들어 이제는 사라졌지만, 양식장에 그물 치던 시절에도, 앞바다에 풍력발전기를 설치할 때도 늘 그 자리에 기호 오빠가 있었다.

모란은 바다에서 올라오는 영상 속 기호 오빠를 보며 축사에서 밴 돼지 오물 냄새를 빼기 위해 바다로 뛰어들었던 삼촌을 떠올렸다. 양계장에서 일하는 숙모는 달걀 비린내와 닭털을 묻혀 왔고 삼촌은 바다에 뛰어들어도 빠지지 않는 돼지의 모든 냄새를 묻혀 왔다. 바다에 뛰어든 남자와 양계장에서 달걀을 거둬들이는 여자는 서로 친숙한 게 있었다. 오래전 그들은 그렇게 사랑을 하고 기호 오빠를 낳았을 테니 말이다.

해저 케이블이 끊겨 암흑의 세상이 몇 번 도래한 뒤 농장의 돼지와 닭이 모두 죽었다. 그건 세계인형의 색이 교체될 때마다 벌어지는 일이었는데 바뀌는 건 인형 하나뿐인데도 매번 삶의 모든 연결이 끊겼다. 전기와 인터넷, 인문망이 끊어진 나흘 동안 세상은 폭염에 휩싸였고 건잡을 수 없는 산불이 일어났고 사람들은 세상의 모든 말과 글이 거리로 튀어나왔다고 말했다. 그게 몇 번 거듭되자 더 이상 돼지와 닭을 키울 수 없게 되었다. 삼촌이 그렇게 된 것도 그즈음이었다. 그토록 오래 돼지 축사를 드나들면서도 사고 한 번 없었는데 발을 삐끗해 바닥에 넘어진 것이다. 그를 쓰러뜨린 건, 넘어진 삼촌을 끝까지 떠나지 않고 몸에 코를 박고 있었던 돼지 한 마리였다. 인문위원회는 그 돼지를 사형에 처했다. 어느 나라에서는 무슨 잘못으로 수백 마리의 수퇘지와 암퇘지가 동물재판에 끌려 나와 교수형을 당한 적이 있다고 했다. 축사를 중심으로 설계되었던 마을은 15분 도시로 재개발되었고, 양계장이 있던 자리에 인문위원회 본부 건물이 들어섰다. 영상이 꺼지자, 세미나실 안은 다시 어둠에 잠겼다.

모란은 출근하기 전에 이비인후과에 들렀다. 호텔이 산자락을 등지고 있어 나무가 많았다. 오래전 가로수로 심은 조팝나무는 늦은 여름까지 꽃을 피워 콧속을 간지럽혔다. 모란이 아이였을 때부터 진료를 해온 의사는 콧속의 지저분한 털과 코딱지, 귀에 두더지처럼 들어앉은 귀지 영상을 유심히 살폈다. 모란이 입을 벌리자 달랑거리는 목젖 너머를 들여다보면서 모란의 몸이 건조하다고 했다. 물을 많이 마시라는 이야기를 잔소리처럼 하고는 바닷가 주변을 산책하는 게 도움이 될 거라고 했다. 오래전부터 들어온 이야기였다. 더듬어보면 모란은 비염이 생기기 오래전에 기침을 했고 밤새도록 열이 올랐고 콧물이 나왔다. 비염이 낫지 않는 건 꽃가루 때문도, 몸이 건조해서도 아닐지도 몰랐다. 해안가라 하더라도 산봉우리 하나를 경계로 3구역 해수면의 온도보다 2, 3도가량 낮았다. 그래서인지 침엽수가 많아 봄이 시작되면 송홧가루가 지천으로 날렸다. 도시의 생태환경은 긍휼지구를 기준으로 했기 때문에 이곳은 무언가 늘 늦었다. 송홧가루가 사라지면 조팝꽃 가루가, 조팝 꽃잎이 지면 또 다른 꽃가루가 날아왔다.

모란이 비염 치료를 마치고 대기실에 앉았을 때 이 도시에 아직 도래하지 않은 밝은 청록색의 운동복을 입은 수병이 병원 문을 열고 들어왔다. 전날 해저동굴 휴게실에서 햄버거를 먹던 수병이었다. 약국에서 다시 만난 그는 세미나가 열리는 날까지 더 묵은 뒤 떠날 거였다. 이곳 사람들 말로는 바닷속을 떠도는 잠수함이 있다고 했다. 그곳에는 이곳처럼 색을 부여받지 않은 사람들이 소리를 내지 않는 버릇을 들이며 살고 있다고 했다.

수병과 같이 걷게 된 것은 처방받은 약이 같아서였을 것이다. 활자 읽기를 좋아하는지 약 봉투에 표기된 세계어를 꼼꼼하게 읽었다. 산책을 하다 보면 숲속에 방치된 돼지 여물통과 닭장을 발견하곤 한다. 세월이 흘렀어도 더러 사람들은 그 일을 했던 이들이 누구인지 알았다. 그들의 흔적이 남은 물건이라면 멀리 돌아가거나, 불가피하게 옆을 지나야 할 때도 멀찍이 발을 뻗어 굴린 뒤 다시 신발을 털어냈다. 그가 여물통 앞에서 걸음을 멈추었다. 그러고는 땅을 향해 허리를 낮추고 오른쪽 다리를 접은 채 한쪽 무릎을 꿇었다. 그는 삭을 대로 삭은 나무 여물통에 조심스럽게 손을 대고 앞뒤를 흔들어보았다. 이 도시에 아직 도래하지 않은 밝은 청록색의 운동복은 더워 보이지 않았다. 모란은 세계어를 떠올리지 않았다. 설명을 하지 않아도 주의 깊은 사람이라면 산책로 입구에 있는 세계어 팻말을 읽었을 거였다. 모란이 사는 청년안식호 옆 동에는 여전히 눈썹이 빠지는 꿈, 코가 뭉개지는 꿈을 꾸는 사람들이 있었다.

할아버지와 할머니 때부터 모란의 가족들은 그곳에서 나온 달걀을 먹고 자랐다. 숙모가 양계장에서 가져온 달걀은 알이 굵고 맛이 좋았다. 그래도 할머니는 달걀을 씻는 습관을 오래도록 버리지 못했다. 그 자리에 독립주택이 들어서고 숙모는 공동체 생활을 같이했던 사람들과 함께 이곳을 떠났다. 양계장이 없어졌는데도 이곳을 아는 사람들은 달걀을 씻는 습관이 여전히 남아 있었다.

해군기지를 둘러싼 산자락에는 천주교 교단의 공동묘지가 있었다. 엄마는 결혼 후 줄곧 살아온 곳에 묻히기를 원해, 바다가 보이는 묘역에 잠들어 있다. 모란은 멀리 해안가에 나란히 앉아 있는 두 사람을 바라보았다. 그들은 기호 오빠와 여군이 아닐지도 몰랐다. 오래전에도 모스볼을 같이 보았던 아이와 그렇게 앉아 있었다. 그 아이가 그렇게 된 게 기호 오빠 때문이 아니라는 것을 모란은 믿었다.

"이런 마음 저런 마음이 들어서…… 그랬다."

기호 오빠는 그날을 그렇게 설명한 적이 있었다.

"저 안이 궁금하다고 해서 수영을 할 줄 아느냐고 물었더니 그렇다고 하고, 수영장에 다니는 걸 보기도 했고."

그날 기호 오빠 말로는 그 아이에게 손을 내밀었는데 손을 뿌리쳤다고 했다.

"왜 눈이 그렇게 공포스러워 보였는지……"

끝까지 기호 오빠 손을 잡지 않았다고 했다. 모든 책임은 오빠에게로 돌아갔다. 잠수부로 반년 가까이 앞바다를 드나들던 기호 오빠는 출소한 뒤 길게 자란 머리카락을 밀어버렸다. 삼촌과 동네 남자들이 축사에서 일을 하고 나면 몸에 밴 냄새를 씻기 위해 바다에 뛰어들곤 했는데, 기호 오빠는 그 바닷가에 종종 누군가와 함께 노을을 바라보곤 했다.

모란은 수병과 함께 해안가 끝으로 걸어갔다. 어렸을 때부터 자주 들르던 인형 뽑기 가게가 눈에 들어왔다. 뽑기 기계 안에는 스펀지밥과 루피, 어린 왕자, 곰, 개구리 인형들이 뒤섞여 있었다. 모두 모자를 쓰고 스웨터를 입은데다 신발까지 신은 채였다. 기호 오빠는 스펀지밥을 좋아했다. 왜 좋아하느냐고 물으면 늘 그냥 좋다, 고만 했다. 여전히 그 이유를 말하지 못했다. 기호 오빠는 인형 뽑기 가게 자리가 돼지를 수태시키는 자리였다고 했다. 물론 삼촌에게서 들은 말일 거였다. 기호 오빠는 수태라는 말을 쓸 줄 아는 사람이 아니었다.

모란은 기중기를 스펀지밥 쪽으로 움직여 버튼을 눌렀다. 가방에 인형 하나 걸지 않은 채 학교를 졸업했는데, 기호 오빠가 타고 나갈 작은 배의 핸들에 걸어주면 잘 어울릴 것 같았다. 모란이 뽑은 것은 어린 왕자 인형이었다. 수병은 같은 기계에서 스펀지밥을 뽑았다. 아무 말도 하지 않았지만, 그는 그 인형을 모란에게 건넸다. 모란은 자신이 뽑은 어린 왕자를 그에게 주었다. 멀리 호텔이 보이자 수병은 자신이 받은 인형을 모란에게 흔들어 보이고는 사거리 조팝나무 쪽으로 사라졌다.

궁휼 구역은 이주를 원하는 사람들이 많아 경쟁이 치열했다. 인문위원회에서는 공익 아파트를 제공하고, 일을 하지 않아도 일정한 배급이 나온다고 했다. 이곳에 이주할 수 있는지는 '궁휼히 여기는 마음'과 그동안 쌓아온 마일리지 점수에 따라 결정되었다. 이주 심사가 있던 날이었다.

'애도나 슬픔 등의 감정은 공동체 내에서 승인된 과정으로만 수행할 것. 사적 상실에 대한 과잉 감정은 인문망을 오염시킬 수 있으며 마일리지 감점의 사유가 됨.'

우편으로 받아 온 규정집 책자에서 아빠가 밑줄을 그어놓은 부분이 선명하게 눈에 들어왔다. 이십 년 치 책자를 굳이 가방에 넣어 온 것은 이주 심사가 까다롭기도 했지만, 자신의 신념이 인문위원회 존립 취지와 얼마나 일치하는지, 모란에게 보여주고 싶었기 때문이었을 거였다.

형체도 없이 늘 불편하게 여겼던 것들을 하나로 묶어준다고 생각해서인지 아빠는 살아온 모든 게 정리가 된 양 개운하고 들뜬 마음을 감추지 못했다. 시민복지청에서 담당 국장과 마주 앉은 아빠는 맞은편에 앉아 있는 모란의 눈치를 살폈다.

"너는…… 어떡할래?"

이주 계약서에 선뜻 서명을 하지 않고 있던 아빠가 물었다. 모란은 이곳에 남겠다고 했다. 어느 구역이라도 모란처럼 생애처음돌봄 점수가 낮은 무색자 층의 사람이 유입될 경우 구역 전체 마일리지가 깎여 이주도 어려워졌다. 아빠가 경쟁을 뚫고 이주자로 선정이 된 데는 기호 오빠의 입양 점수가 컸다. 숙모도 이주지에서 세상을 떠난 뒤 기호 오빠 혼자 할아버지 제사를 지내기 위해 집에 들렀다. 어린 나이라도 의젓하게 제주를 돌리는 모습을 유심히 지켜보던 아빠가 사촌 오빠를 집으로 들일 생각을 한 것이다.

"그럼 무색자들은 어떻게……?"

아빠가 조심스럽게 국장에게 물었다.

"남은 사람들은 어떻게 되느냐고 물어야 하지 않을까요. 규율집 책자까지 들고 오신 만큼 고민하지 않게 색채까지 정해주고 있는데…… 물들지 않는 사람을 왜 걱정하시는지?"

그때 아빠가 잠시 눈시울을 붉히는 듯 하더니 이내 평정심을 되찾았다. 아무런 소요도 없이 이주 지역이 확정되었을 때 휴지기처럼 생긴 그 기간에 사람들은 축제를 열었다. 그동안 사람들은 인문망의 분류법에 의해 한 치의 오차 없이 완벽하게 걸러졌기 때문이었다. 다시 오갈 수 없이 모든 게 확연하게 갈렸기 때문에 긍휼 지역으로 옮기는 아빠는 여전히 평온하게 들떠 있었다.

편집숍은 조명이 일정하게 유지되어 시간 감각이 모호했다. 모란은 유니폼을 갈아입고 수조로 향했다. 밤사이 유충이 더 늘어나 있었다. 모란은 작은 뜰채를 꺼내어 물속을 훑었다. 홍해파리는 조금만 게을리해도 폐사해버릴 수 있었다. 모란은 뜰채로 수조 바닥에 붙어 있는 홍해파리의 유충을 조심스레 긁어냈다. 세미나를 앞두고 홍해파리에게 영생하는 환경을 유지시켜주기 위해서였다. 한번씩 떠내지 않으면 수조가 유충으로 덮여 시간을 되돌려 사는 불사의 과정은 고사하고 모두 폐사하고 말 거였다. 모스볼 옆에서 유충을 긁어내다보면 이런 마음 저런 마음이 생겼다.

아버지는 도서관 이용이 편리하다고 보낸 마지막 전보를 끝으로 더 이상 연락이 없었다. 지난해 엄마의 기일에도 오지 않았다. 그곳에서 규율집을 만들어온 사람들의 강좌를 듣거나 책을 읽고 있을지도 몰랐다. 이런 마음 저런 마음을 품은 사람이 없으니까, 한마음이니까, 다른 사람의 의견을 묻는 절차 같은 게 필요 없을 거였다.

모란은 긁어낸 유충을 이끼로 덮인 능선에 뿌려주었다. 어디선가 인문망이 지나가더라도 폐기물을 버리는 게 아니라 물을 뿌리는 것으로 인식할 거였다.

중간지대의 식물은 그늘에 길들이는 과정이 필요하다고 한 사람은 돌봄 지도교사였다. 상태를 보아 시들어가면 물에 소금을 몇 알 넣어서 관리를 하라고 했다. 소금 몇 알로 죽어가는 생명도 살릴 수 있다고 했는데 모란이 그 일을 잘 해낸 건 아니었다. 습지대에 자라는 식물은 안으로 시들어가는 것을 육안으로 잘 알아채지 못한다.

모란은 홍해파리의 개체수를 알려주기 위해 사무실 문을 열었다. 소파에는 한정판으로 나온 거대한 세계인형이 놓여 있었다.

"색채 소비 점수도 없고, 세계인형이라도 구입하면 좀 나을 텐데…… 아니면 생각이라도 하든가. 긍휼 점수가 좀 그렇네. 고작 마음 하나 내는 일인데."

매니저도 세미나를 앞두고 긴장이 되는 것 같았다. 인문노동자의 생애최초돌봄 점수 기록이 첨부되지 않았더라면 그런 말을 하지 않았을 거였다. 모란은 세미나에 맞춰 개체수를 조절하고 있다고 보고를 했다.

세계인형과 관련된 색채는 오래된 피부색 구분법이나 성별 분류 체계와는 무관했다. 바뀌는 것은 옷의 색상과 그 위에 새겨진 격려의 문장뿐이었다. 세계인문위원회 문화총국에서 표현자들이 조색한 표본 인형의 얼굴색에 거부감을 갖는 사람은 없었다. 어느 순간에는 봉제인형이면서도 어느 순간에는 사람의 피부처럼 내부에 연결되어 오장육부를 감싸고 있는 살갗처럼 사람을 편안하게 해준다고, 세계인형을 품어본 사람은 그렇게 말했다.

호텔 입구 화단에는 영산홍이 활짝 피어났다. 돼지 석상 앞에서 기호 오빠가 잠수복을 입고 발밑에 물그림자를 만들며 담배를 피우고 있었다. 모란은 가방 안에 넣어둔 스펀지밥 인형을 떠올렸다. 전해준다면 스펀지밥 인형을 뱃머리 어디쯤에 걸어놓을지도 몰랐다. 원래 스펀지밥이 말썽을 부리고 익살을 피우며 살던 곳으로 데려갈지도 모를 일이다. 그 아이가 그렇게 되고 모란은 그곳에 발을 담그지 못했다.

수병이 편집숍에 다시 나타난 것은 오후 무렵이었다. 약봉투를 손에 들고 있었다. 수병들은 육지에 머무는 동안 병원에 들른다. 안과와 치과에 들러 피곤한 눈과 무너지는 잇몸 치료를 하고, 귀의 상태를 살피기 위해 이비인후과에 들르는 것이다. 잠항하기 전에는 충치검사처럼 병원에 들러 심리검사를 받을 것이다. 다른 치료와 달리 심리검사는 일 년이 넘는 잠항 기간에 생길 정신적 변화 조짐을 진단하는 거였다. 그가 모란 앞으로 다가왔을 때 아직 도래하지 않은 색상, 밝은 청록색의 운동복에 작은 개미 한 마리가 붙어 있었다. 어디서 옮아왔는지, 오전에 이비인후과를 나와 잠시 숲을 거닐었을 뿐이었는데, 돼지 여물통 근방이었는지 옛 양계장 주변이었는지 모를 일이었다. 모란은 세계어를 떠올리지 않았다.

수병들은 객실의 암막 커튼을 함부로 열지 않는다. 잠수함에서 오래 지내다 육지로 올라와서 눈을 쉬어주기 위해서였다. 잠항하기 전 그들은 해저 동굴 구간을 산책하듯 걷곤 했다. 바다로 돌아가기 전 사방을 둘러 퍼지고 있는 이끼류와 식물, 벽면의 수조를 보며 불안을 달래는 것이다.

그는 전날처럼 해저 동굴을 천천히 걷다가 수조 앞에서 걸음을 멈추었다. 염도계와 수온계에 적힌 수치를 확인하며 연신 고개를 갸웃거렸다.

"담수종과 해수종이 어떻게 공생을 할 수 있지?"

모란은 그 질문에 대답을 했다.

"염도가 있는 기수지역에서 눈이 맞았겠지요. 이 마음 저 마음이 들어서요. 태평양에서 기원해서 지중해와 북극해를 거쳐 다시 여기에 다다르기까지. 물고기가 입으로 물어뜯거나 해류에 휩쓸려 다니다가 우연히 구가 깨지면서 번식을 한다잖아요. 그 긴 여정에 불가사의한 일이 벌어졌겠지요. 그래도 사랑을 할 테니까요."

수병이 작게 중얼거렸다.

'형광색을 띠는 단백질을 가진 종류가 있는데 등에 돛이 있는 벨렐라벨렐라. 같은 해파리끼리는 독이 통하지 않는다. 투명한 특성 때문에 어느 나라에서는 성격이 동일한 형제자매를 이렇게 부른다. 벨렐라벨렐라.'

그가 하는 세계어가 다시 어긋나고 있었지만 수병의 표정은 읽을 수 있었다. 모란은 다시 응답을 했다.

'투명하고 푸른색 몸. 벨렐라 몸에는 푸른 돛이 달려 있어요. 벨렐라벨렐라. 투명하고 푸른색 몸. 벨렐라 몸에는 푸른 돛이 달려 있어요. 잠수함 등에 붙은 돌고래처럼, 소리를 내지 않죠.'

수병은 한참 동안 아무 말 없이 수조를 바라보았다. 그의 시선이 해저 동굴을 감싸고 있는 검은 암막 커튼 쪽으로 향했다. 그곳에 좁쌀보다 작은 구멍이 나 있었다. 조명 때문에 모란이 미처 발견하지 못한 모양이었다. 세미나에 참석하기 위해 표현자 계급이 도착하면 그도 곧 이곳을 떠날 것이다.

모란은 수조에 뜰채를 넣어 바닥에 가라앉아 있는 모스볼을 조심스레 떠 올렸다. 모스볼은 어떠한 종류라도 안에 핵을 만들지 않는다. 청록색 실뭉치 같은 몸을 손으로 누르면 밀가루 반죽처럼 중심이 꺼졌다. 스스로 몸을 뒤척이지 못하기 때문에 바닥에 닿은 면은 빛을 쬐지 못한다. 성장 속도뿐만 아니라 온도와 염도가 홍해파리와 얼추 같았다. 모란은 떠 올린 모스볼을 조심스레 두 손에 받쳐 조명 가까이 들어 올렸다. 그러고는 어렸을 때 눈을 굴리듯 둥근 몸을 천천히 굴려주었다.

모스볼이 수면 위로 떠오르면 사랑이 이루어진다고 했다. 그 문구는 어렸을 때 수족관에 적혀 있었을지도 몰랐다. 그러다 책의 어느 구절에서 다시 보았든지 아니면 돌봄 교사가 말해주었을지도 몰랐고, 중학교에서 그 아이가 모란에게 말했을 수도 있었다. 그 아이도 수초를 보고 있었으니 말이다. 모란은 아직 모스볼이 수면으로 떠오르는 것을 보지 못했다. 매니저의 말대로 단지 광합성을 하기 위해 스스로 올라오는 것일지라도, 그 순간에 누구의 사랑이라도 이루어지면 좋을 것 같았다. 햇빛 한 점이 실선처럼 수조 위로 내려오고 있었다.

현실을 넘어선 현실로,
사랑이 꽃처럼 피어날 수 있기를

전성욱(문학평론가)

김가경의 소설은 초-현실적이다. 이 말은 그의 소설이 기괴한 상상의 세계를 그려 보인다는 뜻이 아니다. 그것은 그의 소설이 우리가 현실이라고 믿고 있는 세계의 그 비현실성 너머를 추구한다는 뜻이다. 신문과 텔레비전, 유튜브와 SNS에서 이야기되는 것들, 아니면 이른바 리얼리즘 영화나 소설이 그리고 있는 현실을 진짜 리얼하다고 할 수 있는가. 흔히 사람들이 계량 가능하고 예측 가능하다고 생각하는 현실, 그렇게 실증할 수 있다는 인간의 오만함이 상상해낸 현실, 그것은 차라리 비현실이거나 반현실이라고 해야 하지 않을까. 초-현실이란 바로 그 진부하고 위험한 가짜 현실의 초월, 다시 말해 또 다른 현실을 향한 치명적인 도약을 가리키는 말이다. 현실에 있을 법한 이야기를 꾸며내기 위한 개연성과 핍진성의 장치들, 그것으로 축조해낸 연속적인 선형성의 서사가 재현하는 현실이란 무엇인가. 앙드레 브르통이 '초현실주의 선언'을 통해서 제기했던 도발적인 질문이 바로 그런 것이었다. 우리가 살고 있는 현실의 그 현실성은 어떻게 인식되고 또 어떻게 표현될 수 있는가. 이런 근본적인 물음을 통과하지 않고도 예술이 가능할 수 있는가. 김가경은 그 물음을 붙들고 묵묵히 나아가고 있는 작가이다. 그는 가장 현실적인 이야기를 만나기 위해서, 언제나 한결같이 그 물음과 더불어 어떤 또 다른 세계를 탐색하고 있다.

초현실주의를 선언했던 앙드레 브르통은, "삶은 다른 곳에 있다(la vie est ailleurs)"라고 했던 랭보의 말에 매혹되었다. 예술이란 복잡하고 난해한 세계, 그 삶의 아포리아를 끝내 진부한 현실로 환원해버리는 정신의 나태함에 대한 반역이다. 그야말로 현실을 전형적으로 인식하는 사람은, 언제나 그 세계를 납작하게 그려낼 수밖에 없다. 예술가는 진부한 것으로 환원된 가짜 현실을 초월한 세계, 바로 그 '다른 곳'의 삶을 꿰뚫어 볼 줄 아는 사람이다. 랭보는 그런 사람을 일컬어 견자(見者, Voyant)라고 했다. 보이지 않던 것들을 보고 들리지 않던 것을 듣게 될 때, 그러니까 세계에 대한 새로운 감각의 인식이 가능해질 때, 그 사람은 새로운 이야기의 발명으로 나아가게 된다. 그런 의미에서 초-현실을 추구하는 김가경의 그 두터운 이야기들에, 견자의 서사학이라는 이름을 붙여도 좋지 않을까. 그러나 보이지 않는 것을 보는 그 남다름은, 보이는 것만 보는 나태함과 진부함의 시선으로는 언제나 이상하게 여겨진다. 그러므로 견자는 늘 오해받는 존재일 수밖에 없다. '다른 곳'에 관심을 기울이고 그곳을 보기 위해 애를 쓰는 사람은, 마치 외계(外界)의 존재인 것처럼 낯설다. 그래서 견자로서의 예술가는 이 정상성의 세계에 난입한 의심스러운 이방인, 즉 '외계인'으로 취급되기도 한다. 김가경의 소설은 그 불온한 외계의 감각으로, 보이지 않는 것들을 보고 들리지 않는 것들을 들으려 한다. 파국과 종말의 흉흉한 소문들 속에서 행성적 위기가 운위되는 지금, 그의 소설은 부서지고 찢어진 것들의 잔해와 그 이미지들을 그러모아, 인류세의 위기와 불안을 넘어서는 환한 희망을 콜라주하고 있다.

「은아의 세계」는 이미 제목에서부터 은밀하고 신비한 세계, 즉 '다른 곳'에 대한 경이로운 상상을 불러일으킨다. 숨길 은(隱)에 싹틀 아(芽)라는 뜻의 '은아'라는 이름은, 은밀하게 싹트는 생명의 신비로움을 품고 있다. 인간이 생명의 멸종, 세계의 파국이라는 인류세의 위급한 상황 앞에서 두려움에 떨게 된 것은, 절제되지 못했던 탐욕과 오만함 때문이다. 근대적 해방과 진보의 신화는, 인간끼리는 물론이고 인간과 인간 아닌 것들이 서로 어긋나고 분리되어 결국은 단절되도록 만들었다. 근대화는 합리화였고, 합리화는 세속화였으며, 세속화는 탈주술화였다. 그렇게 근대의 인간은 은미(隱微)하고 신령스러운 모든 것들을 내쫓는 대대적인 탈주술화로 진군했다. 은밀한 곳들을 샅샅이 뒤지고 파헤쳐 정보와 지식을 축적하였고, 그렇게 호기로운 탐사와 탐구가 가져온 계몽의 빛에 눈먼 인간들은 마침내 가이아의 분노를 촉발했다. 뒤에서 보겠지만, 파국의 양상은 「집요한 농담」에서처럼 겨울이라는 계절을 소멸당한 모습으로까지 표현된다. 언제나 그렇듯, 억압된 것들은 그렇게 기이한 낯섦(uncanny)의 형태로 다시 되돌아오기 마련이다. 분량이나 사건의 배분으로만 본다면, 「은아의 세계」에서 정작 은아가 차지하는 이야기의 비중은 크지 않다. 그럼에도 표제로 은아를 내세운 것은, 그 분량상의 과소함이 오히려 '隱芽'가 품고 있는 은밀하고 현묘한 세계를 역설적으로 더 강렬하게 암시해주기 때문이다. 소설의 중심 내용은, 출판사 직원인 '나'가 책 출간 작업 중에 오지로 떠나버린 인터넷 서평가 보고밀을 설득하기 위해 은아와 함께 그를 찾아가서 보낸 며칠간의 이야기이다. 말하자면, 보고밀의 회심이 이야기의 단서인 것이다. "이번 기획도 결국엔 사람들의 입맛에 맞게 '먹혀야' 한다"(71쪽)는 대표의 말과 더불어, 취중에 자꾸 "부역하지 말라"(73쪽)는 말을 반복하다가 울음을 터뜨리는 보고밀의 태도를 보면, 그 회심은 서평이라는 부역의 행위가 갖는 어떤 위험성에 대한 자각에서 비롯된 것이었으리라 추정할 수 있다. "제가, 위험해서요."(75쪽) 인터넷 서평가 보고밀은 그동안 활자들의 세계에 빠져서 정작 오감으로 작동하는 세계를 놓치고 있었다. 그런데 보고밀이 내기로 한 책은 이런 것이었다. "책 안에서 모든 것을 체험하게 해주는, 오감에 대한 정보가 모두 들어 있는 고도로 진화된 책이라고 대표는 말했다."(74~75쪽) 그러니까, 보고밀은 육체의 오감을 대신하는 정보를 통해 체험하는 현실, 자신이 그 가짜 현실을 만들어내는 데 부역해왔다는 사실을 깨닫고 어떤 위험성을 느끼게 된 것이다. 그리고 사기 범죄로 복역 중인 '나'의 아버지가 출세하려면 읽고 쓰는 일을 잘해야 한다고 했던 그 말에서도, '활자들의 세계'가 갖는 사기성과 기만성이 분명히 드러난다.

보고밀은 자판으로 조작해낸 비현실과 반현실을 넘어, 이제는 온갖 생명들이 어우러져 사는 다른 현실을 마주하고 있다. 요컨대 보고밀의 회심이란 존재론적 변신이었다. "보고밀이 전에 없이 사람을 상대하느라 애쓰고 있다는 생각이 들었다."(76쪽) 이제 그는 휴대폰도 잘 터지지 않는 그 오지의 비접속 지대에서, 진짜 살아 있는 것들과 친밀하게 접속하려고 애를 쓴다. 보고밀은 이틀에 한 번 무슨 생명 체험장과 같은 곳에 일을 나가는데, 거기서 그는 잠자리 유충을 떠내거나 동애등에를 기르는 일을 했다. 그러나 회심했다고 곧바로 변신할 수 있는 것은 아니다. 그에게는 아직 유충이 징그럽고 역겨울지도 모른다. 그래서 그는 토악질을 하면서 운다. 그럼에도 그는, 최소한 무엇이 잘못되었는지를 알게 된 것이다. "거창한 담론에 기웃거리며 자기 윤리를 실행한 자처럼 부르짖다 보니 총칼을 지닌 것처럼 든든하게 차오르는 세계가 있었습니다. 책을 읽은 만큼 총알이 장전된다고 할까요."(93~94쪽) 그는 이제 그런 교만이 강자보다는 약자를 향한 무기로 이용되었다는 것을 부끄럽게 여기게 되었다.

소설에서, 은아의 자리가 미묘하다. 보고밀과 '나' 사이에서 은아는 마치 어릿광대처럼 유쾌하고 가볍게 부유하는 듯하다. 사건의 능동적 주인공이기보다, 이야기 전체의 공기를 이루고 있는 존재처럼 느껴진다. 그래서 은아는 있어도 잘 보이지 않는다. "나는 은아야, 박은아. 숨길 은(隱)에 싹틀 아(芽), 싹을 숨기고 있다는 뜻이래. 외할머니가 지은 이름인데, 그래서 사람들이 나를 볼 수가 없대."(72쪽) 말을 해도, 은아의 그 소리는 사람들에게 잘 들리지 않는다. "아무리 그렇게 설명해도 사람들은 은아의 유치한 이야기를 잘 듣지 않는 것 같았다."(72쪽) 범속한 사람들에게서 비범한 존재는 비

속한 것으로 취급되기 십상이다. 진부하게 일상을 사는 평범한 이들에게서 은아의 존재는 너무 희미하다. 또렷하고 명민하게 존재하는 것이 아니라, 은밀하게 생명의 싹을 숨기고 있는 은아는 그야말로 잔존(remnants)하고 있다. 브르통의 초현실주의 선언에 은비(隱秘, occultation)라는 단어가 나온다. 그 말은 추악한 세속과 대중의 속악한 시선으로부터 따로 떨어져 나와 은밀하게 숨겨져야 한다는 뜻이었다. 여기엔 니체적인 대중 혐오와 귀족주의의 혐의가 묻어 있다. 초현실주의는 진실과 허위, 참과 거짓을 분별하며 진실과 참이라는 이념을 움켜쥐고, 상대를 향해 허위와 거짓이라고 몰아붙였다. 그는 진실이라는 도그마에 붙들린 아집과 독선으로, 정작 진실과 허위의 분별 자체가 견고한 거짓의 성채를 이루고 있다는 사실을 놓치고 말았다. 김가경의 소설이 그리는 초-현실은, 바로 여기에서 브르통의 초현실주의와 분명하게 갈라진다. 은아의 세계는, 평범한 일상을 초탈한 은비의 현실이 아니다. 은아는 세속을 부정하는 고고한 존재가 아니라, 그 범속함의 세계를 거룩하게 성화(聖化)시키는 여신이거나 무당과 같은 존재이다. 뱀딸기를 먹은 은아에게 '나'는 장난으로 뱀이 될 거라고 말한다. "산전수전 다 겪고, 더한 것을 먹고도 살아남은 애가 그걸 모를 리 없었다."(78쪽) 은아의 과거는 알 수 없지만, '산전수전'을 겪었다는 그 말은 예사롭지가 않다. 그럼에도 은아는 어리광을 피우고 신나게 까불어대며 언제나 순진한 아이 같은 모습을 보인다. 아이나 광인은 상징계적 질서에 완전하게 포섭되지 않은 잉여를 갖고 있는 존재자들이다. 그들은 규범과 질서의 세계에 완전히 사로잡히지 않았기에, 그런 작위적 세계 너머의 생생한 것들을 느낄 수 있는 예민함을 갖고 있다. 보고밀이 일하는 체험장으로 가는 길에, 은아는 들꽃과 놀고, 나비를 좇고, 두 손에 지렁이를 놓고 바라보며 무척이나 신이 나 있다. 은아는 그처럼 생명의 감응력이 탁월한 사람이다. 그래서 항아리 안의 생명체를 확인하는 체험을 할 때도 거리낌이나 두려움이 없고, 나이 많은 할머니들과도 스스럼없이 말을 나눈다. "은아는 무슨 말을 해도 속내가 다 드러났다. 별말이 아니라도 이상하게 마음 한편이 풀리는 그런 게 있었다."(84쪽) 도그마에 물들지 않은 아이 같은 은아는, 그야말로 공감과 교감과 소통의 천재이다.

은아라는 이름을 지어준 것이 그의 외할머니라고 했다. 은아는 외할머니에게서 들은 이야기 하나를 들려준다. 그것은 김해 김씨 집성촌 마을에 흘러든 방물장수 박씨에게 가해진 마을 사람들의 폭력에 관한 이야기로, 동일성의 세계가 가진 배타성을 고발하고 있었다. 은아는 그 이야기를 하면서 훌쩍이는데, 보고밀이 울 때나 토악질을 할 때도 그는 함께 울어주었다. 그러니까 그 역시, 고통을 받고 슬퍼하는 이들에 대한 은아의 섬세한 감응력이 드러나는 대목이다. 은아는 오일장으로 가는 길에 커다란 당산나무 아래 정류장에서 버스를 기다리는 노인을 만나 신나게 수다를 떤다. 은아는 활자들의 세계와 다른 구전(口傳)의 세계, 그 말의 힘을 알고 또 믿는 사람이다. "오면서 은아가 뱀이 되는 게 설레는 일이기라도 한 것처럼 너스레를 늘어놓아 더 화가 났다. 이번에는 아예 진짜로 그렇게 믿는 것처럼 굴었다. 쪽을 진 할머니에게 물었더니 뱀이 된다고 말했다는 것이다."(92쪽) 은아의 뱀-되기란 무엇인가. 그것은 인간과 비인간, 성과 속의 경계를 넘어 존재와 존재 간의 이음과 섞임이 이루어지는 원융(圓融)한 생명의 세계를 가리킨다. 그것이 바로 '은아의 세계'이다. 그러나 '나'는 사기꾼 아버지나 태만을 독려하는 출판사 대표와 은아의 세계 사이에서 흔들리고 있다. 그래서 그는 은아가 뱀이 되지 않을 거라고 말한다. 은아의 세계를 알아낸다는 것은 보통의 일이 아니다. 아픈 은아를 위해 죽을 끓이는 '나'의 마음이 저 은미한 세계의 풍요로움에 닿을 수 있었으면 좋겠다. 그 창조적인 사이의 세계를 무릅쓰지 못하면, 죽도 밥도 아니게 되기 때문이다. "그 세계를, 이제부터라도 알아가야겠지요. 저도 뱀이 될지도 모른다고 생각합니다."(94쪽) 이것은 보고밀의 말이지만, 작가가 독자들에게 전하고 싶은 말이 아니었을까.

'은아의 세계'는 위계의 차별을 넘어 모든 경계를 가로지르는 이사무애법계(理事無礙法界)이다. 은아는 찢긴 세계를 다시 잇고 그 상처를 어루만지는 존재이고, 신과 사람, 성과 속을 매개하는 무당과 같은 존재이다. 은아는 도그마에 물들지 않은 어린아이의 순수함과, 생명을 낳아서 기르고 돌보아온 할머니의 푸근한 생명의 감수성을 모두 갖춘 존재이기에, 그 감응의 역량으로 여리고 상처받은 것들에 깊이 공감할 수 있다. 김가경의 소설은 은아와 같은 그런 인물들을 통해, 나태한 인식의 습벽을 뚫으며 또 다른 현실로의 치명적인 도약을 끈질기게 감행하고 있다. 「백한번째 사람」 역시 마찬가지다. 소설의 서두는 숲을 바라보고 선 집, 그러니까 숲을 통해 그늘이 먼저 내려오는 그 집을 소개하는 것으로 시작한다. 숲과 그늘의 신령함이 감도는 집에 기묘한 공책 한 권이 있다. 구황작물에 관한 내용이 담긴 그 낡은 공책의 주인은 강원도 홍천 고산에서 잣을 털던 사람으로, 어느 날 갑자기 실종되었다고 한다. '나'에게 이 공책을 맡긴 것은 리찬이다. "연고도 없이 신원미상으로 사라지는 사람들이 있는데 생사가 확인되지 않은 그들의 물건을 치우는 일 또한 리찬이 하는 일 중 하나였다."(40쪽) 리찬은 시끄러운 기계가 돌아가는 곳에서 일을 하며 조경사 시험을 위해 고시학원을 다니고 있다. 행정직 공무원 시험을 준비 중인 '나'와는 학원의 한국사 강의에서 만나 알게 된 사이였다. 리찬이 일하는 곳은 자칫 잘못하면 기계에 몸이 말려 들어갈 수 있는 위험한 곳이다. 리찬의 동료들은 계속해서 그런 사고로 목숨을 잃는다. 그 공장에서 함께 일하는 리찬의 동료 중에 아프리카에서 온 은쿠시가 있는데, 그도 기계에 손이 끼인다. 여섯 살 때부터 광산에서 코발트 캐는 일을 했다는 은쿠시는 푸념처럼 이런 말을 내뱉곤 한다. '모부투 리살라.' 리찬은 직접 세계사 연표를 만들어서 공부를 한다. 은쿠시나 자기의 역사를 슬쩍 끼워 넣은 세상 단 하나의 세계사 연표는, 온 세계의 경계를 가로지르는 리찬의 어떤 특이한 면모를 함의한다. 옷가지를 태우며 죽은 자들을 천도하는 모습이나, 소설의 결미에서 '나'에게 자기가 사귀고 있는 여자 친구라며 가로수 하나를 소개하는 대목은, 리찬이 곧 은아와 같은 은미하고 신령한 존재임을 드러낸다. 고난의 삶을 살았던 여인에게서 태어난 리찬은, 동일성의 자아가 아니라 온갖 타자들에게 열린 주체이다. 그가 들판에서 태어났다는 것도 중요한 암시가 된다. 타자를 불러들여 자기의 입으로 그 목소리를 받아내는 무당의 공수처럼, 리찬은 세상의 누구든 될 수 있는 그런 존재이다. "그때 리찬의 입에서 다른 존재의 말투가 섞인 것처럼 익살스러운 목소리가 흘러나왔다."(42쪽) 사라져버린 자들을 천도하고 가로수와도 사귀는 리찬은, 남을 따라서 울고 세상의 모든 것과 친밀하게 교감하는 은아를 닮았다.

명시적으로 서술되어 있진 않지만, 앞뒤의 맥락을 보면 리찬의 어머니는 국경을 넘어 중국으로 건너갔다가 한국으로 온 탈북자로 여겨진다. 리찬의 입을 통해서 이야기되는 그 사연은 매우 혹독하게 느껴진다. 어머니는 가난한 어린 시절에 피사리를 훑어서 오다가 많이 맞았다고 한다. "피를 훑어 오다가 주인한테 맞을 때는 차라리 두더지나 쥐였으면 했더라니. 주인이 없으이 맞지는 않지. 하루는 하두 맞아 정신이 까무룩해지다가 순간 쥐와 눈이 마주쳤더랬는데, 저절로 말이 흘러나왔단 말이지, 집이 어디메냐고. 너무 태연하게 땅속으로 쏙 들어가는가 했더니, 문 입구에서 빠끔하게 뒤를 한번 돌아보데. 그게 희한하더라니, 내 몸이 들쥐만큼 작아지더니 그 속으로 쏙 빨려 들어가는데…… 가가 문을 닫았더라문 나는 못 들어갔어."(52~53쪽) 은쿠시도 국경을 넘어온 사람이고, 리찬의 어머니도 국경을 넘어 고향 없이 평생을 떠돌다 죽은 사람이다. 그는 첫째 아들을 들판에서 사산(死産)했는데, 리찬도 들판에서 낳았다. 산전수전을 다 겪은 은아가 그 수난의 체험이 일구어낸 고통의 감수성으로 세상의 만물을 느낄 수 있었던 것처럼, 리찬의 어머니 역시 그 고난을 통해 지네, 두더지, 다람쥐, 산비둘기, 지렁이, 멧돼지, 곰팡이와 같은 온갖 생명과 통하는 사람이 되었다. "엄마는 아침에는 다람쥐였다가 낮에는 오소리였다가 밤에는 쥐가 되고, 또 하루는 곰이 되고 어쩌다 사슴이었나 보네."(54쪽) 뱀-되기의 바람으로 설레어하던 은아를 떠올리게 하는 대목인데, 더 나아가 리찬의 어머니는 신성한 그믐날 새벽에 새끼를 데리고 먹이를 찾아온 사슴과 함께 피를 훑기도 한다. 먹고 살아가는 데는 인간과 비인간의 분별도 차별도 없다. 그리고 어머니가 빨려 들어갔다는 '곰팡이 집'은 문이 '천 갈래 만 갈래'였다고 한다. 그것은 폐쇄를 열고 단절을 이어내는 천지사방으로의 열림을 뜻한다. 그렇게 가장 큰 수난의 당사자는 가장 심오한 연결자가 될 수 있다. "누구도 기록할 수 없는 사라진 존재를 온몸으로 기록하는 것 같았다."(55쪽) 리찬은 어머니의 숭고한 삶을 증언하듯 그렇게 '나'에게 이야기를 전해주었다.

'나'는 증언의 단순한 청취자가 아니다. '나'는 딸기잼 병뚜껑을 열지 못하고, 손에 지문이 없으며, 스스로를 '외계인'이라고 한다. '나'는 우주에서 날아온 뮤온 입자로 위치 추적 장치를 개발하는 글로벌 회사를 다녔었다. 그때 한 동료는 그의 남다른 행태를 보고 '외계인'이라고 했다. 외계인이라는 명명은 자기들이 이해할 수 없는 것, 수용 능력에서 벗어난 것들에게 붙이는 배제의 딱지이다. 그 외계인은 마치 유령 입자로 불리기도 하는 뮤온 입자와 같은 존재라고 할 수도 있겠다. "성질이 중성이어서 서로 당기거나 밀어내지 않는 존재. 모든 물체를 통과하면서도 눈에 띄지 않고 존재감도 없는 입자. 너무 미약해서 존재를 확인하지 못하지만 우주의 별이 터지지 않고 빛나는 이유도 그 약한 존재 때문이다. 지구에도 미약한 그 존재가 가득 차 있다는 마지막 구절에 잠시 눈시울을 붉힌 사람은 뜻밖에도 강이었다."(50쪽) 이 세상에는 또렷하고 똑똑한 것들만 있는 것이 아니다. 보이지 않고 들리지 않아도 존재하는 은미한 것들이 잔존하고 있다. 명료하지 않지만 신비로운 것들이 있다. 그 경이로운 것들, 유령처럼 그 모습을 숨기고 있는 것들을 가리켜서, 경로의존의 인식론에 굴복당한 안이한 자들은 간단하게 외계인이라고 부른다. 외계란 이 세계의 경계 바깥에 있는 존재를 가리킨다. 물론 그 존재가 반드시 인간은 아니기 때문에, 외계인이라고 단정해서 부르는 그 명명에도 인간중심주의의 선입견이 묻어난다. 그렇다면, '나'에게 외계인이라는 딱지를 붙였던 강이 흘린 눈물은 과연 부끄러움의 눈물이었을까.

리찬이 '나'에게 맡긴 공책에는 피에 대한 내용들이 담겨 있었다. 피는 오곡의 자리에 올랐다가 오늘에는 잡초로 그 지위가 강등당한 식물이라고 한다. 요컨대 피는 곡식의 세계 바깥으로 내쫓긴 외계의 존재이다. 피는 쌀보다 열등한 것으로 여겨진다. 위계와 차별로 돌아가는 세계에서, 분명한 정체성을 부여받지 못한 불명료한 존재는 순수함을 더럽히는 위험한 것으로 취급당한다. 반면에 은아의 세계는, 이런 식으로 우악스레 규정되거나 환원되지 않는 세계를 가리키는 것이었다. 그것은 포획하는 주류적 세계가 아니라 도주하는 소수적인 것의 세계이다. 공책에는 사악한 주인이 머슴을 시켜 아들에게 피를 가려서 제거하는 법을 가르치게 한 이야기가 기록되어 있었다. "피가 익기 시작할 무렵, 자칫 너그러운 마음이 일면 다음 해 온통 피밭이 되고 마는데, 피에 대한 적개심과 원한이 없어서 농사를 망친 사건이 적혀 있었다."(46쪽) 그믐의 어둠을 도둑들이 들끓는 기회라며 욕하는 주인은 아들에게 이렇게 가르친다. 너그러움은 피를 창궐케 하고 순수를 오염시킨다. 피를 탄압하고 나락의 온전한 생장을 지켜내야 한다. 그러나 온통 피로 뒤섞인 들판을 보고 분노한 주인은, 아들을 시켜 머슴의 오른 손목을 자르게 한다. 오늘날 리찬이 일하는 공장의 기계에 잘린 손들까지, 그렇게 노등하는 손들은 시대를 관통하며 수난당하고 있다. 참혹한 처벌을 받고 마을을 떠난 그 머슴은 함경북도 청진 사람이었는데, 어떤 상징적인 암시처럼 리찬은 자기가 난민으로 떠돌다 사라진 청진 사람의 아들이라고 한다.

또다시 노동자가 기계에 빨려 들어가 죽는 사고가 나고, 리찬은 연락을 끊고 사라진다. '나'는 리찬이 남기고 간 썩은 오렌지를 매장한다. 그는 숲으로 난 창으로 유령의 냄새를 맡는다. 그처럼, 그는 평범한 사람이라면 감각할 수 없었을 은미한 존재들의 미묘한 기미를 세심하게 느낀다. "미세하지만 숲에서 새어 들어오는 그 소리에는 우주에서 나는 소리처럼 심장을 오그라들게 만드는 불규칙한 리듬이 있었다."(62쪽) '나'는 은아나 리찬이나 리찬의 어머니처럼 감응의 역량이 있는 외계인이기 때문에, 역시 외계의 존재들을 느낄 수 있다. 그에게 '백번째 사람'이 온다. "그 사람이 어떻게 내 앞에 서 있는지 모를 일이었다. 사방이 어두워서 얼굴은 보이지 않았고 어진향차 냄새만 은은하게 번지고 있었다. 애초에 그 사람인지, 리찬의 말대로 우주로 보낸 그 존재인지 아무런 짐작도 할 수 없었다. 작은 몸체만 타버린 옷가지와 별반 다르지 않아 보였다. 그는 텅 빈 공백에 리찬이 그려 넣은 곧선사람처럼 홀로 서 있었다."(63쪽) 백번째 사람은 온몸에 푸른빛을 띠며 '나'의 앞에 나타나 공책을 가지러 왔다고 한다. 뭉쳐진 오른손의 형체를 드러내고, 왼손에는 무엇이 쓰였을지 모를 쪽지 한 장이 들려 있다. 푸르름의 빛깔을 볼 수 있고 어진향차의 냄새를 맡을 수 있는 이만이 백번째 사람을 맞을 수 있다. "천 갈래 만 갈래, 암흑천지인 그 세계에도 요정이 있고 악당이 있고 전서구 같은 비둘기도 있고 문지기도 있지만 없는 게 하나 있어요."(65쪽) 거기엔 모부투와 같은 그런 사악한 독재자가 없다고 한다. 그렇다면 그곳은 은아의 세계인가

극락정토인가. 리찬이 아 하면 가로수 한 그루가 어 하고 대답한다. 인간과 비인간이 종과 종의 경계를 넘어 서로 사랑을 나눌 수 있는 세계, 거기로부터 여기로 '백한번째 사람'이 오고 있다. "어떻게 그토록 홀리듯 서로 눈이 맞을 수 있단 말인지. 나는 옷을 갈아입었다. 아직 어둠이 깔린 마당을 지나 밖으로 나갔다. 골목 입구에서 백한번째 사람이 올라오고 있었다."(66쪽) 백이라는 그 완성의 숫자, 그 백 번의 노고를 감당한 뒤에 다시 시작하는 하나, 백한번째 사람은 그렇게 우리들에게로 어떤 암시처럼 다가오고 있다.

은아의 세계나 백한번째 사람은 메시아적인 것이 도래하듯 그렇게 극적으로 출현하지 않는다. 완성을 향한 백 번의 감내와 노고, 그 오랜 무릅씀의 끝에서 그것은 희미하게 그 모습을 드러낸다. 언제나 김가경의 소설은 그 무릅씀의 시간을 견디며 자기의 할 일을 해나가는 사람들에게 집중한다. 「다알리아와 오미자, 다알리아꽃」의 박건호가 바로 그런 사람일 것이다. 리찬의 이야기에서 사라진 그 사람들처럼 박건호는 먼 타국에서 갑작스레 자취를 감춰버렸다. 그는 도시의 오래된 동네에서 솜씨 좋은 배관공으로 일했던 사람이다. 그는 그곳에 들어선 금융단지, 즉 글로벌 자본의 네트워크에 이어져서 이란의 플랜트 현장으로까지 파견되었다가, 지금은 국경을 사이에 둔 나라들과의 분쟁이 잦은 알제리로 가서 파이프 라인을 관리하는 일을 맡고 있다. 그가 배관공이자 파이프 라인 관리자라는 것은, 곧 그의 일이 연결해서 통하게 만드는 것이라는 사실을 부각시킨다. 그러니까, 그는 연결되어 있지 않은 것을 하나로 잇는 자이다. '나'는 해외에 파견 근무를 하는 박건호와 연락을 담당하고 있다. 언젠가 그는 '나'에게 멀미처럼 이상한 증세가 생겼다며 '오미자차'를 보내달라고 요청한다. 그리고 그는 가끔 업무일지 끝에 사막을 지나다니며 느낀 감상을 넋두리처럼 덧붙이곤 하는데, 소설에서 그것은 박건호의 시점으로 서술되어 있다. "박건호의 글은 요약이 잘되지 않아 아직 정리를 하지 못하고 있었다."(137~138쪽) 다섯 가지 맛이 고르게 각각의 고유한 맛을 내며 그것들이 다시 어우러져 하나의 맛을 만들어내는 그 오미자처럼, 그의 글은 쉽게 요약되거나 환원되지 않는 고유한 이야기들이다.

박건호는 문현동의 골목을 뛰어다니며 흙을 밟고 자랐다고 한다. 동네 주변에 다양한 공장들이 있었는데 그의 집 골목에는 설탕공장을 다니는 사람들이 많았다. 그와 함께 땅을 파며 놀던 미숙의 어머니도 설탕공장에서 일했다. 그는 말이 어눌한 사람이었지만 땅의 이야기를 들을 수 있었다. "사탕수수가 땅에 뿌리를 내리고 자라며 땅의 이야기를 많이 들어서 그런지, 말이 많고 수선스럽다고 했다."(135쪽) 미숙은 귀도 잘 들리지 않고 말도 어눌한 엄마의 말을 누구보다도 잘 들을 수 있었다. 학교 글짓기 대회에서 미숙은 엄마에게 들은 이야기를 썼다가 선생님으로부터 혼이 난다. “사탕수수가 노래를 부르고, 눈물도 흘리고, 화를 내고, 야단까지 친다고 썼더니, 사람처럼 여기는 게 자원을 소중히 여기는 태도와는 맞지 않다는 것이었다. 선생님은 고마운 마음이 잘 전달될 수 있도록, 더 명확하고 진지하게 써보라고 말했다.”(136쪽) 이처럼 범속함의 감각은 비범한 세계의 신비를 ‘명확’이라는 이름으로 배제하곤 한다. 요컨대, 이들이 알고 있다는 현실은 얼마나 납작하고 교조적인가. 그러나 반장은 그렇게 써내서 상을 받는다. 미숙의 어머니는 공장에서 불순물을 처리하는 일을 했다. “청징의 공정은 불순물을 제거하는 과정. 들리지 않고 들을 필요도 없는 공정에 배치된 것이다.”(137쪽) 사실, 미숙의 어머니나 미숙은 그 누구보다 세상의 만물과 잘 교감하는 사람들이었다. 그들은 불순물로 치부되는 것들의 존재를 비하하지 않고, 들리지 않고 보이지 않는 것을 느낄 수 있는 심오한 형이상학의 역량을 갖고 있는 사람들이었다. 은아가 외할머니의 이야기를 들려주듯, 리찬이 어머니의 이야기를 전해주듯, 박건호는 미숙 모녀의 이야기를 증언한다. 그는 알제리 현지의 언어들을 할 줄 몰랐지만, 누구보다도 잘 소통할 수 있는 사람이었다. “메일을 읽다 보면 박건호가 마치 그곳의 언어를 습득한 사람처럼 느껴졌다.”(143쪽) 다시 말하지만, 그는 잇고 통하게 하는 사람이었다.

이 소설에서는 "미숙 씨가 그렇게 되고……"(155·158쪽)라는 표현이 거듭해서 나오는데, 그러니까 미숙이 '그렇게' 죽고, 이제는 미숙 어머니의 말을 들을 사람이 아무도 없게 되었다. 이제 치매를 앓는 미숙의 어머니는 동네 골동품점에 걸린 거울 아래의 몽우리돌을 딛고, 거울 속에 핀 숱 많은 다알리아꽃을 본다. 미숙 어머니는 그 돌을 저 개천에서 빌려온 거라며 돌려주어야 한다고 말한다. 돌의 사연은 이랬다. "그 돌은 동네 사람들이 근처 개천에서 빌려 쓰다가 건호네 집에 네번째로 오게 된 돌이라네요. 그사이 개천이 썩어버려서 가져다줄 수 없었대요. 결국 그 돌이 미숙이네로 가게 된 거죠. 미숙이 아버지 때문이었어요. 중동에서 다리를 다쳐서 툇마루를 오르내리기 힘든 상태였는데, 그런데 미숙이 아버지가 돌아가신 뒤로, 개천도 썩어 있고, 그게 늘 마음에 걸렸던 모양이에요."(156~157쪽) '나'가 그 몽우리돌 위에 서보는데 거울은 혼탁하고 달린 위치도 너무 낮아서 미숙의 어머니, 즉 할머니가 혹시 '어린아이'가 아니었는지 생각한다. 그렇다면 미숙의 어머니는, 그렇게 되고 만 미숙의 또 다른 모습일 수도 있겠다는 생각이 든다. 그 골동품 가게 주인은 치매 걸린 노인의 횡설수설을 오래 자주 듣다 보니 그 말을 자연스레 알아들을 수 있게 되었다고 한다. "주인은 마치 가게 안에 뒤섞여 있는 오래된 물건들에게서 들은 이야기를 뒤죽박죽 섞어서 내게 전해주는 것 같았다."(133쪽) 순수와 정화가 아니라, 오래된 것의 뒤얽힘이 갖는 어떤 신비로운 힘이 느껴진다. 순수와 정화를 그렇게 강조해온 세상의 흐름이 개천을 썩게 하고, 미숙이를 그렇게 되게 만들었을 것이다. 그러므로 그 돌을 원래의 자리로 다시 돌려놓아야 한다.

실종된 박건호를 찾기 위해 현지로 파견된 '나'는, 그의 일을 도왔던 타밀과 동행한다. 사막의 원주민 출신 타밀은 한국어, 중국어, 프랑스어, 베르베르어를 할 줄 아는 '소통'의 능력자였다. 둘은 사막을 찾아 나섰다가 나라도 없이 사막을 떠돌아다니는 이모하인들을 만난다. 국경에 얽매이지 않는 그들은 그 때문에 수난을 겪기도 하겠지만, 천 갈래 만 갈래로 유랑할 수 있는 자유인들이기에 미묘한 것들을 듣고 볼 줄 아는 감응의 능력을 갖고 있다. "사막이 노래도 부르고, 눈물도 흘리고, 화도 내고, 야단도 치는 소리라는 것이다. 그러면서 모래는 생명체라서 인간처럼 성장하고 번식하면서 지형을 조금씩 바꾸어나간다고 했다."(148쪽) 박건호도 사막의 소리를 들을 줄 알았다. "건호는 현장에 가면 늘 이렇게 그어요. 그러면 소리가 들린다고요. 그어서 들리는 게 아니라 들려서 긋는다는 걸 뒤늦게 알았어요."(154쪽) 타밀은 박건호가 시추 중인 플랜트(인공물)를 지표로 삼는다면 살아남지 못할 것이고, 모래의 물결(자연)을 읽을 수 있다면 살아남을 것이라고 하면서 박건호의 생존을 믿는다. "가스 터미널에서 시작하는 파이프라인은 모세혈관처럼 해양과 대륙을 향해 뻗어 나아가 지구를 사방으로 휘감고 있었다."(143쪽) 자연을 약탈하기 위한 자원의 연결망이 아니라 물리적이고 영성적인 생명의 연결이 우리를 살린다. "저 아래, 아래, 더 아래에 누구도 주인이고 누구도 주인이 아닌, 거대한 푸른빛이 잠들어 있다네요. 사막의 혈관이라고요."(149쪽) 사람들은 보지 못하지만, 딸을 잃고 치매까지 걸린 미숙 어머니는 보고 있다. "저기…… 사람이 와."(130쪽) 흐드러지게 핀 다알리아꽃처럼 환하게 오는 저 사람은 누구일까, 백한번째 손님이 아닐까.

삶은 소멸의 위험을 무릅쓰는 일이다. 그래서 살아 있다는 것은 위태롭고도 거룩하다. 그러므로 삶의 거룩함을 아는 자는 생명에 대한 측은함을 갖지 않을 수 없다. 이 소설집에 수록된 거의 모든 작품에는 죽음이 나온다. 그것은 김가경이 타나토스의 충동에 지핀 작가라서가 아니라, 삶의 거룩함을 아는 작가이기 때문일 것이다. 대체로 그것이 자연사가 아니라 억울한 죽음들이라는 점에서, 그 역시 외계로의 내몰림이자 내쫓김이라고 할 수 있겠다. 은아의 이야기 속 방물장수 박씨의 억울한 죽음이 그렇고, 리찬의 이야기에서 기계에 말려 들어가 죽은 숱한 노동자들이 그렇다. 박건호의 이야기 속 미숙의 죽음도 마찬가지다. 「하루의 성자」에서 가엾게 죽은 창기는 저 억울한 죽음들의 역사를 넘어 수국으로 피어난다. "골목 입구에는 오래된 우물이 하나 있는데 도시의 중심을 알리는 표지석이 서 있었다. 봉쇄한 우물 주변은 동네 사람들이 유기한 식물들이 저절로 자라 작은 동산처럼 보였다. 그중에 수국은 어머니가 내다 버렸다."(189쪽) 오래전, 뇌성마비로 몸이 불편했던 창기는 그 우물에 빠져 죽었다. 온몸으로 고통을 감내한 자의 감각과 감응력은 예민하다. "창기 형은 유독 소리를 잘 들었다. 우물에서 퐁당 하고 길고 부드러운 소리가 올라오면 이를 드러내며 나를 보고 환하게 웃어 보였다."(202쪽) 역시 그는 잘 들을 줄 아는 사람이었다. 죽음이 있었던 자리는 식물들의 유기처가 되었고, 버림받은 것들은 소멸의 위태로움을 무릅쓰고 마침내 생명의 동산을 이루었다. 온갖 구정물을 갖다 부은 그곳에서 꽃들을 피워내는, 그 우물 자리의 분위기가 신비롭고 미묘하다. 더 기묘한 것은, 비가 오는 날 "고양이 가죽을 뒤집어쓴 것 같은 줄무늬 남자"(189쪽)가 마치 의식을 치르듯 천천히 우물을 돌아 수국나무 아래에서 수국 잎을 입으로 뜯어먹고 있더라는 것이다. 그것을 지켜본 '나'는 우물 옆에 자리 잡은 전파사에 살고 있다.

전파사를 운영했던 '나'의 아버지를 오빠라고 부르며 가까이 지내던 꽃집 여자는 혼자서 딸을 키우고 있었는데, 도시

중앙의 표지석을 만들러 왔던 젊은 공무원과 함께 오래전 어느 날 마을을 홀연히 떠났다. 그 딸 미림이 서울에서 살다가 임신을 한 몸으로 다시 그 집으로 돌아온다. '나'는 음향 관련 회사 엔지니어로 일하다가 그만두고, 건강 때문에 은퇴한 아버지의 뒤를 이어서 전파사 일을 하고 있다. 쌀집의 딸이고 창기의 누나인 수자는 이혼한 뒤에 다시 이곳으로 돌아와 인근의 함바집에 일을 나간다. 어린 시절을 함께 보냈던 세 사람이 그렇게 한 시절을 보내고 다시 우물가에서 만난다. '나'는 우물가에서 또 이상한 형체의 어떤 움직임을 감지하는데 그 실체를 확인하지 못한다. 그리고 얼마 뒤 새벽에 미림이 울먹이며 '나'를 찾아온다. 전기가 나가 두려움에 떨었다는 것을 알고 같이 집으로 가서 전기를 살피는데, 누전이 확인되지 않는다. 어쩔 수 없이 함께 전파사로 돌아오고 있는데 새벽 기도를 나가는 수자를 만난다. 우물가에서 이상한 사람을 못 봤냐는 '나'의 물음에 수자는 농담처럼 우물귀신이겠지, 라고 대답한다. 그때 곁에 있던 미림이 말한다. "어렸을 때 이 동네에 그런 이상한 사람들 많았잖아요. 오빠도 아시죠, 엄마가 그런 거 못 견뎌 한 거. 내가 동네 이야기를 하면 세상이 꽃처럼 아름다웠으면 좋겠다고 늘 그러셨는데……" (211쪽) 동네에서 가장 교양 있는 것처럼 보였다는 꽃집 여자는, 예쁘게 치장하기를 좋아하고 독서와 피아노 치는 것이 취미였다. 꽃처럼 아름다운 것을 사랑하는 사람이 말하는 '이상한 사람'이란 어떤 존재일까. 아름다움의 바깥으로 추방된 이상함은 추함으로 격하된다. 그런 식의 부당한 분별과 차별은, 대체로 교양을 내세우는 자들이 쉽게 저지르곤 하는 짓이다. 예쁘게 손질한 꽃과 우물가에 저절로 피어난 꽃의 차이가, 그런 식의 위계화된 차별을 더욱 분명하게 드러낸다. "누 집처럼 할랑하게 가지치기하고 다듬고 할 사람이 이 동네 누가 있노. 저절로 퍼진 거지."(212쪽) 그러니까, 수자의 이 말이 정곡을 찌른다.

미림의 설명에 따르면 수국은 화려하고 예뻐 보여도 암술과 수술이 없는 헛꽃이라고 한다. "생명을 잇는 대신, 아름다움만 남은 꽃"(213쪽)이라는 것이다. 그런데, 모종을 옮겨 심은 것도 아닌데 꽃을 피워내고 있는 것은 이상한 일이다. 씨가 없는데도 피는 꽃, 그것은 죽음이 생명을 피워내는 역설을 표현한다. "그때 종소리가 은은하게 들려왔다. 수자 누나가 뒤늦게 어딘가를 향해 두 손을 모았다. 변수의 세계에 또 다른 변수가 생길 수 있다고 귀띔을 해준 것은 아버지였다. 벽 속으로 타고 들든, 저절로 사라지든, 습기가 제풀에 수그러지면 차단기를 올려도 내려가지 않는다고 했다."(214쪽) 눈에 보이지 않는 전기의 누전(漏電)을 어떻게 알 수 있을까. 변수 너머의 변수, 그러니까 논리 너머의 경이(Le Merveilleux)가

핵심이다. 논리가 합리적으로 이해하는 것이라면 경이는 정동적인 충격이다. 합리적으로 이해하려고만 하지 말고, 온몸으로 전율할 수 있어야 한다. 죽음 위에서 피어나는 삶이라는 경이, 그 장엄한 역설의 순간에 울려 퍼지는 종소리는 무엇인가. 그 순간 우물가에서 무언가가 움직인다. 새벽에 본 흰 형체 같기도 하고, 비 오는 날 보았던 줄무늬 남자처럼 보이기도 한다. "그는 수국나무 아래로 천천히 걸어가더니, 잡풀이 무성한 그 자리에 조용히 앉아 오래전부터 그곳이 자신의 자리인 듯 가부좌를 틀었다."(215쪽) 죽음이 생명이고, 세속이 신성이며, 귀신이 부처인 것이다. 달리 말하자면, 오심즉여심(吾心卽汝心)이다.

우물은 버려진 것들이 숭고하게 부활하고, 죽음이 생명으로 이어져서 다시 피어나는 성스러운 장소였다. 「이안과 밀령의 여름」에서 그와 같은 성소(聖所)는 사멸한 것들의 애도와 천도가 이루어져 왔던 '얼음 무덤'이다. 얼음 소각장이라고도 불리는 그곳은 얼음공장에서 나온 얼음을 처리하는 곳이지만, 옛날에는 제사를 지내던 자리였으며 또 가뭄이 심하게 들고 홍역이 돌았던 어느 때에 죽어나간 아이들의 시신을 태우던 곳이기도 했다. 과거에 있었다는 가뭄과 괴질이 암시하는 파국적 재앙은, 앞으로 닥치게 될 미래의 종말을 예시하는 것처럼 느껴지기도 한다. 할아버지의 어머니는 화장한 뒤에 뼈를 수습했는데 특히 사람의 뼈 중에서도 가장 작은 등자뼈를 힘들게 찾아냈다고 한다. "어머니가 숯 더미에서 그 뼈를 찾아낸 것은 등자뼈가 없으면 아무런 소리도 들을 수 없어서였어요. 사람들은 뼈를 빻아 냇물에 뿌리면 바다까지 흘러 들어간다고 믿고 있었죠. 비가 오면 영혼이 넓은 바다로 흘러가 세상의 모든 이야기를 듣는다고 생각했어요. 어느 해 냇물이 너무 가물어서 그럴 수 없었는데, 할아버지의 어머니는 살아 있는 아이들을 불러 모으듯 아기 이름을 불렀어요. 그러면 얼마 있지 않아 하늘에서 비가 쏟아져 내렸어요. 그들의 이야기를 전해주는 것처럼요."(109쪽) 어떤 제의의 광경을 떠올리게 하는 이 대목을 통해, 할아버지의 어머니는 역시 무당과도 같은 존재라는 것을 짐작할 수 있다. 무당이란 깊은 세계의 미묘한 것들을 듣고 보는 존재이고, 끊어지고 부서진 것을 다시 잇고 붙여내는 존재이다. 이들은 김가경의 소설에서 거듭해서 만나게 되는 징후적 존재이다. 「다알리아와 오미자, 다알리아꽃」에서, 말 못하고 잘 듣지 못해도 땅의 이야기를 들을 수 있었던 미숙의 어머니처럼, 여기에 등장하는 말 못하는 여자도 다른 사람들은 들을 수 없는 얼음의 소리를 듣는다. "백빙이 땅속의 물로 오래 머무르며 들었던 이야기들을 하면 소리가 들리지 않아도 듣는 것 같았다."(107쪽) 이 여자는 어느 날 홀연히 떠나버렸고, 삼 년 만에 어딘가에서 그의 물건이 담긴 상자가 공장으로 돌아오는데 할아버지는 여자가 객사했을 것이라고 믿는다. 여자의 이름이 은자였다. 은아를 떠올리게 하는 이름, 은자의 은은 '隱'이었을까. 여자는 유독 가운뎃손가락이 힘이 셌는데, 여자가 세상에 남긴 그 상자를 열었을 때 '나'의 가운뎃손가락으로 무당벌레가 기어오른다. '나'가 무당벌레에게 카파야판(Kapayapaan)이라는 말을 건네며 소설은 끝이 난다. 여자의 그 가운뎃손가락은 얼음의 이야기를 가장 먼저 알아듣는 신성한 촉수였다.

「백한번째 사람」에서 리찬에게 아프리카에서 온 동료 은쿠시가 있었던 것처럼, 여기서 '나'와 함께 백빙(白氷)을 만드는 동료가 필리핀에서 온 이안이다. 타갈로그어로 카파야판은 평화라는 뜻이지만, 이안은 이 단어를 보면 가장 불행한 단어를 만났다고 하면서 '제기랄'이라고 말하곤 한다. 세상이 그 말과는 달리 전혀 평화롭지 않다고 여겨졌기 때문일 것이다. 어느 날 얼음 골목으로 평화를 사랑한다고 하는 강 선생이라는 자가 나타난다. 그는 얼음 감별사였는데, 폐가로 방치된 공장 자리에 감별소를 차린다. 감별소의 벽에는 기이한 모양의 의자가 걸려 있는데, 산양의 뿔을 닮은 다섯 개의 다리가 남자가 앉는 자리에서 그의 정수리를 향해 뻗쳐 있다. 아마 그것은 감별의 집중을 위한 것이었을 텐데, 얼음 감별이란 그에게 목숨을 건 행위였을지도 모른다. 자본의 가치를 증식

한다는 것은, 그렇게 목숨을 건 도약이어야 하는 것이다. 그러나 그는 은자처럼 얼음의 소리를 듣지 못하고, 언제나 귀에 이어폰을 꽂고 작업을 한다. 그는 오십 년 경력의 할아버지에게 백빙의 스무 배를 쳐줄 테니 순수한 얼음을 만들어달라고 한다. 얼음은 불순물이 많으면 허드레로 팔려나가지만, 금의 그것처럼 순도가 높을수록 금전적 가치가 오른다. 인류학자 나카자와 신이치는 브뤼노 라투르와 조르주 바타유의 이론을 원용하여, 이른바 '대칭성인류학'이라는 것을 내놓았다. 그 요지는 근대화가 순수의 추구와 다른 것들과의 분리를 추구하는 비대칭성으로 치달았기 때문에 오늘날의 지구적 파국을 가져왔다는 것이다. 따라서 다른 것들과의 연결과 그것을 통한 잡스러운 혼합을 긍정하는 대칭성의 회복이야말로 근대화의 모순을 극복하는 생태화의 길일 수 있다고 했다. 지금까지 살펴본 그대로, 김가경의 소설은 비대칭성의 환란을 넘어 대칭성의 회복을 향해 섬세하고 또 성실한 자세로 나아가고 있다. 여기서 순도 높은 얼음의 그 순수는 잡스러운 것들을 내계의 저 바깥, 즉 외계로 구분하고 차별하는 폭력적인 위계화의 논리를 응축하고 있다. 순수한 것이 돈이 된다는 논리, 그것을 위해서는 잡스럽고 혼탁한 것을 분리하고 배제해야 한다. 미숙 어머니가 몽우리돌 위에 서서 바라보던 거울이 혼탁했던 것이나, 꽃집의 미림 어머니가 생각하는 순정한 아름다움과 대비되는 제멋대로 핀 우물가 꽃들의 그 흐드러짐을 다시 생각해보면 알 것이다. 김가경의 소설이 일이관지 저 배타적 순수를 넘어, 잡스럽고 혼탁한 외계의 것들을 한데로 그러모아 이어 붙이는 숭고함의 사역을 감당하고 있다는 것을. 김가경의 초-현실주의에는 불경한 탈주술화의 근대적 진군이 불러온 인류세의 위급함 앞에서, 생명을 가꾸고 보살피는 다정함과 사랑으로 억울하게 죽은 넋들을 위령하는 재주술화, 즉 생태화의 간절한 바람이 배어 있다. 파국의 잔해와 그 조각 모음(수집)이라는 벤야민의 역사철학적 발상을 참조한다면, '얼음 무덤'이 타고 남은 육신의 잔해(유골)들을 골라내던 곳, 깨진 얼음의 파편들을 한곳에서 수습하는 장소라는 것이 예사롭지 않게 다가온다. 파국 앞에 선 구제의 비평가 발터 벤야민이 말했던 넝마주이로서의 역사가처럼, 김가경은 넝마주이로서의 작가가 해야 할 과업을 예민하게 예감하고 있는 것처럼 보인다. 그렇게 찢어지고 끊어진 것을 이어 붙이고, 부서진 것들의 잔해와 조각들을 그러모으다 보면, 마침내 어떤 희미한 형상이 눈앞에 나타날지 모른다. 벤야민이 묘사했던, 폐허와 파편들의 축적 속에서 거센 폭풍을 마주하고 있는 앙겔루스 노부스(Angelus Novus), 즉 '역사의 천사'가 바로 그것이다. 김가경은 그것을 가리켜 '백한번째 사람'이라고 했던 것이다.

국경을 넘는다는 것과 외국인의 존재는, 김가경의 소설이 그리고 있는 경계 너머의 상상력과 관련해 또 하나의 주목할 만한 특징을 이룬다. 「양의 시간」에서 무용을 하는 정윤은 루마니아로 떠날 경비를 마련하기 위해 편의점 알바를 거쳐 지금은 봉제공장의 시다로 일하고 있다. 세계가 인터넷의 망으로 연결된 시대에 맞게, 정윤은 온라인 커뮤니티에서 외국에 있는 두 친구를 사귀어 우정을 나누고 있다. 띠엔은 타이족의 후손으로 무용수로 활동하고 있고, 안드레이는 헝가리 국경지역 살론타에 사는 일러스트 작가이다. 띠엔은 지금 베트남 소수민족의 춤을 배우고 있고, 안드레이는 그림을 그리며 부모님의 목장 일을 돕고 있다. 코로나가 창궐하기 전에 정윤과 안드레이는 다낭에서 멀지 않은 띠엔의 집에 초대받은 일이 있었다. 그때 그들은 망고 동산에서 갑자기 나타난 사슴 덕분에 특별한 경험을 하게 된다. "몸이 움직이는데 자연의 소리가 같이 들려오는 것 같았다. 그때 사슴 한 마리가 뛰어들었고 띠엔이 손을 내밀며 특유의 춤사위로 사슴을 향해 다가갔다. 손님을 환영할 때 추는 타이족 고유의 춤이라고 했다. 나는 까치발을 들고 사슴이 있는 쪽으로 걸음을 옮겼다. 우리의 신경은 온통 사슴에게로 가 있었고 떨어진 망고에 코를 대던 사슴이 그대로 멈추어 선 채 우리를 멀뚱히 쳐다보았다." (172쪽) 그들은 외계와 내계 따위의 차별 없이, 모두가 편견

없이 어우러져 즐길 수 있는 공생공락(共生共樂)의 존재들이었다.

정윤은 생태계를 살리기 위한 릴레이-퍼포먼스 공연에 참여했던 예전의 영상을 띠엔, 안드레이와 함께 공유한다. 안드레이는 공연에서 흘러나왔던 피아노 선율을 듣고, 자기 동네의 오래된 식당을 운영하는 알런이라는 할아버지가 그와 비슷한 곡을 연주한다고 하면서 그에 대해 이야기해준다. 안드레이는 떠돌이 이방인으로 박해받는 로마니였다. 그곳의 성직자들과 주민들이 로마니들의 거주지에 불을 지르고 핍박했을 때, 이들을 막아선 유일한 루마니아인이 알런이었다고 한다. 이 사건으로 점성술사였던 안드레이의 고모할머니가 죽고, 할아버지와 아버지도 일자리를 잃게 되어 그들은 그곳을 떠나 한동안 유럽을 떠돌게 된다. 안드레이의 가족은 할아버지가 죽은 뒤에 다시 그 마을로 돌아왔는데, 지금도 지역 주민들과 충돌이 생기면 알런이 로마니들을 식당으로 초대해 피아노 연주를 들려준다는 것이었다.

안드레이가 그런 이야기를 들려주던 때가 2019년 11월경이었는데, 불과 얼마 뒤 루마니아에서 양 14,000마리를 실은 선박이 바다에서 전복되는 사고가 난다. 그 많은 양들의 생명이 위중한 상황에 놓여 있었다. 안드레아는 아버지와 함께 사고가 난 곳의 인근 항구로 가서 'Nici eu nu sunt indifférent(나도 그 일에 무관하지 않다)'라고 적힌 피켓을 들고 시위에 참여한다. 종과 종, 국경과 인종을 넘어 모든 것은 서로 이어져 있다. 우리에게 진정으로 무관한 것은 없다는 말이다. 정윤과 띠엔도 양의 생명을 구하기 위한 안드레이의 활동에 함께하기로 한다. 정윤은 무용으로 자기 나름의 참여를 모색한다. "양이 되어보기로 한 것이다."(165쪽) 양-되기, 즉 무엇으로든 된다는 것은 순수함을 위한 단절과 분리와 정화를 거부하는 적극적인 혼종적 연결과 불순화이다. 정윤이 발레를 그만두게 된 것은 '솟아오르는 것'에 지쳤기 때문이었다. 그는 함께 살던 개 탄이를 앞세우고 운동을 하면서, 탄이처럼 낮아졌으면 좋겠다는 생각을 하곤 했다. 그러던 어느 날, 탄이는 갑자기 들개들을 따라 숲으로 사라져버렸다. 솟아오름의 상승운동은 발전, 성공, 진보의 움직임이다. 그것이 지구의 행성적 위기를 가져왔다고 한다면, 낮은 시선으로 세상을 보는 탄이가 숲으로 돌아간 것은 하나의 뚜렷한 암시이다.

「이안과 밀령의 여름」에서 얼음 일에 오십 년의 경력을 가진 할아버지처럼, 김가경의 소설에는 한 가지 일에 오래 몰두하고 집중한 사람들이 자주 등장한다. 정윤이 나가는 봉제 공장의 명경 씨가 그런 사람이다. 명경 씨는 와이셔츠에 혹시 남아 있을지도 모르는 초크 자국을 찾아내는 일을 했는데, 오직 그 공정에서만 십 년을 일했다고 한다. "흰색에서 어떻게 흰색을 찾아내는지 도저히 알 길이 없었다."(169쪽) 그것은 미묘한 것을 알아챌 수 있는 섬세한 감응의 역량을 필요로 하는 일이었다. 범박하고 태만한 사람은 절대로 할 수 없는 그런 일이었다. 장비를 써서 털어내도 늘 어디나 실밥이 붙어 있는 정윤과는 달리, 명경 씨의 옷에는 언제나 실오라기 하나 없이 깨끗했다. "아무것도 하지 않는 것 같은데, 무언가를 꾸준히 하고 있는 사람?"(180쪽) 이것을 『도덕경』에서는 도법자연(道法自然)이라고 한다. 자연은 거슬림이 없이 스스로 또는 저절로 그러할 뿐이다. 그것은 마치 바닥에 분필로 선을 긋고 노는 아이들이 어느새 그 선을 잊어버리는 것과 같은 것이다. "어느 순간 아이들이 팔을 자유롭게 흔들며 선을 벗어났고 이후 아이들 손을 잡고 골목 끝까지 어떻게 갔는지 기억이 잘 나지 않았다."(181쪽) 명경 씨는 병석에 있는 남편을 돌보며, 먹고살기 위한 생존의 의욕으로 그 일에 집중했다. "내게도 그런 게 있을까? 먹고사는 일 말고 할 수 있는 다른……"(170쪽) 설탕공장의 미숙 엄마나 얼음공장의 은자가 그랬던 것처럼, 명경 씨는 고난을 감당함으로써 어떤 미세함의 역량을 갖게 된 사람이었다. 언젠가부터 알 수 없는 이유로 명경 씨가 출근을 하지 않는다. "명경 씨가 나오지 않는데도 라인은 돌아갔고 애초 명경 씨가 없었던 것처럼 아무도 관심을 갖지 않았다."(184쪽) 우리는 결코 서로가 무관하지 않지만, 지금 이 '현실'에서 우리는 너무도 무관히들 살고 있다. 명경 씨와의 연락이 끊어진 가운데, 거대한 화물선이 사고가 나서 수에즈 운하를 가로막고 있다는 국제 뉴스가 들려온다. 그 사고로 글로벌 물류 공급망이 마비되었다고 한다. 그렇게 연결이 끊어진다는 것은, 생명이 그리고 이 세계가 위태로워진다는 것이다.

「월면장」의 인물들 역시 경계의 문턱과 관련이 있는 자들이다. '나'는 한국 지사로 발령받아 귀국한 지 며칠 만에 심장 이상으로 죽음의 문턱 앞에서 살아 돌아온 생존자이고, 왕령은 생존을 위해 국경을 넘어온 자이다. 미국의 글로벌 기업에서 일하며 월면장 관련 업무를 맡고 있는 처남은, 몇 달 전 나에게 우주에 질문을 던지는 존재라는 뜻의 변신 로봇 '소라큐'를 보내왔다. 소라큐는 나에게 무슨 일이 생기면 사진을 찍어서 가족 네트워크에 전송하는 역할을 한다. 심장 수술 이후에 입맛을 잃은 나를 위해 친구가 소개해준 한식 뷔페에서 '나'는 왕령을 만나 친해진다. 왕령은 「백한번째 사람」의 리찬을 떠올리게 하는 면면이 많은데, 그는 오해 때문에 많은 사람들이 죽어나가는 '그곳'에서 그의 가족이 돼지 도둑으로 몰려 그믐달 무렵에 강을 건너게 되었다고 한다. 왕령의 아버지는 경계를 넘으면 흰쌀밥이 지천일 거라고 했다. 왕령이 나라나 지명을 밝히지는 않았지만, 탈북했다는 것을 짐작할 수 있다. 물론 작가는 이런 식의 추정으로 환원되지 않기를 바랐기 때문에 그 나라와 지명을 의도적으로 언급하지 않았을 것이다. 이 소설에서는, 미국에서 유복한 생활을 하는 처가 식구들의 이야기와 국경을 넘으면서 뿔뿔이 흩어지게 된 왕령의 고단한 가족 이야기가 뚜렷한 대비를 이룬다. 고관절을 다쳐 몇 년을 일어나지 못하다가 세상을 뜬 장인은 가족들이 모두 함께 달에 묻히길 원했고, 월면장(月面葬)을 신청했다. '나'가 심장 이상으로 쓰러질 때 돌덩이 쪽이 아니라 토끼풀 쪽으로 쓰러지는 바람에 다행히 큰일을 당하지 않을 수 있었다고 한다. 과학 기술의 발달이 월면장을 꿈꿀 수 있게 한 시대에, 달에서 방아를 찧는 전설의 토끼로부터 자유 연상하듯 '토끼풀'(식물)의 이미지를 연결하는 것에서 이 작가의 섬세한 면모를 본다.

왕령이 과학상자로 월면차를 만들어준다. "월면차는 하늘을 나는 기능은 없지만 서로 다른 부품을 호환하다 보면 장애물을 넘을 수도 있다고 했다."(26쪽) 여기서 '장애물'을 넘는다는 말에 주의를 기울일 만하다. 그리고 달 탐사선을 만들려면 힘들게 만든 월면차를 해체해야 한다는 말에서, 「백한번째 사람」의 그 공책 이야기를 떠올리게 된다. "다시 묶으려면 푸는 작업을 먼저 해야 될 것 같아요……"(60쪽) 이것은 마치 파국을 앞둔 지구의 종말론적 상황을 타개하기 위한 충고처럼 들리기도 한다. 요컨대, 해체해야만 다시 구축할 수 있다. 앞서 나카자와 신이치의 담론에 빗댄다면, 비대칭성의 문제를 극복하려면 먼저 대칭성을 회복해야 한다. 은아가 외할머니의 이야기를, 리찬이 어머니의 이야기를, 박건호는 미숙 모녀의 이야기를 전하듯 왕령이 전하는 할아버지의 이야기에 그 대칭성의 회복에 대한 단서가 있다. 할아버지가 들려준 것은 포로로 잡힌 나이 많은 암호 통신병의 이야기였다. "제 나라도 아닌 곳에 강을 건너와, 누구의 땅도 아닌 그곳을 어떻게 점령할 수 있을지 그 누구도 답을 내리지 못하고 있었습니다. 그래서 암호를 해석하지 못하면 퇴각을 결정할 수 없었습니다. 통역병의 말에 의하면 늙은 포로는 나바호족이라는 인디언 부족이었습니다."(33쪽) 그 암호병 포로가 고문 끝에 입을 열어 이야기한 것은, 인간이 저지르는 크고 작은 전쟁과 분쟁에 대한 내용이었다. "땅의 끝, 물의 끝, 들판의 끝, 그리고 하늘의 끝을 다 돌아다녔네. 하지만 내 친구 아닌 것은 하나도 없었네."(34쪽) 그는 이런 노래를 부르다가 죽었는데, 마지막으로 내뱉은 암호는 도저히 해독할 수가 없었다고 한다. 왕령은 이야기를 끝내고 식탁 위의 초라한 제단에 고봉밥을 올리고 말한다. "달이 밝습니다."(35쪽) 풀어야 다시 묶을 수 있는 것처럼, 당장 분쟁을 끝내야 모두 친구가 될 수 있다. 끝내 해독하지 못한 나바호족의 마지막 한마디는 우리 모두에게 남겨진 질문이다. 그 질문에 성실하게 대답하기 위해서는, 머리를 들고 하늘의 달을 볼 수 있어야 하겠다. 달은 인간의 주검을 장사(葬事) 지내는 곳이 아니라, 두 손을 겸허하게 모으고 하늘을 우러르며 사랑과 평화의 소망을 빌어야 하는 우리 모두의 밝고 환한 꽃이다. 다시 말해, 그것은 종말의 장소가 아니라 희망의 빛이다.

「집요한 농담」은 다음에 이어서 읽을 「누구의 사랑이라도」와 짝을 이루는 작품이라 할 만하다. 두 소설은 인간의 생명 자체가 통치의 대상이 된 묵시록적 세계를 그리고 있다. 도시는 도보나 자전거로 주요 생활 시설에 15분 안에 닿을 수 있도록 설계되었고, 사람들은 본국에서 들여온 인문 마일리지의 부여와 삭감을 통해 관리된다. 인문위원회는 도시와 주민을 관리하는 통치기구이다. 이 도시의 전체주의적이고 식민주의적 성격은, 인문위원회의 조합원이거나 사상 검증을 마친 1군의 작가 아니면 누구도 어떤 형태의 창작을 해서는 안 된다는 사실을 통해 단적으로 드러난다. 역시 인문위원회의 종탑이나 CCTV, 저수지 한가운데 설치된 전광판 '삼라만상' 등의 시설이 통제 사회의 단면을 보여주는데, 주민들은 모두 인문망에 연결되어서 관리되고 있다. '나'는 인문위원회 산업협동조합에 소속되어 있다가 관사로 자리를 옮겨와 지금은 인문망의 수리 과정을 관찰하고 기록하는 일을 맡고 있다. 국장은 억압적이고 폭력적인 기억의 트라우마를 갖고 있다. 그는 어릴 적 유모의 손에서 자랐는데, 유모 밑에서 허드렛일을 돕던 식모가 아이에게 젖을 먹였다는 이유로 폭행을 당하고 결국에는 가슴이 잘린 채 그 집에서 쫓겨났다. 국장은 그 이야기를 계속 반복한다. 그는 독서와 클래식 음악 감상을 좋아하고, 비유가 많은 시적 표현을 즐겨서 말하는, 이른바 교양 있는 사람이었다. 여기서 지배와 통치가 '인문'의 이름으로 수행되고 있다는 사실에 다시 한번 주목하게 되는데, 그 어떤 교양주의의 위선과 속물성에 대한 작가의 반감과 비판의식을 읽을 수 있다. 국장은 '나'에게 세계의 알파가 된 '그분'에 대해서 이야기해준다. 한때 국장의 친구이기도 했던 '그분'은 어릴 때 친모에게 학대를 당하며 자랐고 겨울을 유독 싫어했다. 알파가 된 이후 겨울이라는 단어를 금지하자 사람들의 반발이 심해졌고 결국은 전쟁마저 불사하게 되었다. 이 때문에 인류의 반이 죽어나갔다고 한다. 이처럼 사람들의 인식에서 겨울을 없애버린다는 것은, 사계절의 순환이라는 자연의 작위적 혼란, 즉 인류세의 생태적 파국을 상징하는 것으로 읽을 수 있다. 국장이나 알파의 사연은, 모성의 결핍과 폭력의 기억에서 비롯한 원망이 자라 세계를 파괴하는 악덕이 되었음을 암시한다. 그러니까, 사랑의 결핍은 그처럼 세계의 위험을 초래한다.

15분 도시는 자동차 사용을 억압하고 자전거나 걷기를 강제하는 시스템이다. 처음에 15분 도시를 기획했을 때 저항이 거셌고, 마일리지가 적은 사람들은 타래 마을로 모여들었는데, 그들은 겨울이 소멸되기 직전의 그날 자정에 휴거하듯 모두가 사라져버렸다고 한다. 그리고 문제적 인물인 박병철이 돌아온 것이다. "박의 도보 패턴은 어느 날은 경로 이탈로 떴다가 또 어느 날은 전혀 망에 잡히지 않았다."(236쪽) 박은 통치의 네트워크, 그 관리의 시스템인 망에 걸려들지 않는 이상한 인물이다. 그는 옛날 타래마을의 이장이 살던 집으로 귀향해 살면서, 개 한 마리와 함께 농사를 짓고 겨울을 그림으로 그리고 있다. 박은 금지된 창작을 하면서, 그것도 금지된 계절인 겨울을 그리고 있는 것이다. 박은 '나'에게, 마을 사람들과 함께 겨울이 사라져버린 세상의 종말과도 같은 파국의 그날을 이렇게 증언한다. "도시에, 아니 세상에 겨울을 금지시킨 날은 무엇 하나 제대로 돌아가는 게 없었어요. 전기도 끊기고, 물이라고는 저수지 물밖에 없었고요. 그 물도 얼어 있었어요. 땅에도 하늘에도 바이러스가 돌아 아무것도 자라지 않았어요. 새도 날지 않았죠. 나뭇가지에 달린 얼음 타래를 먹고 견뎠어요. 실타래처럼 오래 살라는 기원도 있지만, 하늘을 올려다보다가 마을 이름을 타래로 지었다고 들었습니다. 그때는 잠귀가 밝은 어르신들이 계셨으니까요."(237쪽) 그날은 공교롭게도 봄이 들어오는 동짓날이었고 액막이 팥을 마을 여기저기에 뿌렸으니 모두의 무사안녕을 기원했다고 한다. "눈귀가 밝고 코귀가 밝고 입귀가 밝으면 몸이 등불처럼 밝아진답니다. 귀눈이 밝고 코눈이 밝고 입눈이 밝고 눈코입귀가 밝으면 삼라만상이 다 보이고요."(237쪽) 풍성한 이미지들이 심오한 상상을 불러일으키는 세상의 그 마지막 박의 풍경 속에서, 이장은 그렇게 마을 사람들에게 살뜰한 마지막 방송을 남겼다.

겨울을 없애 계절의 순환을 파괴한 자가 본국의 알파라고 한다면, 그에 대응하는 존재가 '하늘에서 내려온 그'이다. "그렇게 밝아진 사람 중에, 예전에 하늘에서 내려온 그를 본 이도 있었다고 해요. 전설처럼 전해지죠. 키가 크고, 온몸에서 빛이 났다는 이야기요."(238쪽) 박의 할아버지가 딱 한 번 마주쳐서 보았다는 그의 모습은 이러했다. 키가 9척이고 긴 수염에, 흰 머리를 길게 묶었으며, 그의 몸 어디서든 빛이 나오고 칼이 나왔는데 심지어 눈썹에서도 빛과 칼이 동시에 나왔다고 한다. 어느 무속인은 그가 산과 산을 한걸음에 건너고 바다도 한걸음에 건넜다고 한다. 그가 사라지기 전에 박의 아버지와 이장이 또 한 번 봤는데, 용으로 변해 저수지로 들어갔다고 했다. 칼 슈미트의 개념을 빌려와 말한다면, 이 변신자재(變身自在)하는 신이한 거구의 존재는, 알파라는 적그리스도적 존재와 세계의 종말을 저지하는 주권적 힘으로서의 카테콘(Katechon)이라고 할 수 있겠다. 박이 전하는 이야기는 어떤 심오한 상징성을 품고 있는 은아의 이야기나 리찬의 이야기처럼, 김가경의 소설에서 자주 되풀이되는 하나의 패턴화된 서사적 양상을 이룬다. 그리고 그의 소설에서 이런 이야기를 전하는 자는, 서로 다른 세계를 잇고 소통시키는 무당과 같은 존재였다. 그렇게 보면, 박이 그리는 그림은 마치 카테콘의 부적처럼 파국과 종말에 대항하는 어떤 구제의 가능성을 열어 보인다. "박은 마분지에 마당을 훤히 비워놓고 눈이 녹으면 싹이 돋아날 거라고 했다. 그러고는 수북한 눈을 견디고 있는 박공지붕에 선 하나를 덧대자 지붕 위의 눈이 눈 녹듯 사라져버렸다."(241쪽) 바로 이 문장에 소설의 주제가 오롯하다. 겨울이 있어야 봄이 온다는 것, 겨울의 모진 추위를 견뎌내야 따뜻한 봄의 온기 속에서 새싹을 틔워낼 수 있다는 것이다. 봄은 메시아의 도래처럼 그렇게 극적으로 현현하는 것이 아니다. 한 계절을 거쳐내는 수고로운 과정 없이 다음 계절은 이루어지지 않는다. 희망은 백한번째 사람처럼, 멀고 험한 길을 걸어서 숭고한 사랑의 기별로 다가온다. 마지막 날 이장이 그랬던 것처럼, 박이 저 세계로 사라진 타래 마을 사람들에게 외친다. "오늘은 만물이 회생하는 아기동지입니다. 액땜 팥을 논과 밭두렁, 저수지에 잘 뿌리시고, 겨울이 지나야 봄이 오니, 편안하게 잠드시기를 바랍니다."(241쪽) 「양의 시간」에서 낮은 시선으로 세상을 보던 개 탄이처럼, 옆에서 개가 '낮은 자세'로 조용히 그것을 듣고 있다.

알파가 마일리지와 인문망으로 세계를 통치한다면, 생명의 망은 그 누구도 지배하거나 차별하지 않는다. 통치의 선인 인문망과 연합의 선인 생명의 망은, 각각 들뢰즈의 개념인 닫힌 집합(closed set)과 열린 전체(open whole)에 견주어볼 수 있다. 전자가 폐쇄적인 틀 속으로 포섭한다면, 후자는 차이를 긍정하는 생성의 장으로 뻗어나간다. 인문망에 대비되는 생명의 망이 곧 하늘의 망이며, 그것을 상징하는 것이 '타래'이기도 하다. 하늘의 망은 능동적인 도주의 선이며, 타래는 생명이 생장하는 생성의 어셈블리지이다. 개와 인간, 내계와 외계의 서로 다른 세계를 차별하지 않는 품 넓은 존재는 그 속에 생명의 빛을 품은 거구로 표현되었다. "그러면 하늘의 망이 다 들린다고 했다. 하늘에서 내려온 자는 누구든 될 수 있다는 말처럼 들렸다."(238쪽) 이 거구의 존재는 초월적인 메시아가 아니라, 무엇으로든 될 수 있는 잠재성과 희망의 씨앗을 품은 우리 모두이다. 마침내 '나'는 통치와 지배의 인문망이 모든 생명이 어우러진 '하늘의 망'으로 반전되는 극적인 장면을 목격한다. "지금껏 연결된 모든 망들이 수백 개 수천 개 수만 개로 쪼개지며 그 세밀한 조각들이 하나의 덩어리로 이어졌다 펼쳐지기를 반복했다."(244~245쪽) 그리고 통제와 관리의 장치인 삼라만상의 전광판이 비친 저수지 수면 위에 또 다른 세상이 펼쳐진다. "박의 창고 앞마당인지 박공지붕 앞에 펼쳐진 마당인지, 곧 싹이라도 틔울 모양으로 땅 아래에서 봄 씨앗이 꿈틀거리며 흙을 들어 올리고 있었다."(245쪽) 김가경은 봄의 씨앗에 대한 이 애틋한 희망을 사랑이라고 한다.

「누구의 사랑이라도」는 말 그대로 사랑의 이야기이다. 소설은 첫 문장을 이렇게 시작한다. "이 도시에 아직 도래하지 않은 색상, 밝은 청록색의 운동복은 잠수함에서 내린 수병들의 단체복이었다."(249쪽) 아직 '도래하지 않은' 그 색상에 대한 언급은 소설에서 계속 되풀이된다. 그야말로 이 도시는 현실적이지 않은 현실, 아직은 도래하지 않은 미래의 현실을 그려 보이는 것처럼 느껴진다. 이야기는 모란이 일하고 있는 호텔을 중심으로 펼쳐지는데, 호텔의 편집숍에서 일하는 모란은 해저 동굴의 습지식물과 홍해파리를 돌보는 업무도 맡고 있다. 이곳은 예전에 양계장과 돼지 축사가 있던 곳이라고 한다. 그래서인지 호텔 입구에는 돼지 석상이 놓여 있고, 그 옆에는 이제 막 영산홍이 피어오르기 시작했다. 거기서 기호가 잠수복을 입은 채 인형을 들고 다가온 여군들과 사진을 찍고 있다. 기호는 돼지 축사를 하던 삼촌과 양계장을 하던 숙모가 낳은 모란의 사촌 오빠이다. "그 자리에서 기호 오빠는 같이 자란 무리의 우두머리였다가 세상 사람들이 알아듣지 못할 이야기를 하는 이야기꾼이 되기도 했다. 그는 백씨 집안의 제사를 지내는 장손으로, 모란에게는 사촌 오빠가 되는 사람이다."(251쪽) 기호가 이러저러한 존재로 변이한다는 것과 제사를 주재한다는 것은, 무당과 같은 은아나 리찬의 특별한 모습을 떠올리게 한다. 앞서 본 것처럼 은아와 리찬은 서사무가를 들려주듯 이야기를 전해주는 사람이었고, 예민한 생명의 감수성으로 온갖 존재들과 소통할 수 있는 사람이었다.

"세계인형으로 지정된 후 인형이 입은 옷의 색상이 도시의 색상이 되고 옷에 적힌 세계어는 격려문이 되어 사람들의 마음을 이끌었다."(249쪽) 여기서 '세계인형'의 지정과 '세계어'라는 것은 그 도시를 통치하는 전체주의적 규범과 질서를 함의한다. 특정한 색깔과 언어가 통용되는 이 도시는 철저하게 관리되는 통제사회의 모습으로 드러난다. "인문위원회에는 문화총국이 있어서 다섯 개 구역 15분 도시의 인문망을 관리하고 있었다. 삼 년 전 아빠가 위원회에 집과 자동차 소유를 넘기고 받은 마일리지로 이주한 곳은 시민복지청이 있는 긍휼지구였다. 세계어 분류가 마무리되면서 15분 도시 입주자도 자발적으로 주거지를 찾아 이동하게 되었다."(252쪽) 인문위원회라는 상위의 통제 기구가 있고, 주민들은 마일리지를 통해서 관리되고 지배당한다. 인문망은 인간의 몸과 직접 연결되어 생체적인 통치를 수행하고, 문화총국의 표현자나 인문노동자처럼 인문위원회에 소속된 일꾼들이 상부의 명령에 따라 망과 관련된 일을 처리한다. 이 도시에서 거래와 소통은 마일리지를 통해 자동으로 이루어지고, 세계어로 변형된 정보는 인문망을 타고 전달된다. 체제 오염을 유발하는 감정과 그 표현들은 문화총국에 의해 적출되고 폐기된다. 정신감정위원회는 감정분석을 통해 사람들의 긍휼지수와 돌봄 점수를 조정한다. 그렇게 세계어는 체제에 의해 정화되어 그 순도를 유지한다. 그러니까 특정한 색깔과 언어는, 따르고 순종해야 할 표준화되고 획일화된 통치의 도구로 추정된다.

인문망의 네트워크로 이어진 이 도시는 철저하게 인공적으로 조직된 것이라는 점에서, 무위(無爲)한 자연 속에서 모두 이어지고 얽혀 있는 생명의 그물망과는 극단적으로 대비된다. 요컨대 그것은 생명의 인드라망이 아니라 목숨의 덫으로 기능하는 그물인 것이다. 사람들이 돼지와 닭을 키우며 생활하던 자리를 점령하여 세운 그곳은, 오히려 반생명적인 장소라고 할 만하다. "오래전, 세계인형이 바뀌던 날 바닷속 케이블이 끊어졌다. 그 시기만 되면 세상이 마치 정지한 것처럼 멈춰 섰다. 전기와 인터넷, 인문망이 동시에 끊겼다. 폭염주의보가 내려졌던 한여름 밤, 농장에서 키우던 닭과 돼지들이 모두 폐사했다. 그런 일은 몇 차례 반복되었고, 세계는 그렇게 조금씩 안정을 되찾아간다고들 했다."(260쪽) 인간이 만든 망이 끊어지면 이처럼 종말론적 사태가 벌어진다. 권력은 그렇게 망의 단속(斷續)을 통해 사회를 지배하고 생명을 통치한다. 세계인형의 색깔을 주기적으로 바꾸는 것은, 체계가 오염이라고 여기는 것들을 쓸어버리는 일종의 리셋이자 정화 작업인 것처럼 보인다.

모란은 긍휼 이행 의지가 불분명한 감정비등급자로 구분되어 무색자로 판정받았다. 무색자는 체계의 색깔에 물들지 않은 불온한 사람이다. 기호에게는 바다에서 죽은 어떤 아이와 연루된 기억이 있다. 아이는 그의 손을 뿌리쳤다고 한다. 그는 스펀지밥을 좋아했다. "모란은 가방 안에 넣어둔 스펀지밥 인형을 떠올렸다. 전해준다면 스펀지밥 인형을 뱃머리 어디쯤에 걸어놓을지도 몰랐다. 원래 스펀지밥이 말썽을 부리고 익살을 피우며 살던 곳으로 데려갈지도 모를 일이다. 그 아이가 그렇게 되고 모란은 그곳에 발을 담그지 못했다."(271쪽) 긍휼의 감정마저도 획일적으로 관리되는 세계에서, 그 아이의 죽음은 체계가 강요하는 색깔에 물들지 않는 모란의 고집 속에서 애도의 염을 불러일으킨다. 무당이란 찢어지고 단절된 것을 이어 붙이는 자이며, 이곳의 한(恨)과 슬픔을 저곳에서의 기쁨으로 반전시키는 자다. 무엇보다 어떤 차별도 없이 사랑을 하는 존재이다. 담수종과 해수종이 어떻게 공생할 수 있는지를 묻는 수병에게, 모란은 '기수역'에서의 사랑을 말한다. 다른 것들이 한자리에서 기쁨으로 어우러지는 화쟁(和諍)과 중도의 창조적 지대가 바로 기수역(汽水域, Brackish water zone)이다. 모스볼(담수종)과 벨렐라 벨렐라(해수종), 서로 다른 종과 종이 경계를 넘어 공존할 수 있는 것은 사랑 때문이다. "그래도 사랑을 할 테니까요."(272쪽) 세계어와 세계인형은 바로 그 세계라는 전체화의 이름으로 공존이나 공생을 파괴한다. 사랑은 그런 강요가 아니다. 사랑은 대상이 누구인가를 가리지 않는 차별 없는 받아들임이다. 사랑은 존재의 소멸 위에서 환하게 피어오르는 영산홍이다. 이번 소설집의 모든 단편들을 가로지르는 것이, 바로 그 화엄(華嚴)의 꽃을 염원하는 마음이었다고 여겨진다. 그렇다면 그런 염원을 가진 김가경은 어떤 작가인가. 무엇보다 그는 내계의 바깥으로 내쳐진 것들의 이야기를 듣는 자이고, 그들을 대신해서 이야기하는 자이다. 그는 혼탁하고 더러운 것들에서 생명의 슬픔과 아름다움을 느끼는 자이다. 그는 부서진 것들을 수습하고, 이어서 흐르게 하고 싶어 하는 자이다. 그는 현실을 넘어선 현실로, 사랑이 흘러들 수 있기를 기도하는 자이다. 나는 김가경을, 세상의 모든 외로운 죽음들을 그렇게 숭고한 꽃으로 피워내고 싶어 하는 작가로 알고 있다.

작가의 말

나는 여름 끝 무렵에 사과 농장을 하던 한 사람을 만났다. 그는 탄저병에 걸린 나무 한 그루 때문에 농사가 무너져가던 때의 이야기를 들려주었다. 차마 나무를 베어내지 못한 그는 전국을 돌아다니며 방법을 물었다고 했다. 생계를 위한 일이기도 했지만 무엇보다 대대로 키워온 사과를 땅에 묻는 게 가슴이 찢어지게 아팠다는 것이다. 경북 어느 지역에서 한 노인을 만났는데 노인은 사과 상자를 받아 든 채 한참 동안 아무 말도 하지 않고 사과의 상태만을 살폈다고 한다.

"사람으로 치면 나병이야. 이 지경이 되면 대부분은 나무를 베어버리지. 여기까지 찾아오는 사람은 드무네."

그 말에는 문제를 해결하는 요령보다 오래 함께한 것을 쉽게 버리지 않으려는 태도가 담겨 있었다. 그는 노인에게 전수받은, 사과나무를 살린 비법도 나에게 알려주었다. 하지만 말로는 다 설명되지 않는 어떤 감각이 침묵과 말 사이에 실려 있었다. 이야기를 들은 이후 나는 그 장면을 오래 떠올렸다.

이 책에 실린 소설 또한 어떤 답에 도달하려 했다기보다 쉽게 베어내지 못하는 것들 앞에 오래 서 있으려 했던 시간에 가깝다. 백한번째는 끝 다음의 숫자이자 그 토대에서 돋아나는 새로운 첫번째이기도 하다. 아홉 편의 이야기가 서사와 상징으로 잘 자란 사과나무에 대한 기록이 아니라 병든 나무 앞에서 우리가 취할 수 있는 태도를 조용히 묻는 자리에 머물기를 바란다.

2026년 새해

김가경

수록 작품 발표 지면

월면장 _『빙허』 2025년 3호

백한번째 사람 _『가떼가떼』(2024)

은아의 세계 _『오늘의 좋은 소설』 2021년 57호

이안과 밀령의 여름 _『은근히 포개어지는 것들』(2022)

다알리아와 오미자, 다알리아꽃 _『동귀소설강독회』 2023년 2호

양의 시간 _『팬데믹 아트살롱』(2021)

하루의 성자 _『문학/사상』 2021년 4호

집요한 농담 _『오늘의 좋은 소설』 2025년 73호

누구의 사랑이라도 _『작가와사회』 2025년 100호

백한번째 여름

1판 1쇄 발행 | 2025년 12월 31일

지은이 | 김가경
펴낸이 | 정홍수
편집 | 김현숙 이명주
펴낸곳 | (주)도서출판 강
출판등록 | 2000년 8월 9일(제2000-185호)

주소 | 서울시 마포구 동교로17안길 21 (우 04002)
전화 | 02-325-9566
팩시밀리 | 02-325-8486
전자우편 | gangpub@hanmail.net

값 15,000원
ISBN 978-89-8218-382-9 03810

* 본 사업은 2025년 부산광역시, 부산문화재단 〈부산문화예술지원사업〉으로 지원을 받았습니다.